LE JEU DE LA VIE

Dorothée Saint-Paul

Le jeu de la vie

Mazarine

Photo de couverture : William M. Rittase Day Dreams
Couverture : Dorian Danielsen
Crédit photo : Philadelphia Museum of Art

ISBN : 978-2-86374-898-5

Dépôt légal : mars 2025

Dorothée SAINT-PAUL est une romancière française. Après dix-sept années dans le domaine de l'immobilier, elle se consacre maintenant à ses autres passions, dont l'écriture. Sensible aux relations humaines, elle signe un premier roman invitant à ouvrir un peu plus grand les yeux et le cœur.

À mes filles,
Et à tous les petits cœurs pudiques.

Prologue

« Mamie…, grommelait Victoire à chaque réveil.

— Oui, ma jolie ?

— Je veux pas me lever. »

Les draps masquaient son visage et seuls ses petits pieds d'enfant dépassaient.

« Je veux pas aller à l'école. Si on restait à la maison ?

— Bonne idée ! Et on ferait quoi ? »

Ainsi, le cerveau de la petite se mettait en route. La grand-mère était souvent confrontée au même scénario matinal, mais elle était maligne. Et pendant ce temps, Constance, sa cadette, se savonnait, s'habillait, et Janis lui tressait les cheveux et laçait ses chaussures. Une demi-heure plus tard, toutes les trois prenaient le chemin des classes et Constance devait chronométrer laquelle de sa sœur ou de sa grand-mère battrait le record en descendant la rue des Oursins jusqu'au fleuve côtier.

La famille Morineau est originaire du pays, celui où la Vie s'écoule au cœur de la ville avant de rejoindre l'océan. N'est-ce pas enchanteur ? Le père, faute d'avoir le pied marin, ne pouvait prendre la mer avec ses copains d'enfance, tous devenus pêcheurs. Il avait dû se résigner à travailler à la conserverie dès l'âge de 18 ans. À cette époque-là, le village ne connaissait pas le tourisme de masse, alors, lorsque les hommes n'étaient pas marins, ils signaient soit à la conserverie, soit à la construction navale. Lucie, son épouse, faisait ses heures au tabac-presse sur le port. Leurs horaires coïncidaient : ils commençaient très tôt le matin et terminaient vers 14 heures. C'est Janis, la grand-mère, qui réveillait ses petites-filles, Victoire et Constance. Elle s'immisçait dans leur lit et leur soufflait d'ouvrir les yeux. Et si l'une ou l'autre rechignait à sortir de dessous la couette, alors Janis pouvait se transformer en clown burlesque pour qu'elle n'ait d'autre choix que de déguerpir bien vite, au risque de se retrouver écrasée par la doyenne, qui tentait des figures improbables sur le lit. Janis a toujours eu cette légèreté. Elle a le don pour saupoudrer le quotidien de paillettes colorées. Elle se déguisait avec elles, leur peignait les mains pour qu'elles tapissent les murs de clôture, et faisait le singe dans les arbres du jardin. Ses tartines sont les meilleures du monde : le pain croustille en surface et la mie reste moelleuse à l'intérieur. Et jamais elle n'aurait oublié le beurre aux cristaux de sel de Noirmoutier, fondant sous la chaleur de la tartine. Le tout trempé dans du chocolat chauffé à la casserole… La meilleure mamie interstellaire ! Rien que pour ce moment, Victoire voudrait refaire un saut en enfance.

Après leurs longues matinées de travail, Jean et Lucie, nettement plus modérés que Janis, avaient plaisir à passer le reste de la journée tous les deux.

Ils s'offraient une sieste, puis jouaient aux dominos ou allaient se promener sur la corniche ou bien en forêt, selon les conditions météo. Ils se sont toujours suffi à eux-mêmes. Lucie allait ensuite chercher ses filles à l'école, puis les aidait pour leurs devoirs, pendant que Jean préparait le dîner. Ça n'était pas commun, un homme aux fourneaux. Mais c'était leur organisation et ils se fichaient bien de « ce qui se faisait » ou non. Un héritage de Janis peut-être…

Mais un soir, après dîner, alors qu'elle pliait le linge devant la télévision, Lucie s'était soudainement assise, muette. Elle tremblait. Il faudrait peu de temps au trio qui jouait aux 7 familles pour comprendre que quelque chose d'anormal se passait. Le souffle de Lucie était de plus en plus court, puis elle devint blanche comme le tee-shirt qui lui glissait des mains. Était-elle en train de mourir ?

« Maman ? Mamaaaan ! » criait Constance.

Victoire restait coite, assimilant la scène qui se déroulait sous ses yeux. Jean la souleva et l'attrapa par les épaules pour la secouer.

« Lucie, Lucie, Luciiiiie ! »

« Papaaaaa ! Arrête, papa ! »

Lucie éclata en sanglots, puis la petite Constance par ricochet.

Jean et Lucie s'étant enfermés dans leur chambre, Victoire se retrouva seule avec Constance, ne sachant quoi lui dire. En temps normal, elle ne savait déjà pas de quoi lui parler, mais là… Les deux sœurs n'avaient jamais rien eu en commun. La petite, avec ses couronnes, ses robes de princesse et ses châteaux imaginaires, insupportait la grande au plus haut point ! Victoire, quant à elle, préférait les cabanes et les Lego aux Barbie. Et quel plaisir de grimper sur les rochers, les iconiques Méduse aux pieds, et de parcourir les ruelles de Saint-Gilles à vélo, ce qui faisait gémir la petite, toujours inquiète de s'écorcher un genou. Le fossé s'est creusé avec les années et, aujourd'hui, entre Constance, 32 ans, et Victoire, 34 ans, plus personne ne tente d'ériger un pont.

Victoire était allée préparer son cartable pour le lendemain. Dans son rôle d'aînée responsable, elle somma Constance de se mettre en pyjama et de coucher sa poupée. Lorsque Jean et Lucie sortirent de la chambre, leur mère repartit, le téléphone serré entre ses mains tremblantes.

Ce soir-là, seul Jean était venu les embrasser dans leur lit. Il avait promis à Victoire que tout allait bien. Pourtant, elle avait remarqué des restes de larmes dans les yeux de son papa. Elle s'était endormie en se demandant pourquoi il avait pleuré, si tout allait bien… Est-ce que les parents ont le droit de mentir ?

Elles n'avaient pas revu leur maman de la soirée, mais elle était certainement venue embrasser ses filles, une fois endormies.

À partir de la semaine suivante, Janis ne vint plus… Plus de clown burlesque, plus de tartines spéciales. Lucie prit le relais du petit déjeuner et Jean celui des chemins vers l'école. Leurs parents restèrent là, indéfiniment, matin, midi et soir.

L'odeur de sardine disparut du tablier de leur père. Tout comme le doux parfum quotidien de leur grand-mère.

Janis leur manquait…

1

Samedi matin. Elle ouvre les volets de sa chambre sur les premières fleurs de printemps. Les jardins voisins regorgent de bourgeons prêts à éclore et, du deuxième étage, elle est aux premières loges pour les contempler. Quelle chance : de l'arrière de son appartement, elle regarde la flore évoluer au fil des saisons et, de sa terrasse, c'est la valse des voiliers et des navires de pêche.

Les balcons offriront bientôt des couleurs aux passants et, dans quelques mois, les roses trémières se feront farouchement une place le long des clôtures. Certains les regarderont, se demandant pourquoi ils n'arrivent toujours pas à en faire pousser chez eux, quand d'autres ne les verront même pas. C'est bien dommage. Dans quelques mois… Dans quelques mois, où sera-t-elle ? Que fera-t-elle ? Elle ne se pose même pas la question. Sa vie bien huilée n'a aucune raison de changer. Elle vit à la façon d'une adolescente has been, envoie promener ceux qui l'emmerdent, ne s'embarrasse pas de contraintes inutiles et chérit le signe précieux de la liberté. Seules les pressions et les difficultés de son poste d'assistante de direction ont portes ouvertes sur les nerfs de Victoire et sont accueillies par l'hôte avec une empathie artificielle…

car il faut bien payer son loyer ! Son esprit se canalise de nouveau sur le prunus en fleur. Victoire a conscience que c'est une œuvre, un cadeau de la nature.

Elle sourit. C'est bien là le seul aspect poétique du personnage, d'ailleurs.

Cette beauté sauvage la rend dix mille fois plus admirative que n'importe quel tableau. Surprenant de la part d'une petite-fille d'artiste !

Elle avale son jus d'orange et s'empresse de faire son tour de marché : un pain tranché, les dernières clémentines de la saison et quelques légumes lui feront la semaine. Du fromage aussi, son péché mignon ! Mais surtout, comme chaque semaine, elle fait ouvrir deux douzaines d'huîtres et une bouteille de muscadet.

De son banc, l'ostréiculteur la guette chaque samedi. Lorsqu'il l'aperçoit entrer à la boulangerie, il commence à ouvrir ses huîtres, sans la quitter des yeux. Elle est d'une simplicité déconcertante. Son corps frêle déambule à la Birkin : tee-shirt blanc rentré dans un jean slim. Converse. Pas de maquillage, sa peau n'en a pas besoin. Son teint un peu hâlé met en valeur des yeux noisette et ses cheveux bruns n'ont plus de coupe. Quelques mèches semblent se rebeller. Gaël perd les pédales dès qu'elle passe une main dans ses cheveux pour y caler ses lunettes de soleil.

« Salut, Victoire ! » Gaël adore son prénom. En fait, il encense tout chez elle. Peut-être même que, s'il découvrait le slip Petit Bateau en coton taille 16 ans qu'elle a enfilé rapido ce matin, il en ferait des louanges… « Aujourd'hui, je te prépare de la pleine mer n° 3. » Il prend son temps pour ouvrir les dernières huîtres.

Ce qu'il veut, c'est pouvoir discuter avec elle. Chaque fois, il essaye d'en savoir davantage. Il sait qu'elle est assistante dans un groupe d'assurances, qu'elle fait du sport le vendredi soir, et qu'elle partage ses samedis midi avec Janis et Cali. Toutefois il aimerait en découvrir plus. Il devine à peu près son âge, a compris qu'elle habitait tout près de la place du marché, mais ce qu'il voudrait réellement découvrir, c'est si un homme partage sa vie.

Elle, de son côté, ne voit rien... Il faut dire qu'il avance sur des œufs. Son approche est discrète, secrète. Et Victoire semble si loin de rêver à une quelconque relation amoureuse. Elle a déjà donné.

Quand elle y repense... « Quelle innocente ai-je faite », avait-elle confessé à Janis. Victoire avait rencontré Max lors d'une soirée étudiante. Ils rigolaient bien tous les deux et partageaient les mêmes goûts musicaux et sportifs. C'était la première fois qu'elle était complice avec un garçon. Elle en conclut que c'était « ça », l'amour. Au début, ils se voyaient à la fin de leur semaine d'études, lorsque chacun regagnait le cocon familial pour le week-end. Puis ils se sont installés dans une petite maison après leur diplôme. Victoire avait décroché un CDI chez Activ'Assur et Max un poste de commercial dans une brasserie locale. Tout semblait évoluer « normalement », prendre le même chemin que les copains : un travail, un toit, des samedis soir arrosés et le poulet-frites du dimanche en famille. Ils étaient même sur le point d'adopter un labrador.

C'était tristement cliché ! Naturellement, Max fut présenté à ses proches dès le Noël qui suivit leur rencontre.

Il avait été accepté à l'unanimité. Il faut dire que Max est plutôt beau garçon, il parle aussi bien de sport que de voiture, de nature ou de travail. Et, en plus, il a l'humour grand public. Leur relation était sacrément « cool ». Puis, un après-midi de novembre, alors qu'elle s'apprêtait à partir en déplacement professionnel, ce fut la douche froide. Elle avait oublié ses baskets pour aller courir le soir. Cette session sportive pendant les séminaires lui permettait d'éviter les dîners professionnels où il faut toujours se montrer parfaite : du sourire jusqu'aux escarpins. Les hommes la regardent discrètement en attendant que leurs dames rejoignent leur chambre et ces dames observent chaque fait et geste dans l'espoir de la voir faillir. Alors, oui, il lui fallait ses *running* pour décompresser face au bal des requins. Elle chérissait aussi ces tête-à-tête avec elle-même après les longues journées de représentation. Elle avait donc décalé son billet de train d'une heure pour avoir le temps de passer chez elle récupérer son sac de sport et embrasser sa grand-mère sur le chemin. En descendant de sa voiture, elle discerna parfaitement la voix de Jamiroquai. *Cosmic Girl* à tue-tête la fit sourire. Inévitablement, Max devait chanter sous la douche. Elle aurait peut-être même le temps de l'y rejoindre !

Mais non, l'ambiance chaude et humide de la pièce ainsi que le refrain de Max contrastaient avec ce qu'elle avait imaginé. L'hébétée le surprit à genoux, en plein coït avec une petite rousse dont la mâchoire mordait son propre oreiller, celui qu'elle avait recouvert de sa taie usée avec le Kiki de son enfance ! Elle enfonçait son pouce plus que jamais dans sa bouche, déformant le visage de son singe préféré... Victoire était restée dans l'encadrement de la porte à les regarder, n'entendant plus une seule note de musique. C'était plus fort qu'elle, ce besoin de les observer encore et encore et de sentir la douleur s'emparer de ses chairs pour rendre la scène réelle. Il lui fallait regarder la trahison droit dans les yeux, à en devenir aveugle de larmes.

Elle avait pleuré dans les bras de sa grand-mère. Elle en avait voulu à ce type, en qui elle avait mis toute sa confiance. Elle avait pesté contre ses parents d'avoir grandi dans du coton, loin de la réalité du genre humain et du monde des adultes. Adieu, la naïveté ! Elle était blessée, déçue, honteuse, salie, seule. Puis les semaines et les mois s'étaient écoulés, la déception s'était apaisée. Mais, pour mieux se protéger, elle décida qu'elle ne voulait plus d'amour, plus de promesses. Désormais, elle s'octroie juste des rendez-vous improvisés avec Luís, qui s'arrête chez elle de temps en temps pour partager un moment charnel et sans engagement. Est-ce un *sex friend* ? Peu importe le titre, c'est très bien comme ça.

Alors, pauvre Gaël derrière ses bourriches d'huîtres… Victoire n'a même jamais remarqué le bleu profond de ses yeux.

2

En remontant la rue qui mène chez sa grand-mère, Victoire salue les quelques anciens qui vivent toujours dans ce vieux quartier aux rues étroites. Elle regrette que, sur les conseils de leurs enfants ou d'agents immobiliers intéressés, beaucoup de ceux qui ont fait l'âme et l'histoire de ce précieux quartier aient déserté les maisons de pêcheurs pour se faire construire des pavillons «plus confortables» dans les lotissements aseptisés en périphérie de la ville. Carrelage à la mode, cuisine fonctionnelle et garage pour stocker un tas de cochonneries qui ne serviront plus jamais. Adieu le formica… Aujourd'hui, les volets colorés de ces petites maisons à l'enduit blanchi ne s'ouvrent qu'à partir de mai pour se refermer en septembre. Alors, vivement les beaux jours !

Lorsqu'elle arrive dans la ruelle des Oursins, elle aperçoit Janis et Cali en train de discuter, adossées à leurs maisons, une bassine posée sur les genoux de chacune et des paires de chaussures exposées au milieu de la rue.

«Bonjour, ma jolie ! lui lance Calista avec un sourire sincère. Ne nous en veux pas, Janis et moi terminons de nettoyer nos souliers et bottines d'hiver pour les ranger.

Elles sèchent mieux au milieu de la rue, car le soleil donne à cette heure-ci. Le temps qu'on finisse, entre dans ma cuisine. Je t'ai fait un petit pain aux herbes. »

Victoire embrasse Janis et Cali avec un sourire en coin. Ces deux-là sont vraiment comiques. Ces amies de longue date ont partagé des expériences que leur entourage s'amuse à découvrir quand elles veulent bien en livrer un échantillon.

Chez Calista, ça sent toujours bon la cuisine. Des bouquets d'herbes sèchent sur les poutres et des auréoles d'huile d'olive dessinent un patchwork sur la nappe. Les livres de recettes prennent la poussière sur un coin du buffet : il y a belle lurette qu'elle n'a plus besoin de les ouvrir. La maisonnette est petite et rudimentaire. Victoire ne connaît que la pièce principale, avec une table jaune assortie aux trois chaises, une gazinière dont on ne perçoit plus ni symboles ni chiffres et sur laquelle règne sa cafetière italienne. Cette saloperie qui pisse comme une vieille ! Puis il y a ces deux fauteuils en velours vert devant la télé qui valent certainement une fortune pour les amoureux du vintage ! Quelques cartes postales écornées et aux couleurs passées provenant de Crète sont scotchées sur le réfrigérateur et une croix est pointée au-dessus de la porte. Quant au rideau de perles suspendu à l'entrée du couloir, il laisse penser que, derrière, se cache toute l'histoire de sa vie.

Les deux maisonnettes mitoyennes sont presque identiques. Il faut baisser la tête et descendre une marche pour y entrer. De jolis carreaux de ciment sont disposés au sol. Au-dessus de la porte de chez Janis, on peut lire « L'Essentiel ». Victoire doute pourtant qu'elle n'y conserve que le nécessaire au vu du joyeux bazar qui y règne ! Et, à l'arrière, elle possède une cour que Cali n'a pas. Cette dernière vient donc y étendre son linge et y cultiver une multitude de plantes médicinales. Chez Janis, tout est très coloré, à l'image de ses boucles d'oreilles et de ses longues robes ! Sa dégaine lui fait souvent penser à la magnifique Anny Duperey, en plus vieille et avec de longs cheveux blancs. Une affiche de la Journée internationale de la paix, représentant le logo *Peace and love*, recouvre la porte qui mène à sa chambre. Son paillasson confectionné en mosaïque par ses mains habiles prône le symbole LGBT. Le plafond orange rappelle les motifs hippies des murs. Difficile d'imaginer qu'il s'agit de la maison d'une octogénaire ! Les deux vieilles femmes exposent une ribambelle de portraits, mêlant défunts et vivants sur les buffets de cuisine. Janis a opté dans sa chambre pour la discrétion : une de Victoire et Constance avec la bouche pleine de chocolat lorsqu'elles avaient 3 et 5 ans, la conventionnelle photo de mariage des parents et la traditionnelle photo d'école de Clothilde, la fille de Constance. La plus grande et la plus saisissante est exposée au-dessus de son lit comme le trophée de sa vie. On y voit Janis et son défunt mari, allongés sur le sable et enlacés, riant, les vêtements trempés… Cette scène est troublante de beauté. On imagine comme ils ont pu être heureux et fous amoureux ensemble. Quant au parfum qui vous pique le nez en entrant, c'est celui des bâtons d'encens. Aucun risque d'y détecter une quelconque odeur de cuisine, elle déteste préparer à manger et s'impose le minimum de vaisselle. Janis préfère peindre, sculpter et créer des objets en tout genre.

Lorsque l'ancien pêcheur qui hibernait dans la maison d'en face est décédé, Janis l'a rachetée une bouchée de pain tellement elle était en mauvais état. Cali a dégainé ses éponges et Janis ses pinceaux pour en faire l'atelier de Janis.

La ruelle est tellement étroite que peu de gens y passent alors, au fil des années, elles se la sont appropriée. Cali y dépose ses gratins pour qu'ils refroidissent et Janis y fait sécher ses « œuvres ». Il n'est pas rare de les voir attablées au milieu du passage ! Un jour, alors qu'on lui avait refusé le droit de peindre la façade de sa maison en jaune, elle entreprit de représenter de grands soleils, des arcs-en-ciel et des notes de musique sur le bitume. Lorsque Victoire était arrivée, elle les avait trouvées en pleine crise de rire, fières de leur bêtise. « Un acte salvateur pour une rue trop terne… » et en souvenir de leur jeunesse débridée, paraît-il. Sauf que, le lendemain, un nouvel arrivant, qui occupait une maison un peu plus bas, s'était plaint. Elles avaient vu monsieur le maire remonter la rue. Quelques verres d'ouzo plus tard, il avait décrété qu'il s'agissait effectivement d'une forme d'art qui égayait la rue, un peu trop triste en hiver.

En croquant dans le pain aux herbes, Victoire les entend papoter et envie cette amitié sans limite qu'elle-même n'a jamais connue.

Le jeu de la vie

L'église sonne midi. Les chaussures sont cirées. Le vin blanc est servi avec les huîtres et le pain beurre. La table pliante est un peu bancale, mais participe pleinement au charme du moment. La dégustation peut commencer ! On parle, on rit, parfois on pleure. Quel bonheur de se retrouver toutes les trois…

3

Victoire n'est pas en grande forme ce dimanche matin. Elle est sortie tard la veille avec son ami Malik. Les bars de plage reprennent du service et, pour l'occasion, certains ont promu l'happy hour. D'autres ont offert un verre pour faire découvrir leurs cocktails de l'été et, la goutte d'eau qui a fait déborder Victoire, le patron de la Cabane a invité un groupe de musique tzigane. Après sa sieste du samedi après-midi, elle était donc en pleine forme pour affronter le grand chelem qui l'attendait. Elle y a retrouvé des copains de jeunesse et autres connaissances lointaines. Ceux qu'elle ne retrouve qu'au hasard des soirées. Ceux avec qui elle n'échange jamais par téléphone, mais avec plaisir autour d'un verre en discutant. Malik et Victoire ont appris comment chacun d'eux avait occupé les cinq derniers mois. Certains étaient partis en vacances au soleil et à la montagne, avec conjoint et gamins, pour oublier la morosité du climat social en France. D'autres, comme elle, avaient poursuivi leur train-train quotidien, au rythme des journées plus courtes de l'hiver. Elle constata avec une certaine nostalgie que l'époque où chacun racontait sa saison d'hiver aux Antilles était définitivement abolie. Aujourd'hui, tous sont bien installés dans leur vie de famille. D'ailleurs, les femmes sont rentrées plus tôt pour coucher les enfants, qui eux aussi ont bien grandi. Victoire ne les envie pas, elle est sincèrement heureuse pour ses amis de jeunesse. Elle observe seulement que le temps passe.

La connaissance avec les premiers saisonniers est actée. Un peu de nouveauté, c'est toujours rafraîchissant ! Elle ne s'en fera pas des amis, mais des copains parmi lesquels naviguer lors de ses soirées d'été. Elle ne veut pas d'attache, Malik lui suffit. Il a huit ans de moins et travaille avec elle. Ils ont le même rythme : travail, sport, sieste, sortie. Leur relation est fraternelle. Victoire aimerait pourtant inventer un autre mot, car ce qu'elle vit avec Malik n'a rien des rapports avec sa fratrie.

Hier soir, elle a bu, tiré sur quelques cigarettes, a senti la musique s'emparer d'elle, puis s'est laissée porter par les accords de guitare. Comme pour fêter l'arrivée de la saison, elle a dansé toute la soirée, les pieds nus dans le sable froid. Elle est rentrée, encore en transe, et s'est assoupie sur son lit, n'ayant réussi qu'à déchausser ses Converse.

En cette matinée, ce n'est pas le chant des mésanges qui la réveille, mais celui des pics-verts qui résonne douloureusement dans sa tête. Elle comate devant son bol, l'estomac au bord des lèvres. Le café serré du petit déjeuner ne suffit pas. Comment a-t-elle pu se laisser embarquer… par elle-même, en plus ? Elle se maudit et fouille dans son vieux sac en cuir, le vide une énième fois, puis, résignée, admet qu'elle ne possède pas l'ombre d'un cachet d'aspirine. Grrr... La douche lui permet d'émerger en douceur, sans gommer son état. Aujourd'hui, c'est haleine de rat et cerveau en bouillie. Les pharmacies étant fermées le dimanche, elle ne peut compter que sur Janis pour lui ouvrir sa boîte à médicaments.

Arrivée à L'Essentiel, Victoire s'enfonce dans le sofa, le teint blafard et les yeux jaunis.

« Bonjour... »

Rien de plus ne sort de sa bouche. Elle ne veut pas prendre le risque de vomir.

Janis l'observe de son air malicieux tout en raccommodant un bouton à son gilet. Bernard le chat l'a sûrement entendue, mais n'a pas daigné ouvrir les yeux.

« Alors, ma fille, la soirée fut difficile, n'est-ce pas ? »

Victoire ne répond pas. D'abord, elle n'a pas le courage de gaspiller le peu d'énergie qui lui reste, ensuite elle n'apprécie qu'à moitié le sous-entendu moqueur de sa grand-mère.

Pourtant, Janis poursuit, perplexe :

« Mais sacré nom d'une pipe... Qu'est-ce que vous buvez pour vous rendre malades ! Nous en avons fait, des folies, dans notre jeunesse, mais nous n'étions pas dans cet état... Le lendemain, tout le monde se rejoignait, des sourires sur les lèvres et des promesses dans les yeux de nous retrouver bientôt. Or, j'ai bien le sentiment qu'à l'heure où je te parle, la seule promesse que tu te fasses est de ne pas renouveler l'opération de sitôt.

— Janis, s'il te plaît, donne-moi un cachet... »

D'un geste appliqué, Janis réalise son dernier nœud. C'est seulement une fois le gilet accroché au portemanteau qu'elle sort frapper chez Cali. Victoire voudrait hurler ! Sa tête va exploser et sa grand-mère avance avec une lenteur insupportable ! Elle peste en silence, car elle n'est pas vraiment en position de force pour lui demander d'accélérer le pas.

Enfin, Cali arrive avec un plateau garni d'une tasse fumante, d'une cuillère et d'une bouillotte.

« Tiens, ma jolie, bois ça et respire un peu la menthe, elle devrait te couper la nausée. Tu avaleras ce carré de sucre aussi. Je t'y ai mis quelques gouttes d'huile essentielle. »

La cuillerée avalée, Victoire sent son nez et ses yeux prendre feu :

« Beurk, c'est quoi, ton truc ? »

Cali réplique avec tendresse mais fermeté :

« On n'a pas idée de passer la nuit dehors alors qu'elles sont encore fraîches. C'est pour t'éviter une pneumonie. Et, maintenant, allonge-toi, pose ta tête sur mes genoux et mets cette bouillotte sur ton foie. Il a besoin d'être chouchouté ! »

Cali ferme les yeux et appose d'abord les mains sur le front de Victoire avant de les passer sous sa nuque. Elle est concentrée et marmonne des mots incompréhensibles. Les chamans grecs existent-ils ? Elle commence son massage par de petits cercles du bout des doigts. Il aura fallu moins de deux minutes pour que les yeux de Victoire se ferment. Ni ses ronflements ni le grincement de la porte ne la réveilleront. Deux heures plus tard, c'est sur un gros coussin rond et moelleux qu'elle émerge. Cali a dû le glisser sous sa tête pour remplacer ses cuisses généreuses.

La bouillotte a glissé, les deux femmes ont disparu et la douleur avec.

Le coucou chante 16 heures lorsqu'elle discerne leurs voix dans la rue. Elles ont dû marcher vers la plage. Bernard le chat ose enfin la regarder. Victoire, elle, n'a pas bougé du canapé.

« Viens prendre l'air, lui lance sa grand-mère de dehors. Ça devrait te faire du bien. »

Victoire obéit. En passant la porte, elle est saisie par la luminosité extérieure. Cali dépose sur la table un pichet d'eau avec quelques rondelles de citron et remplit trois verres.

La jeune femme s'installe à table sous le regard scrutateur de ses aînées. Cali lève les lunettes de soleil posées sur le nez de Victoire pour y observer le fond de ses yeux, encore trop jaune.

« Jeune fille, tu vas mettre ton foie au repos ! Jeûne impératif jusqu'à demain midi. C'est le prix à payer... Et si ton ventre t'appelle, alors grignote un peu de radis noir ou fais-toi bouillir un artichaut. En attendant, tu peux bien boire la carafe entière d'eau citronnée. »

Un silence vient souligner l'ordonnance. Janis et Cali échangent un clin d'œil, mais ne peuvent retenir plus longtemps ce petit rire bien à elles. Leurs regards témoignent de souvenirs communs, certainement les mêmes abus de jeunesse que leur petite protégée.

Victoire se joint à leur complicité en riant, mi-honteuse, mi-soulagée.

Rentrée dans son appartement, Victoire ouvre sa baie et regarde les bateaux de pêche soigneusement rangés. Leurs drapeaux colorent l'horizon. Les marins profitent de leur famille le dimanche soir pour mieux repartir à l'aube. Le soleil est encore haut et dépose un tapis scintillant sur la mer calme. Les mêmes étoiles que dans les yeux de Victoire, si reconnaissante d'avoir Janis et Cali. Elle pourrait en pleurer. Ses vieilles amies n'ont pas de téléphone (pour quoi faire ?), sinon elle leur aurait adressé une photo de la vue avec pour simple message « MERCI ♥ ».

4

Son déshabillé est déposé sur le banc de velours qui borde le lit. Constance se glisse sous les draps, encore très excitée de la soirée qu'elle vient de partager avec les associés et clients de son époux. L'angoisse de commettre un faux pas retombée, elle peut s'enfoncer dans son lit et fermer les yeux pour se refaire le film, du cocktail aux adieux. Elle passe au ralenti le moment de son arrivée au bras de Guillaume, lorsque tous les regards se sont braqués sur eux. Elle en oublie la demi-seconde d'intimidation qu'elle a ressentie face aux convives. Ce moment furtif est passé inaperçu, car elle a regagné toute la contenance nécessaire à une entrée réussie en un brin de temps ! Constance gère parfaitement les codes mondains… Elle aime attirer le regard des hommes et des femmes sur elle et, cette fois, il lui aura fallu deux minutes pour atteindre son objectif !

Il faut dire qu'elle n'avait rien négligé : sa robe fuseau camouflait ce qu'il fallait, mais dévoilait surtout les formes parfaites de son corps. Le dos tapissé d'une fine dentelle laissait apparaître l'absence de sous-vêtements. Elle était allée spécialement chez son coiffeur ajuster son balayage de nuances blondes pour mettre en valeur les pépites dorées incrustées comme des joyaux dans ses yeux noisette. Le vert impérial de sa robe était le juste compromis entre le noir, dont toutes les femmes seraient vêtues, et le bleu marine, trop classique à son goût. Ses escarpins dorés montraient timidement ses ongles vernis et accentuaient sa cambrure. Quant au maquillage de la bouche, il était léger pour ne pas paraître provocant. Elle avait opté pour une teinte rosée avec une touche d'orangé, effet naturel mais gourmand. Constance pensait à tout, anticipait ses postures, ses regards, le port de sa tête et les sourires qu'elle offrait. Mêmes les quelques mèches s'échappant de son chignon bas avaient été soigneusement pensées. L'exigence de Constance avait payé et elle ressentait encore l'extase dans tout son corps. Des bulles de bonheur et de chaleur montaient le long de sa colonne, s'emparant de nouveau de tous ses membres. Elle avait lu la fierté dans les yeux de Guillaume, face à ses associés. Il savait que certains notables fortunés s'étaient intéressés à lui et étaient convenus d'un rendez-vous dans le seul but d'approcher Constance. Les femmes, curieuses et envieuses, l'observaient lorsqu'elle faisait semblant de baisser la garde. Ce soir, Constance s'était sentie vivante et Guillaume avait jubilé toute la soirée.

Guillaume et Constance s'étaient rencontrés pendant leurs études de droit. Lui, fils d'agriculteur dans la campagne angevine, rêvait de costumes sur mesure et de chemises brodées de ses initiales. Il était prêt à surmonter tous les obstacles pour atteindre son objectif: à force d'investissement personnel et de formations complémentaires, il avait obtenu son diplôme haut la main et avait réalisé une ascension spectaculaire au sein du cabinet d'avocats qui l'employait. Arrivé à l'âge de la retraite, le doyen du cabinet lui avait cédé ses parts. Guillaume se voyait donc détenir 30 % du cabinet dans lequel il exerçait en tant que gestionnaire de patrimoine, branche qu'il avait lui-même développée. Il maîtrisait particulièrement les placements dans les grands domaines viticoles et s'était également vu confier la gestion du personnel, au regard de son parcours exemplaire en tant que collaborateur.

Constance avait étudié le droit sans trop savoir pourquoi. Mais sa rigueur, sa détermination et la discipline qu'elle s'était imposée ne lui permettaient pas d'abandonner les cours, malgré son désintérêt pour la matière. Elle puisait donc sa motivation en Guillaume, qu'elle retrouvait dans l'amphi et dont elle était tombée follement amoureuse. Cependant, ses études l'ennuyaient tellement qu'elle n'avait pas songé à poursuivre dans une spécialité, quelle qu'elle soit. Son diplôme en poche, un syndicat professionnel l'avait recrutée pour un poste des plus barbants. Heureusement, elle se ressourçait dans sa relation amoureuse fusionnelle, excitante et complice, qui ne laissait personne indifférent : « Guillaume et Constance, le couple parfaitement parfait... »

Ils avaient rapidement pu investir dans une maison de ville à trente minutes de la mer, pour laquelle elle s'était personnellement attribué le rôle de maître d'œuvre et décoratrice, qu'elle avait, là encore, accompli avec brio.

Quel soulagement avait-elle ressenti lorsque Guillaume lui offrit la possibilité de cesser son activité pour mieux anticiper la vie de famille à venir ! Contrairement à lui, Constance n'avait pas placé son ambition dans le travail, mais dans la vie : les petits plaisirs quotidiens avec un mari séduisant et brillant, des repas dans une maison toujours soignée, puis leur petite Clothilde avait pointé le bout de son nez. Malgré les nuits sans sommeil et les fluctuations de poids, la jeune maman avait conservé toute sa superbe. En fait, elle est LA femme détestée des autres, celle que toutes les épouses envient secrètement… Tout est parfait dans la vie de Constance. Ou presque. Car, comme chez tout le monde, il y a une ombre au tableau : sa grande sœur, son unique sœur, n'en est pas une. Jamais un compliment de sa part, ni même un message, pas même une pensée…

Portée par l'énergie de la soirée, elle se dit que, le lendemain, elle lui adressera un petit mot.

Il est 2 heures du matin et Guillaume a déjà sombré depuis un moment alors que Constance ne se défait pas de son excitation bouillonnante. Quel couple extraordinaire ont-ils formé ce soir… Toujours dans l'euphorie de leur soirée, elle se colle à lui et entreprend de lui caresser le torse. Le désir l'envahit, elle ne peut pas s'endormir comme ça !

5

La jeune femme, coincée entre l'insouciance adolescente et la maturité adulte, s'étire dans ses draps froissés, qu'elle devrait d'ailleurs mettre à laver… À l'opposé de sa sœur, elle n'apprécie pas plus que cela les vêtements repassés et l'appartement rangé. Elle n'est pas du style à se lever tôt pour accomplir une liste de tâches ménagères avant d'aller au bureau. Elle traîne au lit jusqu'à trouver le courage de se lever. Mais le soleil est de plus en plus matinal et les rayons, qui se faufilent à travers les rideaux, viennent déposer un voile de chaleur sur sa joue, l'intimant de se bouger. Le réveil indique 7 h 30. À côté, le brin de muguet posé sur sa table de nuit est fané depuis longtemps. C'est Cali qui le lui avait glissé dans la main pour renouveler ses vœux de bonheur au premier jour du mois de mai. Victoire le garde auprès d'elle, par superstition peut-être, et malgré les sept clochettes devenues marron, elle ne se décide pas à s'en séparer. Victoire attrape deux clémentines (plus appétissantes au petit déjeuner que le radis noir préconisé par Cali) et enjambe son vieux vélo pour rejoindre le bureau. L'air frais du petit matin la ravigote après son week-end ardu… Elle prend son temps, à l'affût des nouveaux boutons de fleurs qui auraient éclos sur son chemin. Elle tente de siffler pour répondre aux mésanges et rit de ne pas savoir sortir le moindre son. Tiens donc, la maison de la sœur de Luís est ouverte. Recevra-t-elle un message ? À l'idée de le revoir, un sourire se dessine sur son visage et, inconsciemment, ses jambes se mettent à pédaler plus vite.

Comme à son habitude, elle est la première au bureau. Victoire fait couler un café, vérifie la propreté des bureaux, puis ouvre le courrier en attendant l'arrivée des troupes. Ses collègues prennent leur poste les uns à la suite des autres. Le climat est studieux. L'activité s'accélère à cette période de l'année, ce qui n'est pas pour lui déplaire. Une fois les consignes remises à chacun, Victoire part s'enfermer dans la salle de réunion pour pointer les contrats de la semaine passée. C'est ici qu'elle se réfugie lorsqu'elle veut être seule, car la porte de son bureau est toujours ouverte, question de principe.

Pourtant concentrée, elle saute sur son portable dès qu'il lui annonce l'arrivée d'un message. Celui qu'elle attendait :

Luís
« Hola ! »

Victoire
« Hey, salut ! »

Luís
« J'aurais voulu venir te réveiller quand je suis arrivé ☺. »

Victoire
«Dommage que tu n'aies pas osé ! Tu passes tout à l'heure ? ☺ »

Luís
«Je vais chercher ma sœur à la gare cet après-midi.»

Victoire éprouve des sentiments mitigés, entre joie de le savoir de retour et déception de devoir repousser leurs retrouvailles. Elle est même un peu vexée en calculant que, s'il va chercher sa sœur, elle ne le verra pas dès ce soir. Depuis deux ans, ils ne vivent que des échappées volées, car ils connaissent la nature de leur relation. Lorsqu'il avait tenté de l'embrasser il y a deux ans, elle l'avait repoussé, l'avisant qu'il n'était pas envisageable d'espérer quoi que ce soit de sérieux. Il lui avait répondu avec la même sévérité qu'il s'en accommoderait parfaitement. Ils avaient éclaté de rire, puis elle avait abdiqué. Luís étant originaire de Madrid, leur pacte serait facile à respecter.

À la relecture de ses mots, elle se reprend rapidement. Comment résister à cet accent chantant qui l'appelle ?

Victoire
«O.K. ! Tu es là pour combien de temps ?»

Luís
«Cette fin de semaine, j'anime une dégustation dans un château pas très loin d'ici. Mais on peut se voir un soir ?»

Chaque sonnerie fait sourire Victoire encore davantage, faisant monter le degré d'impatience. Elle compte les jours avant le week-end…

> Victoire
> «C'est quand, un soir?»

Victoire ne peut s'empêcher de provoquer le moment, comme s'il ne pouvait plus revenir en arrière une fois sa réponse donnée.

> Luís
> «Vendredi soir? J'ai apporté quelques pimientos farcis et de la charcuterie espagnole pour toi.»

En quelques phrases échangées, Victoire a perdu toute sa concentration. Ses pensées sont déjà au week-end à venir. L'idée de revivre une parenthèse aimante l'enchante. Luís est tellement prévenant à son égard: il la regarde avec douceur, lui rapporte des gourmandises ibériques dont elle raffole, procure de la tendresse à son cœur endurci. Quand il annonce son arrivée sur la côte vendéenne, elle a envie de danser la carioca. Lorsqu'il repart, elle reste perchée sur un petit nuage pendant quelques jours.

Son téléphone continue à s'exciter. Mais la température descend instantanément lorsqu'elle lit l'auteure du message:

Constance
« Salut, Victoire, comment vas-tu ? Je suis heureuse que Janis et maman m'aient donné quelques nouvelles de toi ces dernières semaines. Tu penses à l'anniversaire de Clothilde dimanche prochain ? 12 h 30 à la maison. Bonne journée. Bisous »

Grrr ! *Bisous ?* Victoire passe de l'euphorie à la furie. Comme tout ce qu'entreprend Constance, elle vient de réussir formidablement à plomber la joie de Victoire, et ce, en seulement un tour de phrase. Victoire relit ses mots, teintés de reproches. Jouerait-elle aussi sur la culpabilité ? *Sainte Constance prend des nouvelles, sainte Constance l'invite, et sainte Constance l'embrasse même !*

Cette dernière se contentera d'une réponse automatique :

Victoire
« En RDV, je vous réponds plus tard. »

Son cœur bat la chamade, ses jambes sautillent sous le bureau. Elle étouffe dans cette pièce. Victoire ouvre la fenêtre et prend une grande inspiration avant de retourner s'asseoir. Constance n'aura pas le pouvoir sur son bonheur ! Elle n'en a pas le droit ! Trop rares sont les moments avec son *amireux* (en contractant *ami* et *amoureux*, Victoire a inventé ce mot qui les amuse beaucoup).

Elle répond donc à Luís en tentant de retrouver son emballement :

Victoire
« O.K., vendredi soir, 20 heures à l'appart. Depuis février… Je suis heureuse de te retrouver. »

Elle s'affaire toute la journée pour éviter de repenser à sa sœur. Ses collègues lui rendent sérieusement service en la surchargeant de demandes. Elle apaise quelques tensions avec des clients impatients que les collaborateurs n'arrivent pas à rassurer, prépare le planning de congés pour l'été, contacte des fournisseurs en retard de leur livraison et, finalement, ne s'aperçoit pas que les bureaux sont déserts lorsqu'elle décide que sa journée est bouclée.

Quelques gouttes de pluie la surprennent sur le chemin du retour. Pourra-t-elle aller courir avec Malik comme prévu ? Le message de sa sœur tourne en boucle dans sa tête, elle est comme prisonnière d'un carrousel dont elle n'arrive pas à descendre. Sa sœur la gonfle avec ses jugements et ses bonnes manières. Elle a besoin d'évacuer, ne comprenant pas pourquoi Constance la met dans cet état de rage. Elle voudrait hurler, cogner, courir vite. *Comment en sont-elles parvenues là toutes les deux ?* Si différentes, si distantes, si méprisantes… C'est une guerre froide entre elles. En arrivant chez elle, Victoire enfile machinalement sa tenue et ses baskets, puis redescend l'escalier à toute allure. Malik l'a prévenue qu'il ne la rejoindrait pas à cause des conditions météorologiques. Elle démarre avec une foulée un peu trop rapide, dévalant les ruelles qui mènent au port. Le temps s'est assombri, la pluie fine s'est épaissie et fouette son visage alors qu'elle court maintenant à grandes enjambées. Est-ce que sa sœur ressent la même amertume ? Son parcours se complique, il faut grimper et ralentir le rythme pour atteindre le haut de la corniche. Néanmoins elle poursuit sa course effrénée. Elle n'arrive plus à réfléchir, un point de côté s'est logé au creux de son ventre et la douleur grandissante met le doigt avec insolence sur son mal-être. La pluie s'est mêlée aux larmes qu'elle n'a pas senties arriver. Le tonnerre n'est plus très loin. Elle s'arrête au pied du phare et pleure, épuisée, le souffle court. Un hurlement trop longtemps enfoui au fond de ses tripes s'échappe de sa gorge nouée. Il laisse derrière elle cette relation qu'elle n'a pas su sauver et qu'elle sait définitivement perdue avec cette sœur qui n'en porte désormais que le nom.

Victoire s'abrite sous un rocher le temps que l'orage passe. De longues minutes s'écoulent. Son cœur s'est vidé en même temps que le sentier qu'elle voit sans regarder. Les éclaircies tentent de se frayer un chemin et l'arc-en-ciel qui se dessine au large la ramène à l'instant présent. Elle se dit que, petite, Constance aurait imaginé une licorne galoper entre les couleurs. Étonnamment, elle sourit, saisit son téléphone et pianote :

> Victoire
> « Slt. Oui, je n'ai pas oublié. À dimanche. »

6

Pendant ce temps-là, Constance, loin d'imaginer le tourment qu'elle a déclenché chez sa sœur, savoure sa soirée, encore et encore. Avec son mari, ils ont échangé sur la réussite de leur duo. Nul doute que Guillaume ait fait des envieux... Depuis, il a reçu une invitation du groupe Lassire, dont le P.-D.G. l'a contacté personnellement pour le convier à la soirée de vernissage d'un peintre et sculpteur hongrois dont le nom lui a totalement échappé. Car ce qui importe à André Lassire, c'est de fixer une rencontre d'affaires pour leur projet d'acquisition. Le groupe Lassire possède une centaine de complexes hôteliers prestigieux en Europe. Leur communication est axée sur «le luxe dans le respect de l'environnement». Leur communication seulement, il faut donc être vigilant... Guillaume semble le profil idéal pour conjuguer protection du groupe et investissement! Évidemment, son épouse est attendue à la réception. Constance flotte sur son nuage enchanté... Mais l'heure n'est pas à la rêverie, elle doit organiser l'anniversaire de sa fille chérie: samedi, elle sera entourée de ses amies pour un goûter d'anniversaire et, dimanche, sa famille la comblera de cadeaux. Le thème et la couleur sont choisis, le menu est établi. Si la météo le permet, ils pourront même déjeuner dehors. Pour que tout soit parfait, la maîtresse des lieux a commandé le passage du jardinier. Par la fenêtre, elle le regarde tondre la pelouse, arracher les mauvaises herbes de l'allée, puis tailler le camélia. Contemplative, elle admire le lilas près de la terrasse, qui s'accordera à merveille avec la décoration. Rien n'est laissé au hasard, son mantra depuis sa naissance.

7

Les jours suivants, Victoire se sent légère. Le cyclone qui couvait dans ses tripes est passé et son cœur a vidé des larmes qu'elle ne soupçonnait pas. Elle, pourtant si forte. Seule, elle a couru pour se purger de ce qui campait sournoisement au fond d'elle. Après avoir déchargé toute l'énergie négative, elle vole maintenant vers un vendredi soir qui s'annonce régénérant.

Victoire et Malik ont décidé de terminer leur journée un peu plus tôt pour garantir leur footing du vendredi soir. Tout en courant, ils échangent sur la semaine écoulée : les bruits qui courent dans les couloirs de l'agence, le projet d'investissement de Malik pour ne pas perdre trop d'argent dans un loyer, l'idée soudaine de partir en vacances ensemble à la fin de l'été…

Ils parlent de tout, ou presque, car Victoire se garde bien de lui avouer l'état dans lequel sa sœur l'a mise quelques jours plus tôt. Elle ne comprend encore pas bien ce qui s'est produit. Il n'est pas normal d'être autant bouleversée par une malheureuse phrase et elle a conscience que sa réaction fut démesurée. Serait-elle un peu fatiguée en ce moment ? Victoire préfère spéculer sur la soirée qui l'attend avec Luís, et Malik rit de la voir si excitée.

« Tu n'es pas un peu amoureuse ?

— Ben non ! De quoi tu me parles !

— C'est tout de même surprenant de te voir aussi impatiente et presque rêveuse. Toi, Victoire Morineau, pacsée au célibat ?

— Oh, hé, t'emballe pas ! C'est parce que ça n'arrive qu'une fois tous les trois mois. Je lui confie mon corps, pas mon cœur.

— À te voir, il doit bien s'en occuper, de ton corps ! »

Et les voilà partis dans un tel fou rire qu'ils se voient obligés d'interrompre leur course. Tant pis, le circuit sera plus court. Ils privilégient leurs plaisanteries au sport, concluant que rire contribue autant à leur santé que les douze kilomètres qu'ils s'étaient fixés.

« Et toi, tu fais quoi ce soir ?

— Eh bien, j'irai boire une bière ou deux à la Cabane, puis je rentrerai tranquillement. Je dois rejoindre mon père très tôt demain matin pour l'aider à refaire sa terrasse.

— On se verra peut-être demain soir ?

— Je crains que tu n'aies besoin de dormir après ce que tu vas vivre ! »

Les rires repartent de plus bel, puis ils se quittent pour que Victoire ait le temps de mettre un peu d'ordre chez elle, avant l'arrivée de son *amireux*.

Habituellement, elle prend son linge directement sur le tancarville exposé dans le séjour, plutôt que de le faire passer par la case « contrepliage, repassage, pliage, rangement ». Il peut parfois y rester suspendu trois semaines. Encore en tenue de sport, elle s'active au rythme des

Daft Punk afin de débarrasser l'espace. Chiffon, dépoussiérant, aspirateur, serpillière, vaisselle s'ensuivent… La musique l'entraîne. Surtout *One More Time*, sur laquelle elle s'autorise quelques pas ridicules, manœuvrant les chiffonnettes comme des rubans de gym rythmique. Une heure plus tard, les mains sur les hanches, encore une lingette à la main et le front perlant de sueur, elle constate avec fierté le résultat. Son appartement sent bon. Il est vraiment sympa, une fois ordonné et astiqué. Elle qui n'a jamais voulu s'y attacher. Elle avait signé le bail à la volée après sa séparation pour se rapprocher de Janis, qui lui manquait trop. Le provisoire perdure depuis dix ans et lui convient parfaitement : assez grand pour elle seule, assez petit pour l'entretien, assez près de chez sa grand-mère, assez raisonnable en loyer. Bref, il est « assez bien » finalement ! Allez, à la douche. Il faut aussi que l'hôte se décrasse après autant d'efforts !

En quittant la salle de bains, son téléphone indique un nouveau message.

> Luís
> « Désolé, j'aurai une heure de retard. »

Victoire soupire. N'a-t-il pas hâte de la retrouver ? Il semble qu'ils ne soient pas sur la même longueur d'onde. Si au moins il avait manifesté son impatience de la revoir…

Soudain, quelqu'un frappe à la porte. Et zut, Mme Rivière va lui dire qu'elle n'a pas rentré la poubelle alors que c'était à son tour de s'en charger. Elle l'a aperçue la regarder derrière son rideau tout à l'heure. Pourquoi ne le fait-elle pas elle-même pour une fois !

Elle ne s'occupe de rien, même pas de son mari, qui trouve toutes les occasions pour échapper aux griffes de sa femme, de jour comme de nuit.

En inspirant profondément, elle se dirige vers la porte d'entrée. Sa soirée commence mal.

« Hola ! »

Victoire est ahurie en découvrant Luís figé sur le perron, les bras chargés. Il est tellement fier de sa mise en scène que son sourire reste accroché à ses oreilles. Elle s'empresse de lui ôter les paquets des mains et les pose sur le bar. Après avoir claqué la porte, elle s'avance pour le serrer fort. À cet instant, elle ne sait pas si c'est en remerciement, par manque de lui ou par carence d'affection tout simplement... Ils s'étreignent un instant et s'offrent chacun un tendre baiser sur la joue. C'est si bon de se retrouver ! Son parfum est divinement épicé et ses cheveux dessinent des parenthèses autour de son visage. Les laisse-t-il pousser ? Il traverse l'appartement, qu'il connaît déjà, pour se poster face aux bateaux. Comme il adore cette vue, Victoire a investi dans une table haute et deux tabourets, ainsi ils pourront apprécier le coucher de soleil. *So romantic, Victoire !*

Elle découvre les différents *pintxos* qu'il a soigneusement sélectionnés pour lui faire plaisir. La table n'est pas assez grande pour tout présenter. Victoire lui demande son avis sur le vin de Bourgogne qu'elle a mis de côté pour ce rendez-vous si attendu. Tout est parfait. Leur soirée est déclarée ouverte au son de leurs verres qui claquent. Les yeux de Luís restent accrochés à ceux de Victoire. Il a le regard profond, doux, aimant, mais un peu triste aussi. Victoire est déstabilisée. Elle tente d'y lire un message qu'elle ne comprend pas. Ils étaient si contents, qu'est-ce que ça veut dire ? Elle rompt le silence et affiche un air peu naturel :

« À nous ! »

Ne voulant la mettre mal à l'aise plus longtemps, il laisse ses craintes de côté et se promet de ne pas penser à l'avenir pour le moment. Victoire lui plaît tellement qu'il s'interdit de la décevoir.

« Alors, par quoi je commence ? Tout a l'air très alléchant. »

Les yeux de Victoire passent d'un plat à l'autre avec gourmandise. Il se lève, se poste derrière elle pour lui cacher la vue et approche une tartine près de ses lèvres.

« Goûte-moi cette merveille ! C'est une recette de ma grand-mère que nous avons gardée intacte depuis soixante-dix ans. »

En quelques secondes, c'est un véritable feu d'artifice sur sa langue.

« C'est un délice ! Mmm… Je dirais poivron… pamplemousse… gingembre ? »

Il est heureux de la voir s'extasier telle une enfant qui aurait la bouche pleine de barbe à papa ! La tension est retombée et la complicité retrouvée. Chacun se raconte les semaines passées. Victoire lui relate les dernières aventures de Cali et Janis, Luís lui parle de son travail. Il a bien développé le sud-ouest de la France depuis Noël et ses grands-parents en sont très fiers. Lorsque son grand-père était enfant, il élaborait des tapas espagnoles avec les restes de l'auberge du village, à l'heure où ses camarades jouaient sur la place. En grandissant, il n'était pas plus motivé pour inviter les jeunes filles à danser et pour jouer au baby-foot. Les moqueries fusaient, mais ne l'arrêtèrent pas. À 14 ans, il quitta l'école et le village. Dix années plus tard, il réapparut dans la bourgade de son enfance, de laquelle certains camarades n'étaient jamais sortis. Lui était devenu le premier traiteur à León, en Espagne, et s'était marié à une femme, Rosa, aussi passionnée que lui par l'art et la culture culinaires de leur pays. Plus tard, l'arrivée du père et de l'oncle de Luís n'avait fait qu'inspirer davantage le couple dans son développement. Aujourd'hui, Luís appartient à la troisième génération, toujours totalement investie dans l'entreprise familiale.

Victoire se sent emportée par sa passion. Elle aime son travail, mais ce que vit Luís est différent. Il se donne pleinement, car cette entreprise est dans son ADN, c'est une partie de lui. En arrivant avec ses petits plats, il lui a apporté un plateau d'amour et de tendresse.

Les conversations s'arrêtent. Le soleil a plongé entre les bateaux et les goélands ont cessé de crier. Après l'excitation des retrouvailles, l'état des lieux des mois passés et quelques verres de vin, ce calme à deux est savoureux.

Victoire se lève pour faire couler un café. Bien qu'elle ne soit pas particulièrement coquette, elle a pris soin d'enfiler une jolie combinaison noire à bretelles tressées, dont le tissu fluide se colle et se décolle de son corps à chaque mouvement. Il l'observe et la trouve sexy. Il aime son naturel, sa spontanéité, sa loyauté, son rire communicatif, sa pudeur... Il voudrait l'approcher et l'enlacer, sans trop savoir comment s'y prendre. Lorsqu'on se voit rarement, chaque rendez-vous est une remise à zéro.

Il faut se reconquérir. Puis il connaît le côté quelque peu sauvage de Victoire, qui lui donne chaque fois du fil à retordre. Elle est toute en contradictions et c'est aussi ce qu'il aime avec elle. Des pensées érotiques s'invitent dans sa tête. Pour se ressaisir, il se lève et sort s'accouder au balcon. Victoire perçoit l'électricité soudaine entre eux. Elle est envahie de frissons et ses yeux se brouillent. Elle aussi voudrait qu'il l'approche et qu'il l'embrasse, mais elle le sait tellement pudique. Alors elle dépose les tasses fumantes sur la table haute, avant de se poster derrière lui et de poser une main sur son épaule, dans la pénombre du balcon. Il inspire profondément, comme pour se contrôler, et ferme les yeux. Mais lorsqu'il se retourne face à elle, il sent son désir prendre possession de lui. On pourrait croire à deux adolescents. Elle le devine sur la retenue, sauf que leurs bouches sont impatientes. Leurs lèvres se frôlent, mais il attend le consentement de sa bien-aimée. Elle ne tient plus et s'offre pleinement à lui. Leurs baisers sont fougueux et déchaînés. Les retrouvailles tant attendues s'illustrent à cet instant. Ils se collent, se frottent, se caressent dans un rythme effréné. Il voudrait la dévorer, lui déclarer comme elle lui a manqué. Néanmoins, s'il en dit trop, il la perdra. Une fois passé la fougue de leurs corps retrouvés, il l'entraîne vers la chambre. Les tissus glissent jusqu'à leurs chevilles, puis leur fougue reprend, leurs peaux s'aimantent, les draps ne sont plus.

Leurs ébats ont continué jusqu'à tard dans la nuit. Mme Rivière a dû pester ! Luís aurait pu lui en donner encore, mais il l'a laissée s'assoupir contre lui. Il n'a pas vraiment dormi, préférant la regarder. Pour ne pas la réveiller, il retenait ses doigts, qui n'avaient qu'une envie : glisser sur chaque centimètre d'elle. Parfois, il fermait les yeux de fatigue, mais les rouvrait très vite pour continuer à la contempler. Ne pas en perdre une miette. Une façon de recharger ses batteries avant de fermer la parenthèse. Parce que, ce soir, il en a eu la confirmation, il l'aime.

Lorsqu'il entendit les premiers goélands et, bien que cela lui déchirât le cœur, il se rhabilla en silence et quitta l'appartement, l'âme en peine. Il aurait souhaité la voir s'étirer, l'étreindre de nouveau. Il aurait voulu aller chercher des croissants et lui préparer le thé. Il aurait aimé aller marcher avec elle sur le port. Peut-être même qu'elle lui aurait présenté sa grand-mère. Mais son discours a toujours été clair, il ne peut donc pas lui en vouloir. En rentrant chez sa sœur, il passe sans le savoir devant chez Janis et Cali, la gorge serrée.

Victoire ouvre les yeux, à moitié surprise de se trouver seule. Il règne les restes d'une nuit intense.

Ses vêtements ont été ramassés et posés soigneusement sur le fauteuil. Une fleur sauvage, cueillie dans la jardinière de la voisine, est posée sur l'envers d'un prospectus sur lequel elle déchiffre : « Merci pour ce délicieux moment. Je referme la porte secrète de cet éden. Je t'embrasse. Luís. »

Décidément, pourquoi chercher plus ? C'est tellement parfait. Elle n'y voit aucune maladresse, aucune fausse note. Ça faisait tellement longtemps… Victoire a conscience qu'ils étaient tous les deux assoiffés de sexe et de tendresse. Elle se dit que Luís, malgré son jeune âge, maîtrise l'art et la manière des plus grands amants.

Elle repense à leurs baisers sous les étoiles, puis à leurs corps si désireux l'un de l'autre… Toutefois elle s'interroge. *Était-ce sous les effets de l'alcool que son désir s'est exprimé sans pudeur ? Ou peut-être qu'avec l'âge les corps se libèrent ?* Elle referme les yeux et se rendort jusqu'à ce que son réveil sonne l'heure de rejoindre la place du marché.

8

À l'heure des huîtres chez Janis, c'est une véritable fête. Les discussions se croisent et s'enchaînent : Cali explique sa dernière décoction à la boulangère, Janis montre les savons au lait d'ânesse qu'elle a fabriqués pour l'anniversaire de son arrière-petite-fille. Aujourd'hui, les marchands se sont passé le mot pour venir à la fin du marché, sans compter les habitants du quartier et les quelques promeneurs qui coupent les conversations en s'arrêtant les saluer. Il n'y avait pas assez d'huîtres pour tout le monde, heureusement, Cali avait préparé des petites fritures et la boulangère est allée chercher un préfou. Gaël saisit l'occasion pour se rapprocher de Victoire, sous l'œil malin de Janis. Elle sourit en pensant que l'animation de la rue des Oursins ce midi-là pourrait faire l'objet d'un tableau impressionniste à la Monet…

Quand l'épicier commence à pousser la chansonnette, c'est qu'ils en ont trop. Janis range la bouteille d'anisette, il est temps que tout le monde parte.

La ruelle retrouve alors son calme. Le contraste est magique ! Victoire regarde sa grand-mère s'activer. À 80 ans passés, Janis a quelque chose d'éternellement jeune ! Elles ont la même morphologie toutes les deux : grande et fine. L'une porte de longues robes fluides aux couleurs parfois aveuglantes, l'autre ne quitte pas ses jeans. Leurs yeux ont la même teinte, mais ceux de Janis pétillent du matin au soir, pas ceux de Victoire. La grand-mère sait que sa petite-fille n'y a pas encore laissé entrer la lumière... Elle va devoir lui donner un coup de pouce.

Après avoir débarrassé puis enlevé la table du milieu de la rue, Victoire s'inquiète.

« Cali a disparu ?

— Elle est allée se reposer. Elle est un peu fatiguée en ce moment. Le printemps est une saison qui chamboule l'organisme et, à notre âge, le ressenti est démultiplié !

— Je n'ai pas eu le temps de l'embrasser...

— Elle ne t'en tiendra pas rigueur, tu la verras demain. Tu viens nous chercher à quelle heure pour aller chez ta sœur ?

— Midi.

— Ne sois pas en retard, elle n'apprécierait pas... La petite Clothilde grandit si vite ! Que lui as-tu pris pour son anniversaire ?

— Rien pour le moment, je manque d'inspiration. J'aimerais avoir autant d'imagination que toi. Je pense lui prendre un livre... C'est éducatif, ça devrait plaire à sa mère, dit-elle blasée, avec un soupçon de médisance.

— Ne pense pas comme ça, Victoire.

— Comment veux-tu que je pense ? La pâte à modeler, ça salit. La trottinette, c'est dangereux. Les instruments de musique, ça fait du bruit. J'ai toujours une remarque !

Puis, de toute façon, elle en a plein sa chambre. La seule fois où j'ai vu ma sœur satisfaite d'un de mes cadeaux, c'est lorsque j'ai apporté une robe Jacadi à la maternité. Elle aurait mieux fait de s'acheter une poupée Corolle plutôt que de faire un enfant !

— C'est méchant de parler ainsi. Vous êtes dures entre vous, alors qu'au fond vous êtes si gentilles. C'est triste... »

Et voilà, le sujet « Constance » a encore mis les nerfs de Victoire en pelote.

« Je lui ai fabriqué un savon au jasmin et lui ai confectionné une palette de peinture, tente Janis.

— Mais la peinture, ça salit..., marmonne Victoire, mauvaise.

— Cali lui a cousu une blouse à fleurs avec un joli col et deux pressions. Et, sinon, elle viendra faire un stage dans mon atelier. Ce sera un chouette moment. »

Après un instant de silence, Victoire, décontenancée par l'infinie *positive attitude* de sa grand-mère, l'interroge :

« Comment fais-tu, chaque fois, pour réussir à dorer ce qui est pourtant rouillé ?

— Tu as le choix, toi aussi... »

Après un moment méditatif, Janis reprend fermement, mais d'un air enjoué :

« Fais-moi plaisir, pense à cette petite. Réfléchis à qui est Clothilde, à ce qu'elle aime faire, et tu sauras quel cadeau lui conviendrait. Quand on apporte du bonheur à un enfant, on l'apporte aussi à sa maman... N'est-ce pas ce qui t'importe, finalement ? » conclut-elle en lui décochant un clin d'œil.

Victoire est piquée au vif. La vaisselle est terminée. Elle coupe court en attrapant son sac.

« À demain. »

Elle dépose furtivement une bise sur la joue de Janis et file vers la porte, mais, avant de sortir, ne peut contenir une remarque :

« Je parie sur une Clothilde avec deux nattes et une jupe plissée ! »

En descendant vers les commerces, Victoire jette un œil chez la sœur de Luís, dont les volets sont toujours ouverts. Elle était si occupée qu'elle n'a même pas repensé à leur soirée. C'est étrange comme relation tout de même. Elle sent parfois un malaise et, à la fois, ils sont pleinement connectés. Quant au petit mot laissé avant son départ, il est à tomber… Elle décide de lui écrire un SMS en retour :

> Victoire
> « Salut, Luís, merci pour ce doux moment.
> Bon retour en Espagne. Je t'embrasse. »

Elle range son téléphone dans son sac et enchaîne les tâches qu'elle s'était fixées pour l'après-midi : acheter un cadeau pour Clothilde et une nouvelle paire de *running*, faire réviser son vélo. La fatigue fait son apparition à l'heure où elle enjambe habituellement son vélo pour partir en soirée. Elle écrit à Malik qu'effectivement elle préfère se reposer après sa journée très chargée. Lui a déjà commandé une bière.

Malik
« Ta journée ou ta nuit ? »

Victoire
« No comment… »

Malik
« Même pas une petite bière ? Je suis à la Cabane. »

Victoire
« Non, vraiment. Demain j'ai rendez-vous à midi pour déjeuner chez ma sœur. Je n'ai pas le droit à l'erreur ! »

Malik
« Dans un sens, ça m'arrange. J'aurais tout le temps de mieux faire connaissance avec Cerise, la nouvelle saisonnière ☺ »

Victoire
« Tu aimes les fruits, toi, maintenant ? »

Malik
« C'est moins gras que la charcuterie espagnole. Et pan ! »

Victoire
« T'es con… »

Malik
« C'était bien au moins ? »

Victoire
« Ben oui. »

Malik
« C'est tout ? »

Victoire
« Quoi ? Tu ne veux quand même pas les détails ?! »

Malik
« Sans façon. Sinon, elle est jolie, Cerise, non ? »

Victoire
« Oui. »

Malik
« Elle est sympa ? »

Victoire
« Je n'en sais rien, elle vient d'arriver. Et arrête de m'écrire si tu veux lui parler ! Allez, je te laisse à ta cure de fruits ! Bisous. »

9

Victoire gare la voiture à 12 h 25 dans la rue. En mauvaise élève prévenue, elle avait pris ses dispositions pour ne pas s'attirer les foudres dès son arrivée... Les trois femmes sont donc à l'heure chez Constance. Celle-ci a encore réussi son pari, le temps est de la partie ! Jean et Lucie arrivent à vélo en même temps puisqu'ils habitent tout près. Des ballons rose nacré accrochés à la haie invitent la famille à avancer vers l'entrée. Ils n'ont pas le temps d'appuyer sur la sonnette que la porte s'ouvre sur une petite fille incontestablement très heureuse de les accueillir. Victoire a presque vu juste : les nattes sont de rigueur, mais la robe-tablier l'a emporté sur la jupe plissée ! Elle rit intérieurement et se retient de donner un coup de coude à Janis. La charmante fillette cherche à dominer la brève assemblée du haut des deux marches du perron et affiche un sourire édenté qui ne laisse personne indifférent :

« Coucou, ma puce, commence Lucie en l'enlaçant.

— Et joyeux anniversaire, continue Jean en la décollant du sol.

— Mais tu peux me la'ss'er... Ze suis grande maint'nant ! » ordonne sa petite-fille.

Elle fait rire tout le monde, même Victoire, toujours très pincée lorsqu'il s'agit de pénétrer sur le territoire de sa sœur. Mais c'est vrai qu'elle est tellement chou, cette petite Clothilde !

Tous entrent en file indienne et s'embrassent à tour de rôle. Victoire déteste les accolades, mais n'en montre rien. Elle s'est décidée à faire des efforts pour ne pas décevoir sa grand-mère.

Clothilde tire le bras de Janis et les guide vers le jardin, qui est magnifiquement décoré pour l'occasion Une grande table blanc et rose est dressée sous le tilleul. Clothilde et Constance ont confectionné des bouquets de fleurs et se sont amusées à plier les serviettes en forme d'oiseaux. Sur la terrasse, un salon de jardin flambant neuf les invite à l'apéritif: les flûtes sont disposées en ligne et entourées d'un assortiment de toasts. Constance et Guillaume sortent ensemble de la cuisine et l'effet est encore bluffant: elle porte une robe en lin blanc et s'est coiffée d'un bandeau fleuri rose. Son mari est assorti avec une tenue chic et décontractée. Bienvenue dans le monde de Barbie…

« Comme vous êtes beaux, mes petits », s'exclame Janis en ouvrant les bras.

Victoire se sent rabaissée et négligée dans son tee-shirt des plus basiques et chaussée de ses baskets jaunies. Constance le perçoit et s'avance vers elle.

« Ça me fait plaisir de te voir », lui dit-elle en lui offrant une bise.

Son ton est bienveillant, mais Victoire n'en est que plus mal à l'aise: elle n'aime pas quand ça dégouline de gentillesse. Elle rejoint rapidement Janis et Cali. Les oisillons retournent-ils au nid lorsqu'ils se sentent en danger ?

Guillaume salue ses beaux-parents et les remercie de leur présence. Il ne manquerait plus qu'il fasse la révérence ! *Quelle mascarade ! N'exagérons rien, ce n'est qu'un anniversaire...*

L'organisation est huilée : Constance dépose une fraise dans le fond de chaque flûte que Guillaume arrose de champagne. Pour Clothilde, ce sera la même, mais avec de la limonade. Cette petite n'est pas encore pourrie par les manières de ses parents qui ont oublié d'où ils étaient sortis... Elle a encore toute son innocence. Quelle fierté pour elle de boire dans un verre de « grand » ! Quand elle sourit, ses joues sont à croquer. La fillette se lance dans le détail de sa journée passée avec ses amies à l'occasion de sa fête d'anniversaire la veille. Elles ont joué à la chaise musicale et à colin-maillard, ont gagné des cadeaux à la pêche à la ligne et ont avalé une tonne de bonbons colorés !

« Mais là, ze n'ai pas de copines pour zouer, dit-elle en haussant les épaules.

— Victoire, il lui faudrait une petite cousine ! » lance Guillaume.

Qu'il est idiot, celui-là ! Et elle le conçoit avec l'opération du Saint-Esprit ? Il n'est pas sans savoir qu'elle n'a pas de petit ami. Victoire rétorque par un sourire furtif avant de se tourner vers sa nièce.

« Tu sais jouer au loup ?

— Tou'ss'é ! » lui répond-elle, déjà entrée dans le jeu.

Et les voilà parties à courir et à rire dans le jardin. Constance est heureuse de les voir ensemble.

Indéniablement, Victoire est plus à l'aise avec la fille que la mère. C'est toujours ça de pris… Cali adresse un soupir non dénué de sens à Janis.

La journée se déroule sans surprise. Lucie et Jean écoutent Guillaume encore et toujours. Il leur explique qu'il partira dans quelques jours visiter un nouveau domaine viticole. Janis apprend à Clothilde des postures de shiatsu, Cali s'offre une longue sieste dans la maison, et les deux sœurs se tiennent loin l'une de l'autre. Constance débarrasse la table et Victoire ne sait pas trouver sa place. Elle aurait aimé être un chat pour grimper dans l'arbre. *Pourquoi se sent-elle toujours à l'écart ? Est-elle l'insociable de la famille ? L'extraterrestre du clan Morineau ?* Elle part s'allonger sur l'herbe, attendant que la journée s'écoule.

Clothilde a déballé ses cadeaux bien avant de souffler ses bougies. Victoire remarque que le coffret de peinture n'a pas le même effet sur Constance lorsque c'est Janis qui l'offre ! Mais ce qu'elle veut retenir, c'est l'explosion de joie lorsque sa nièce a découvert la cabane « château de princesse » qu'elles ont installée ensemble dans le jardin. Le balai a servi de cheval et le plaid du canapé s'est transformé en cape pour le chevalier Vic', accourant sauver la princesse Clothilde, coincée dans son château en feu.

Les heures passent et Victoire n'a pas vraiment discuté avec ses parents. Bien qu'elle ne coure pas après les détails, elle se permet d'interrompre le monologue de son beau-frère pour savoir comment s'est passé leur périple en camping-car dans les Alpes. Elle a reçu des photos et quelques nouvelles. Avec eux aussi, il manque quelque chose. Sa sœur l'agace, ses parents l'ennuient… Pourtant, ils sont gentils et arrangeants.

Toutefois ils l'ont séparée de Janis lorsqu'elle était enfant et elle ne l'a jamais digéré. Plus de réveils euphoriques ni de tartines grillées. Aussi, elle ne comprend pas pourquoi leur révélation est arrivée aussi tard.

Sa mère lui raconte le col de l'Iseran, le col du Mont-Cenis, le lac et le parc de la Vanoise, mais Victoire est ailleurs. Elle s'échappe dans ses pensées et se rappelle…

Ils ne leur avaient rien dit jusqu'au jour où cette histoire est ressortie sans prévenir. Victoire devait avoir 13 ans. Un problème de mathématiques qu'elle n'arrivait pas à résoudre retardait sa sortie avec le petit voisin qui l'attendait. Elle s'impatientait, car elle le savait déjà dans la rue avec son vélo. Et, à cet âge-là, les courses-poursuites étaient quand même beaucoup plus attrayantes que l'algèbre. Lucie était assise avec elle autour de la table de la cuisine.

« Tu dois comprendre pour y arriver. Concentre-toi plutôt que de regarder l'heure tourner. Ça te servira plus tard, dans la vie et dans ton travail.

— De toute façon, qu'est-ce que vous en savez, vous ? Vous ne travaillez pas. L'autre jour, j'ai entendu la mère de Tina dire que vous étiez des fainéants et que, des gens comme vous, ça leur coûtait cher. »

Pan ! Il y a des moments dont l'on se souvient toute sa vie. Celui-ci en l'occurrence, parce qu'il avait mis des larmes dans les yeux de sa mère. Elle lui avait fait mal d'un coup de mots et regretta tout de suite sa phrase, dictée par son égoïsme d'enfant. Elle se remémore son envie de vomir, de pleurer, de s'enfoncer dans le sol, d'effacer l'instant pour revenir une minute en arrière.

La journée se termine et Victoire ne sait dire si elle fut bonne ou mauvaise. Elle dirait « artificielle » et « sans surprise », à l'image de sa sœur.

10

La semaine fut courte avec ce jour férié au milieu. Le beau temps annoncé a fait venir les touristes en nombre. Ce soir, les résidences secondaires accueillent leurs premiers occupants, les étudiants s'affairent aux terrasses des restaurants avec l'espoir de valider leur future saison, et les forains crient à «la barbe à papa» et à «la pomme d'amour».

Victoire se fraye un chemin pour récupérer sa commande à la librairie. Ses ouvrages tant attendus, *Pétales dans l'assiette* et *La Fleur dans tous ses états*, lui promettent un week-end enivrant.

Mais, pour l'heure, elle a rendez-vous avec Malik à la Cabane.

Elle n'est pas surprise de le trouver déjà accoudé au bar. Il est élégant avec son polo blanc assorti à ses tennis. Depuis qu'il a conclu avec Cerise, Victoire le taquine, parfois à la limite de la vexation. Elle ne peut s'empêcher de relever ses rêveries en pleine réunion de travail, son continuel sourire béat et le fait qu'il vérifie dix fois par jour son odeur corporelle.

Il lui parle de ses découvertes, toutes plus épatantes les unes que les autres : elle étudie les changements environnementaux et climatiques, joue au théâtre, s'adonne aux plaisirs de la pêche, cuisine les meilleurs cookies qu'il ait jamais mangés, déteste la raclette, s'épile intégralement, n'est pas présente sur les réseaux sociaux (trop polluants), a une sœur jumelle, lit des bandes dessinées, et devrait bientôt intégrer une association de défense des animaux. Bref, elle est formidable… donc chiante ! Victoire n'a pas besoin de lui poser de questions pour la connaître. D'ailleurs, l'aurait-elle questionné sur l'épilation de son maillot ? Elle n'en demandait pas tant.

Ce soir, les copains se sont retrouvés. Ils portent sur eux les souvenirs d'une époque révolue. Les soirées caps dans les garages des parents, les figures à mobylette sur le parking de l'Hyper U, les premières vagues en surf, quelques flirts jamais avoués… Maintenant, les pieds dans le sable, tout en sirotant leur bière, leur mojito ou leur spritz, ils surveillent leurs progénitures construire un gigantesque château fort. Victoire les écoute parler de l'organisation des vacances d'été : maison de famille dans les Pyrénées pour se ressourcer, hôtel-club en Sardaigne pour profiter du soleil sans avoir à gérer les marmots, transats dans le golfe du Morbihan. C'est dans quelques semaines à peine. Bien qu'ils eussent effleuré l'idée de partir ensemble, Victoire et Malik n'en ont pas reparlé et elle se voit voler la place progressivement.

Ce dernier n'a d'yeux que pour sa muse et son cerveau semble avoir perdu quelques fonctionnalités. Il ne s'aperçoit pas que Victoire a abandonné son verre sur le coin du bar et qu'elle a enfourché son vélo pour rentrer. Déjà... Elle est heureuse pour ses amis à la vie palpitante, mais ce bonheur exposé fait résonner un certain malaise. Un truc enfoui. Elle ne sait pas ce qui déconne chez elle. Cette douleur logée au plus profond de son corps l'agresse de plus en plus et davantage encore lorsque les gens brillent autour d'elle. Alors elle préfère fuir et quitte discrètement la soirée. Sur son vélo, elle oriente son esprit vers d'autres divertissements. Elle se dit que, avec les livres qu'elle vient de s'acheter, elle va se plonger dans un bain de fleurs !

En remontant les ruelles, elle aperçoit de la lumière au fond de celle des Oursins. Janis n'est pas couchée ? Elle s'approche dans la pénombre jusqu'à discerner parfaitement les deux vieilles amies, assises sur leurs indétrônables chaises en paille contre la façade. En arrivant à leur hauteur, quelle n'est pas sa stupéfaction :

« Non mais je rêve ? Vous fumez ? s'écrie Victoire, déconfite.

— Chut, tu vas déranger le voisinage !

— Ça ne sent pas le tabac... Vous fumez quoi ? Ne me dites pas que vous tirez sur un joint ! »

Janis l'invite à s'installer à leurs côtés.

« Je t'en prie, ne sois pas offusquée. Tu retrouves bien Malik tous les vendredis soir pour boire quelques verres. Nous aussi, nous avons notre rituel de fin de semaine. Tu n'étais même pas née qu'il existait déjà. »

Victoire en reste abasourdie. Cali enchaîne, les yeux emplis de malice. Ils brillent dans le noir comme un phare en pleine mer.

« Ma jolie, je te prépare des herbes pour soigner ton foie, n'est-ce pas ? Eh bien, j'ai aussi quelques remèdes pour soulager notre vieillesse. »

Les trois femmes se rejoignent dans un fou rire complice. Malgré sa stupéfaction, Victoire se sent bien avec ces vieilles compagnes. Elle en oublie sa mélancolie latente.

« Tu rentres tôt. Malik n'est pas là ? renchérit Janis.

— Il a une copine.

— Ah. »

Janis et Cali discernent la détresse de Victoire.

« Tu lui en veux ?

— Non, c'est normal. C'est la vie. »

Cali pique du nez. À cause de ses rhumatismes, elle se lève difficilement pour rentrer se coucher. Mais, avant de s'enfoncer dans sa maisonnette, elle s'arrête sur le perron et tourne la tête vers Victoire.

« Tu as raison pour Malik, c'est normal. Et toi, promets-moi aussi de penser à ton avenir. Bientôt, Janis et moi appartiendrons à ton passé. Et ça aussi, ce sera normal. Ouvre ton cœur et tes bras. Promets-le-moi, ma jolie. »

Son ton est neutre, sans jugement, presque détaché du sens de ses mots. Mais sa tirade est bouleversante. La porte se ferme, les lumières s'éteignent, et sa mauvaise toux résonne dans la nuit. Victoire ne veut pas penser au jour où elles ne seront plus là. Elle se rassoit, la gorge serrée, et Janis, ressentant son malaise, s'installe auprès de sa petite-fille pour l'enlacer, puis lui raconte une vieille histoire :

«J'avais une vingtaine d'années et l'art sous toutes ses formes m'avait déjà engloutie. À cette époque, je maîtrisais surtout les crayons de couleur et l'encre de Chine. Je commençais juste à me sentir à l'aise avec des pinceaux. J'aimais la peinture et la sculpture, mais je voulais aller encore plus loin dans la relation artistique. Je rêvais de vivre pleinement les tableaux, je voulais les ressentir en moi, être en transe. Je suivais de loin le mouvement hippie, qui prenait forme aux États-Unis, et j'étais hypnotisée par l'art psychédélique. Retenue par aucune attache, j'ai bouclé un sac et je suis partie, avec quelques crayons et un carnet sous le bras, pour ce pays de tous les possibles. C'était dangereux et peu commun qu'une jeune femme voyage seule, ce fut un périple éprouvant. Cependant j'étais émerveillée par ce pays, j'allais de découverte en découverte. Je me rappelle y avoir vu les premières personnes noires de mon existence. J'étais fascinée par leur beauté, leur regard. Mon attention s'arrêtait souvent sur leurs mains. Alors, je les croquais en quelques coups de crayon, puis je glissais discrètement le bout de papier dans leur poche. J'ai fini par arriver à San Francisco, l'épicentre du mouvement, et j'ai rapidement intégré une communauté. À moi les rencontres : musiciens, chanteurs, peintres, poètes… J'étais au cœur des vibrations artistiques.»

Janis sourit en remontant le film de ses souvenirs. Elle ne dit certainement pas tout. Les yeux de Victoire s'émerveillent de découvrir un nouveau pan de la vie de sa grand-mère. Elle l'écoute religieusement, sans l'interrompre, ne sachant où elle veut en venir.

« Puis j'ai rencontré Alan, un écrivain allemand de la Beat Generation. On s'est tout de suite très bien entendus. Nous refaisions le monde et tous les sujets y passaient : la guerre du Vietnam, la liberté sexuelle, l'amour des grands espaces... Ensemble, nous avions une créativité débordante, chacun dans notre domaine. J'avais trouvé un frère. Nous avons partagé nos premiers grands concerts et nos premiers joints aussi. C'est à la suite d'un concert de Janis Joplin qu'Alan m'a surnommée "Janis". Il disait que j'étais son sosie. Ce prénom ne m'a plus jamais quittée.

— Mais tu ne t'appelles pas Janis ? demande Victoire, interloquée.

— Si, depuis mes 20 ans. Parfois, j'oublie quel prénom on m'a donné à la naissance et tant mieux, il ne m'a jamais plu. Un jour, je te le confierai. »

Victoire en reste coite. Janis poursuit son voyage dans le passé :

« Les semaines passant, une distance s'était établie entre le reste de la communauté et nous. Nous ne cautionnions pas les multiples grèves et la prise de drogues dures : nous côtoyions quotidiennement des copains qui ne pouvaient plus vivre sans. Alors nous avons décidé de prendre le large. Notre choix s'est porté sur un autre repère hippie : Matala. La Crète est une île extraordinaire, discrète et généreuse, aux senteurs enivrantes. La chaleur t'envoûte dès que tu y poses le pied. Nous avons donc pris nos quartiers dans ce village de pêcheurs. C'était une ambiance plus sereine qu'à San Francisco et nous étions moins nombreux. J'y ai rencontré Bob Dylan et Joan Baez. »

Le visage de Janis retrouve ses 20 ans lorsqu'elle conte son histoire. Victoire est happée par le récit de sa grand-mère, qui poursuit :

« Nous y sommes restés des mois parce qu'il y avait toujours de nouvelles personnes de passage à rencontrer. Des amitiés éphémères, sans promesse du lendemain. Il y faisait bon vivre, tout simplement. Mais, lors d'une baignade, un rouleau a emporté Alan. Là-bas, les vagues peuvent être grosses et puissantes. Il a été rejeté immédiatement, mais inconscient. Un pompier qui se trouvait sur la plage a tout de suite pris les choses en main, sous mes yeux apeurés. C'était la première fois que je flirtais avec la mort. Je ne savais pas ce qui m'attendait… Les secours sont arrivés et l'ont emmené à Héraklion, où une jeune étudiante en médecine l'a pris en charge. Elle était petite, le teint hâlé et les yeux brillants de malice. Tu l'auras compris, sur sa blouse était brodé "Calista". Leur histoire d'amour a commencé entre les murs blancs d'un sanctuaire. Ce n'était pas très sexy, mais rendait leur histoire encore plus vraie. Quelques jours après sa sortie, Alan a pris une chambre à Héraklion pour pouvoir retrouver Cali chaque jour. Leurs entrevues se faisaient en cachette. Elle était encore étudiante et nous avait décrit un père extrêmement sévère. Moi, je travaillais à la criée pour payer mes extras. Pendant des mois, leur amour n'a cessé de grandir et leurs projets avec. Jusqu'au jour où son père découvrit le pot aux roses. La suite est digne des pires romans dramatiques. Son père a fermement refusé cet amour. Alan était allemand et la guerre avait marqué les esprits. Qui plus est, il l'avait vite catalogué parmi les anarchistes et les débauchés, alors qu'Alan était un intellectuel féru de connaissances. Pour obtenir la main de Cali, il aurait volontiers troqué ses tee-shirts hippies contre des chemises cravatées. Le bourreau a enfermé sa fille chez eux, la condamnant à oublier son “écart”. Nous n’avons plus eu aucune nouvelle. Alan, après l’avoir cherchée en vain, est tombé dans une profonde dépression. Le soleil de l’île et mon amitié n’y faisaient rien. Il était meurtri. Cet homme l’avait amputé. Jamais je n’aurais imaginé qu’on puisse aimer à en mourir. Il lui écrivait chaque jour, mais les lettres devaient être interceptées. Une nuit, ruminant son désarroi, il s’est donné la mort… Ce fut l’homme d’une seule femme. Et moi, j’avais perdu mon frère. Je me suis terrée dans une grotte de Matala pour lire ses carnets. Ses derniers écrits m’ont broyé le cœur. L’été touchait à sa fin, Alan était enterré sur une île au milieu de la Méditerranée, et j’avais perdu en créativité. Je songeais à rentrer en France quand Cali a débarqué à Matala, une valise à la main et le ventre rond comme un ballon. Son père l’avait mise au bateau pour qu’elle rejoigne Athènes. Là-bas, une tante l’attendait pour cacher la grossesse et laisser le nouveau-né “entre de bonnes mains”. Arrivée à Athènes, elle n’est pas descendue et s’est cachée en attendant qu’il reparte dans l’autre sens. Après des jours et des nuits, dissimulée dans le bateau, elle a retrouvé son île, harassée, mais a puisé dans ses forces pour la traverser jusqu’au Sud, espérant trouver Alan à Matala. Je la revois, la pauvre petite… Déjà affaiblie, elle fut abattue par l’annonce du décès de l’homme pour lequel elle venait de vivre l’invivable. Dire qu’elle portait son enfant. »

Victoire n’en revient pas. Elle n’a pas de mots pour commenter le récit :

«Que s'est-il passé?

— Elle écoulait ses journées à la petite chapelle de Matala, caressant son ventre. Elle se raccrochait au petit. La communauté l'avait prise sous son aile. Comme son père devait la chercher, elle ne pouvait pas quitter le village. J'ai donc repoussé mon départ pour m'occuper de Cali. Notre amitié s'est vraiment scellée là-bas. Ensemble, nous faisions revivre Alan, et une once d'apaisement revenait. Ce ne fut que de courte durée. Elle fut prise de contractions bien trop tôt et en pleine nuit. Elle ne voulait surtout pas aller à l'hôpital, de peur qu'on lui enlève l'enfant. De toute façon, nous étions bien trop loin. Nous nous sommes réunies à plusieurs femmes pour l'assister, mais elle maîtrisait le sujet mieux que nous. Elle a longtemps poussé. Elle fatiguait. Par moments, elle convulsait. Puis, enfin, nous avons vu la tête. Malheureusement, le bébé est sorti, mort-né… Cali a vécu l'horreur. Son père avait tué son amour et son petit.»

Victoire ne peut retenir ses larmes. Sa gorge lui fait mal.

«Oh mon Dieu… Qu'avez-vous fait du bébé? Il est enterré avec Alan?

— Cali était une inconnue pour la famille d'Alan. Le bébé n'existait pour personne. Puis, nous n'avions pas d'argent. Au petit matin, la communauté s'est retrouvée pour une cérémonie qui a duré la journée entière. Un ami s'était démené pour concevoir un petit cercueil avec du bois de bateau. À la tombée de la nuit, le bébé fut enterré au pied d'une falaise.»

Victoire eut envie de vomir. Elle qui pensait connaître si bien Cali. Son regard malicieux n'a jamais laissé paraître qu'un homme s'était tué d'amour pour elle et qu'elle avait dû enterrer son bébé de ses propres mains.

« Et après ?

— Nous en reparlerons, il est très tard. Mais retiens qu'ensuite, Cali s'est privée à jamais d'amour passionnel, de projets à deux, d'enfants... Elle avait scellé un pacte avec son passé, l'intimant de ne plus vivre le plein bonheur. Peut-être le regrette-t-elle... Peu importe, elle te demande à toi de te libérer de ton fardeau pour t'ouvrir à un avenir heureux et serein. Maintenant, rentre, repose-toi. »

Cette nuit-là, Victoire ne parvint pas à trouver le sommeil avant l'aube. Tout se mélangeait dans sa tête : la terrible histoire de Cali, la sienne, et toutes les questions qu'elle aurait voulu poser à Janis tournaient en boucle. On vit avec des personnes qu'on croit si bien connaître, mais, finalement, il n'en est rien... *Pourquoi Cali n'a-t-elle pas réussi à refaire sa vie ? Est-ce que ses fantômes la hantent toujours ? S'était-elle condamnée volontairement à rester fidèle à ses amours morts ?* Victoire se dit que sa vieille amie a peut-être raison. Pourquoi n'a-t-elle ni projet ni désir ? Elle n'envisage même pas ses prochaines vacances...

11

Le samedi, les traditions ne changent pas : grasse matinée, marché, huîtres, sieste. La journée est tracée d'avance, comme un rituel rassurant… Pourtant, il paraît pathétique ce matin. Victoire a la gueule de bois, mais pas pour les mêmes raisons que la semaine passée. Elle s'est couchée bouleversée par les confidences de Janis et ses pensées l'obsèdent encore ce matin. *Comment peut-on être si proche des personnes sans connaître leur véritable histoire ?* Nous ne sommes que des innocents, des ignorants. Elle s'en veut. Aussi grands d'esprit et de courage que nous puissions être, aussi petits sommes-nous face aux drames et aux injustices… Victoire a dialogué toute la nuit avec elle-même et s'est noyée dans une marée de questions existentielles : *Quel père peut emprisonner sa fille ? Quel parent peut vouloir garder la main sur son enfant et ignorer son être à part entière ? Ne jamais se remettre en question, quitte à atteindre un point de rupture. Pourquoi faire des enfants si c'est pour les priver de leur propre vie ? Et ce petit mort-né, pourquoi la nature le lui a volé ?* Espoirs d'enfant, désillusions d'adulte. Elle n'y arrive pas. Tout s'écroule au fil des années, pareil à des jeux de cartes…

Vite, elle doit se réancrer, poser ses pieds nus sur le carrelage, ouvrir ses volets, regarder au loin, prendre un bol d'air frais. Son esprit doit s'accrocher ailleurs. Machinalement, elle se plonge dans les bouquins tout juste achetés sur le monde floral. Elle a toujours été attirée par ce domaine, mais est tiraillée entre le plaisir qu'elle éprouve à travailler les fleurs et la nécessité de s'approvisionner en espèces de culture. Elle sait parfaitement que les litres d'eau et les substances chimiques utilisés sont des causes de détérioration de la planète. C'est tellement contradictoire... Sa conscience ne lui permet pas de participer à un tel massacre. Alors, comme pour le reste, elle n'avance pas. Elle se contente de lire et de rêver sur le sujet. Parfois, elle s'imagine confectionner des petits plats agrémentés de fleurs. Elle pourrait les vendre sur le marché. Et pourquoi ne pas introduire quelques pétales sur les gâteaux des enfants, ce serait joli et moins catastrophique que les cacahuètes enrobées de sucre et de substances colorantes ?

Les illustrations sont colorées, vives et poétiques. Il y a une histoire dans chaque assiette qu'elle découvre. Ses doigts la démangent et les idées se bousculent dans sa tête. Puis Cali ressurgit dans ses pensées. *Cuisine, Cali, cuisine, Cali, cuisine, Cali...* Elle lit encore quelques recettes. Une envie vient de germer !

Le lendemain, elle enfourche sa bicyclette et roule voir Cali d'un coup de pédale décidé.

« Apprends-moi la cuisine et la culture de tes herbes. Et si tu m'y autorises, nous ajouterons quelques fleurs comestibles aux plats.

— Oh, ma petite ! Excellente idée ! Je te nomme officiellement ma commise. En échange, lorsque je ne serai plus de ce monde, tu nourriras ta grand-mère. Affaire conclue ? » lui demande Cali, enjouée.

Victoire détourne le sujet et s'empresse d'enfiler un tablier. Elle n'est pas novice puisqu'elle maîtrise les bases culinaires. Mais, en toute humilité, elle suit attentivement les directives de sa cheffe.

« Hé, détends-toi, ma jolie ! Certes, la cuisine, c'est du sérieux, mais ça doit rester amusant ! »

Après une période d'adaptation, les deux cuisinières trouvent leur rythme. Elles papotent et rient en s'affairant. Victoire découvre de nouvelles herbes et décolle les pages des livres de Cali, restés trop longtemps fermés. Elle lit, apprend, manipule les ustensiles et de nouveaux ingrédients. Chaque soir, elle entre dans le monde de la cuisine, comme Arthur dans celui des *Minimoys*. Ses nouveaux amis ont des manches en bois et s'expriment bruyamment. Les culs de poêle trépignent sur la gazinière, la cuillère claque dans la cocotte en fonte, et le hachoir pile tapageusement les épices. Janis s'invite de temps en temps pour jeter un œil sur sa petite-fille, qui semble s'épanouir aux fourneaux. Une petite idée vient animer ses pensées et elle ne tardera pas à la mettre en pratique.

12

Quelques jours plus tard, le rythme est trouvé : Victoire rejoint Malik à l'agence, où son travail lui semble de plus en plus monotone et ses collègues insipides. Elle maintient un footing par semaine avec son ami. Néanmoins, ce qui l'anime à présent, ce sont toutes les fins d'après-midi où elle s'empresse de rejoindre Cali, avec laquelle elle s'éclate en cuisine. Leurs plats reflètent leur complicité. Victoire se révèle une excellente apprentie et commence parfois à désobéir aux recettes. Cali est fatiguée, mais ces petits moments lui redonnent de l'énergie. Et, pendant ce temps, Janis répond, comme chaque été, aux demandes de dessins et peintures des vacanciers.

Il règne une ambiance légère et heureuse au fond de la ruelle des Oursins. Victoire se sent pousser des ailes. Heureusement que les journées sont plus longues à cette saison, parce que, entre le travail, la cuisine et la culture de ses fleurs, elle ne voit plus le temps passer. Janis lui a fait la surprise d'aménager des bacs de culture dans sa cour. Elle a pu y semer des pensées, des œillets et des capucines. Un peu de bourrache s'est invitée dans la jardinière attribuée au romarin et à la sauge de Cali.

Faute de place, des pieds de soucis ont été installés sur la tablette de la cuisine et les mauves dans la salle de bains.

Elles sont en pleine préparation de fleurs de courgettes farcies lorsqu'un message de Luís s'affiche sur le portable de Victoire.

> Luís
> «Salut. Ça te dit de venir passer ta semaine
> de vacances chez moi, en Espagne ?»

Le visage de Victoire s'éteint. Pourtant, elle adore Luís et ne l'a pas revu depuis deux mois.

«Tu as envie de le voir ? Il te manque ? ose lui demander Cali.

— Oui, j'ai envie de le voir, mais il ne me manque pas vraiment. Je suis bien ici.

— Je crois que ce garçon t'aime plus qu'il ne le voudrait et il paraît prisonnier d'une relation qui ne semble pas très bien définie.

— Peut-être…

— Depuis le temps et malgré la distance, c'est toujours lui qui te réclame, non ? Avec cette invitation, il est possible qu'il attende de savoir si tu veux t'engager dans une relation plus sérieuse.»

Brisant le silence de sa réponse, Cali poursuit :

«Luís semble être un homme respectueux et tu dois agir de la même manière avec lui. Écoute ce que te souffle ta petite voix intérieure et sois honnête avec ce garçon.»

Victoire s'est refermée comme une huître. Sa petite voix à elle demeure muette. C'est si simple de parler pour les autres… Mais, elle, elle n'entend rien de rien, ne sait rien de rien ! Et n'a pas envie de se prendre la tête avec ça maintenant ! Cali ne mérite pas d'être envoyée sur les roses, alors Victoire préfère se mordre les lèvres pour contenir des propos malvenus. Pourtant, la vieille femme insiste :

« As-tu envie de découvrir où il vit et de rencontrer sa famille ? Est-ce que tu l'imagines dans ton quotidien ? Aimerais-tu lui préparer à manger et repasser ses slips ? »

Malgré la tentative de dérision, Victoire se sent agressée et agacée.

« Mais non. Je suis bien comme ça. »

La réponse est tranchante comme le couteau qu'elle tient dans la main.

« Alors dis-le-lui ! Donne-lui la liberté de rencontrer quelqu'un d'autre.

— O.K.

— Et pense à mettre le minuteur pour ne pas laisser cramer les courgettes », lui demande Cali pour clôturer le sujet sensible.

Ce soir-là, Victoire appelle Luís pour lui dire tout le bien qu'elle pense de lui et de leurs moments partagés. Mais aussi pour lui rendre ses ailes. La discussion est distante et fastidieuse pour Victoire, décevante et blessante pour Luís. Toutefois, en raccrochant, bien que triste, Luís a des réponses. Victoire, elle, reste avec ce goût amer d'inachevé et continue à tourner en rond…

« Demain, il fera jour ! » Tel est son mantra quand elle n'a pas envie de réfléchir. Effectivement, très rapidement, son amnésie la sauve. Elle vit au jour le jour. Sa motivation à passer les portes de l'agence décroît chaque matin, mais, une fois employée à ses dossiers, elle n'y pense plus. Mécaniquement, elle travaille. Elle partage toujours son repas de midi avec Malik au réfectoire de l'établissement. Étonnamment, la pause-déjeuner s'écourte un peu plus chaque jour et les discussions tendent à moins de distraction. Victoire se détend à quelques minutes de quitter son travail, lorsqu'elle liste les quelques ingrédients qu'elle passera prendre à l'épicerie avant de rejoindre Cali. C'est bien simple, la kitchenette de Victoire n'a pas servi depuis des semaines. Dorénavant, elle cuisine et dîne rue des Oursins. Lorsqu'elle arrive, c'est toujours par un petit tour de ses plantations qu'elle commence, laissant le temps à Cali de se lever. La chaleur de l'été l'a beaucoup fatiguée. Et puisque l'apprentie maîtrise parfaitement les recettes de son aînée, cette dernière demeure assise dans son fauteuil, en guise de dictionnaire universel de cuisine, tel un Joseph Favre que Victoire consulte au moindre doute. Elle s'est essayée à des nouveautés : galettes de quinoa aux raisins, œuf mollet sur purée d'aubergine aux fleurs de saison, salade de fruits et fleurs mélangés… qu'elle fait goûter aux fidèles des samedis midi. Victoire ne s'était pas sentie si légère, si joyeuse et si insouciante depuis son enfance.

13

Bien qu'elle soit belle, majestueuse, chère ou enviable… lorsqu'une maison est vide, elle est vide !

Constance tourne en rond. Les musiques que le poste diffuse n'emplissent pas l'espace. Sa fille chérie est partie découvrir les joies d'un week-end en camping-car et son mari l'a de nouveau abandonnée pour ses clients…

Elle se sent de plus en plus comme un lion en cage. Certes, elle a voulu et cultivé son cadre rassurant et ses manières presque bourgeoises. Pour autant, elle a besoin de s'amuser et de rigoler. Alors elle se raccroche à son imagination, dans laquelle tout est possible. Elle se crée des vacances au soleil, dans un corps de rêve attirant les regards, se voit chanter sur scène *My Heart Will Go On* sous un tonnerre d'applaudissements ou, allongée sur son canapé, elle suffoque jusqu'au malaise, les pompiers s'affairent autour d'elle :

« Il faut la sauver ! » entend-elle de très loin.

Lorsqu'elle reprend ses esprits dans le camion, l'homme en uniforme au-dessus d'elle croise son regard et c'est le coup de foudre. S'ensuit un baiser enflammé…

Elle a toujours rêvé d'un homme en uniforme !

Finalement, Constance soupire, seule sur son canapé.

14

Cali est couchée depuis cinq jours. L'inquiétude de Janis se lit sur son visage. Pourtant, elle rassure l'entourage :

« Le médecin a dit qu'elle avait eu un coup de chaud et qu'elle devait se ménager pour pouvoir être sur pied rapidement. »

Ce qui signifie : plus de rendez-vous en cuisine pendant quelque temps. Le temps… Il semble si long pour Victoire depuis qu'elle est privée de leurs moments. Malik rejoint Cerise dès qu'il a une heure de libre. D'ailleurs, la saison touche à sa fin et ils ont décidé de passer leur semaine de vacances en amoureux à Belle-Île, alors qu'eux deux avaient envisagé de partir faire du rafting dans le Vercors. Mais c'était à l'époque où il n'avait pas encore croisé le chemin de sa dulcinée… Victoire lui en veut. Elle ne va presque plus à la Cabane. Auparavant, elle y retrouvait son ami, avec lequel ils formaient un duo invincible. Maintenant, lorsqu'elle revoit tous les copains sur la plage, sa solitude lui éclate à la figure. Leurs conversations paraissent si loin de sa réalité : travail à mi-temps, burn-out, grossesse, enfants, garderie… Et qui s'intéresse à elle ? Les célibataires n'ont-ils rien de palpitant à raconter ? A-t-elle été remisée dans le camp des vieilles filles ? Donc des personnes sans intérêt ? Pour un peu qu'elle leur confierait ses rendez-vous quotidiens avec ses copines octogénaires… Ce serait la mise au rebut direct ! Elle a alors pris le parti de ne rien révéler et, surtout, de ne plus s'imposer ce rituel du vendredi soir à la Cabane, devenu ennuyeux.

Le samedi des vacances est arrivé pour Victoire. Janis lui a demandé d'apporter tout ce qu'elle trouverait sur le marché pour faire une table appétissante, car elle veut voir du monde ce midi devant chez elle. La ruelle doit faire du bruit ! Ce doit être le retour de Cali qui la met dans cet état de fête… Victoire a passé l'invitation aux commerçants et aux voisins, qui arrivent tous avec ce que requièrent les estomacs gourmands : saucissons et boudins, fromage, crevettes, huîtres et vin blanc. C'est Noël en été !

Jean, Lucie, Constance et Clothilde sont même venus avec des biscuits confectionnés par la petite. C'est surprenant qu'ils soient présents. D'ailleurs, dans la famille modèle, le père est absent. Son travail lui demande beaucoup de temps, décidément ! Constance n'a pas un mot pour sa sœur. Il y a une once de tristesse dans ses yeux, mais qu'elle arrive assez bien à masquer pour ceux qui la connaissent moins. Les discussions vont bon train. On parle du départ progressif des touristes, de la météo et de l'agrandissement du centre commercial.

« Ceux-là, ils vont tout bouffer ! s'énerve le boucher.

— Oui, mais ils vont embaucher nos jeunes… »

On ne mettra personne d'accord ce midi. Qu'importe, on entend résonner les tire-bouchons suivis d'éclats de rire. Le charcutier enchaîne les blagues, Gaël joue avec Clothilde, Cali raconte comment Victoire a dépassé le maître en cuisine, Janis enlace Constance. Même monsieur le maire est passé prendre un verre ! Il flotte un air de guinguette. Le temps est à l'insouciance et à l'ivresse. Victoire surprend un geste discret mais complice entre ses parents. Oscillant entre les effluves de parfum et ceux de l'alcool, elle est propulsée à l'explication qu'ils lui avaient donnée le fameux soir où, vexée de ne pas aller faire de vélo avec son ami, elle avait rapporté les vilains propos de la mère de Lola, les traitant de fainéants et de boulets pour la société... Victoire revoit son père se tendre sous le coup de l'insulte.

Il était à éplucher les pommes de terre, mais, sous le coup du boulet de canon, avait redressé la tête. Il avait posé le regard sur son épouse, interdit. Le silence, si peu de temps qu'il ait duré, leur parut une éternité. Le père avait appelé Constance, qui était arrivée tout sourire avec son air de petite fille bien élevée, alors qu'elle savait exactement ce qui venait de se passer. Victoire aurait voulu l'étrangler. Ils leur dévoilèrent le secret qu'ils gardaient depuis six années.

Lorsqu'elle travaillait, Lucie jouait une grille de Loto toutes les semaines avec son patron. Rien d'extraordinaire, toujours les mêmes numéros. Puis, ce fameux soir où le repassage était resté en plan, c'était parce que la présentatrice venait d'annoncer des numéros bien connus de la famille : leurs dates de naissance... Seule Lucie avait vu les petites boules numérotées descendre les unes après les autres dans la goulotte. Elle venait de comprendre que plus rien ne serait comme avant. Finies les angoisses de fin de mois et les inquiétudes pour assumer les études supérieures des enfants. Elle en était restée coite... Mais, dès le lendemain, tout était plus clair. Son patron avait vendu son commerce et était parti vivre à La Réunion. Jean et Lucie avaient donné leur démission et placé l'argent pour vivre de leurs rentes. Comme ils avaient peur des changements démesurés, ils n'avaient rien dit, sauf à Janis, qui fut remerciée d'avoir pris soin des fillettes, et à laquelle ils rendaient sa vie d'artiste. Victoire en était restée estomaquée ! Ses parents avaient gagné au Loto... Cela n'arrive pas que dans les films ! Et pourquoi ne leur avaient-ils rien dit, à elle ? Et pourquoi n'avaient-ils pas acheté une grande maison avec un immense jardin tout près de la mer ? Et des patins à roulettes, des cerfs-volants et un dériveur ? Pourquoi avaient-ils persisté à partir en vacances en camping et non dans les hôtels avec vue sur l'océan ? Et pourquoi avait-elle toujours son vélo pourri ?

Lucie expliqua que l'hôtesse qui les avait reçus à Paris leur avait conseillé de ne pas changer de train de vie dans un premier temps pour ne pas perdre pied. Cette dame avait donné bon nombre d'exemples de sorties de route qui avaient mené à de tristes fins chez les gagnants. « Puis, nous devons conserver nos valeurs », avait-elle ajouté, comme pour démontrer sa maîtrise de la situation !

Ils avaient donc fait le choix de partir habiter un petit village à dix minutes de la mer, où le bruit des tracteurs et le chant du coq avaient remplacé le cri des goélands et où personne ne constaterait leurs quelques changements de vie autorisés. Victoire s'était quand même permis de réclamer un nouveau vélo qu'ils n'avaient pas pu refuser.

L'aînée était rassurée, ses parents n'étaient pas un poids pour la société, contrairement à ce qu'avait affirmé la maman de Tina. Elle n'avait pas manqué de lui dire quelque temps plus tard, alors qu'elle l'entendait raconter comment sa voisine attendait quotidiennement le départ de son mari pour s'adonner à quelques pratiques extraconjugales: «Si on rémunérait les commères au temps passé à raconter des conneries, vous seriez assise sur un sacré pactole!» La mère en était restée bouche bée, et Victoire triomphait tête haute!

Au milieu de l'animation de la tablée, Victoire s'en souvient comme si c'était hier. Ses parents avaient lu une étude à l'époque de leur gain, expliquant que les plus gros consommateurs d'anxiolytiques étaient issus des classes aisées et riches. A priori, le bonheur ne venait donc pas des revenus… Après avoir gagné le gros lot, ils avaient donc décidé de cultiver leur vie de famille, de ne pas baigner leurs filles dans l'argent, mais dans l'amour et la simplicité. Ils les amenèrent en vacances dans des endroits où la beauté ne s'achetait pas. Ils les aidèrent à faire leurs devoirs sérieusement, sans jamais intervenir à leur place pour gagner des points. Ils ouvrirent la porte à un tas de questions, sans jamais leur imposer de réponses. Plus tard, ils les encouragèrent à quitter la maison, à vivre de nouvelles expériences. Bref, Jean et Lucie avaient laissé leurs filles apprendre, découvrir, réfléchir.

Ce fut ce midi-là, au cours de sa trente-quatrième année, que Victoire, observant le bonheur de ses parents, comprit qu'ils les avaient toujours laissées libres de leur vie, de leurs choix, de leurs pensées. Ils les avaient respectées à part entière, si différentes soient-elles. Qu'attendait-elle de mieux d'un père et d'une mère ?

Et quand elle perçoit comme ils sont soudés après tant de printemps partagés... Victoire se fait honte et regrette ses pensées et ses paroles. Elle détourne le regard vers le fond de son verre.

Pour autant, elle ne s'imagine pas se jeter dans leurs bras. Le blocage est trop important, et les marques d'affection ne sont pas dans ses habitudes...

Tout à coup, Janis fait sonner son verre et Cali se lève, un peu tremblante, pour attirer l'attention. Le calme se fait pour entendre ce qu'elles ont à annoncer. C'est Janis qui commence :

« Les amis, nous pouvons remercier le soleil d'avoir permis de nous retrouver aussi nombreux ce midi. Vous êtes venus avec votre bonne humeur et c'est ce qui importe le plus. J'espère qu'on se souviendra tous de ce moment. Samedi prochain, l'impasse des Oursins sera calme, car nous ne serons pas là. Vos deux vieilles camarades ont décidé de partir en vacances ! »

L'étonnement se lit sur les visages. C'est une blague ? Elles ne vont jamais plus loin que le port ! Dans quelle escapade se sont-elles embarquées ? Une virée à Lourdes pour quémander un peu d'élasticité dans leurs os ?

Cali continue :

« Victoire est en vacances depuis ce midi et nous emmène en Crète la semaine prochaine ! »

Les bras lui en tombent. Le ton est sérieux, nul doute qu'il ne s'agisse d'une plaisanterie. Tout le monde applaudit. Pour fêter la nouvelle, la boulangère part chercher un flan et Jean remet une tournée, dans la bonne humeur générale. La célébration se prolonge et les questions se bousculent dans la tête de Victoire.

Qu'ont ses deux vieilles complices derrière la tête ? Victoire sait qu'elle n'est pas au bout de ses surprises.

15

Il a fallu boucler une valise aussi promptement que fut annoncé leur départ en vacances. Mais lorsqu'on vit seule comme Victoire, et qui plus est sans projet, c'est finalement très rapide… Bernard le chat fut prévenu que la boulangère lui rendrait visite dans la semaine et, un tour de clé plus tard, les maisonnettes de la ruelle des Oursins affichaient portes closes.

L'euphorie du samedi midi est retombée. Dans l'avion pour Héraklion, l'ambiance est pesante. Victoire est heureuse de découvrir l'île de Cali et de partager ce voyage avec celles qui comptent le plus pour elle. Mais elle sait comme tout cela est lourd de sens, maintenant qu'elle connaît leur passé sur ce caillou de la Méditerranée. Cali, encore anormalement fatiguée, s'assoupit. Janis a le regard vide. *Qu'est-ce que c'est que ce bordel ? Qu'attendent-elles de ce séjour ? Leur reste-t-il des amis là-bas ? Où vont-elles séjourner ?* Personne ne lui a rien dit et elle n'ose pas poser de questions.

Quand elles posent le pied sur le tarmac, la chaleur étouffante les assomme et dessine un horizon flou. Cali peine à respirer et semble avoir oublié le climat de son pays. Angéliki, sa petite sœur, est venue l'accueillir à l'aéroport, emmenée par sa nièce, qu'elle ne connaissait qu'en photo. Elles s'étaient écrit souvent, téléphoné quelques fois, mais ne s'étaient pas revues depuis près de soixante ans. La pudeur les retient quelques secondes, mettant les retrouvailles en suspens, jusqu'à ce que les larmes les emportent toutes deux, sous les yeux de Janis, qui serre fort la main de sa petite-fille. Le passé coule à grands flots sur leurs joues. Ces deux petites vieilles femmes en blouse noire laissent enfin s'exprimer leurs regrets, leurs manques, leur sollicitude. Victoire se rappellera pour toujours ce moment d'extrême intensité. Mais, comme sa sœur, Angéliki ne semble pas s'apitoyer.

« Allons, allons… Nous n'avons plus de temps à perdre ! Regarde dans quel état nous sommes. Vieilles bonnes femmes courbées. Nous n'avons rien à fiche sur le parking d'un aéroport. En route ! »

La Toyota qui conduit l'équipe est plus fatiguée que les cinq passagères réunies et donne l'impression d'un souk nord-africain : la chaleur poussiéreuse s'infiltre par les fenêtres ouvertes et, la retenue des deux sœurs étant retombée comme un soufflé, elles baragouinent les mots incompréhensibles de leur langue natale. Les échanges sont ponctués de rires, de tapes sur l'épaule et de caresses dans le dos. La nièce, nez collé contre le pare-brise, essaye de maintenir sa concentration et klaxonne à tout-va pour se frayer un chemin dans la capitale, espérant mener tout ce petit monde à destination.

Depuis le décès de son mari, Angéliki habite une maison en plein centre, dans laquelle elle loue des chambres aux touristes de passage. Un panonceau sur la façade blanchie affiche *« room for rent 75 € »*. Cali s'est installée dans celle du rez-de-chaussée pour ne pas avoir à monter les marches. Victoire reconnaît une photo de son amie sur le mur d'entrée. À côté, on y voit un couple. Serait-ce le bourreau qui a détruit sa vie ?

Entre le voyage et la température, les vieilles acolytes fatiguent et décident d'aller se reposer. Victoire sort découvrir la ville : les rues fleuries sont étroites, certaines sont pavées. Des terrasses de restaurants et de cafés sont aménagées dans les ruines de bâtisses. Elle n'avait encore jamais vu ça, alors elle sort son iPhone pour les prendre en photo. C'est d'un charme envoûtant ! Des anciens jouent à un jeu de société dont Victoire ne connaît pas le nom et dont elle ignorait l'existence. Ils semblent absorbés et discutent sans dévier leur regard du plateau. Victoire trouve amusant de les voir à l'œuvre. Un peu plus loin, quelques touristes sélectionnent les souvenirs à rapporter dans leurs valises. Ils savent pourtant que, dans quelques semaines, ils prendront la poussière et que, dans quelques mois, ils finiront dans un placard. Puis les rues s'élargissent, les bâtiments sont plus cossus, les enseignes sont connues, et les palmiers ornent les trottoirs. Malgré son appréhension des prochains jours, Victoire est heureuse d'être là. Sa présence témoigne de leur indiscutable complicité.

En fin d'après-midi, la ville grouille de monde. Victoire rebrousse chemin. Elle se surprend à penser à sa sœur, qui aurait certainement apprécié de venir. Bien qu'elle ait sa propre famille, elle a grandi avec Janis et Cali, au même titre que Victoire. Est-ce qu'au moins quelqu'un le lui a proposé ? Elle décide de mettre sa rancœur de côté pour lui écrire et s'arrête acheter une carte postale tout près de la maison. Entre les différents paysages crétois du présentoir, elle aperçoit Janis adossée au mur d'en face. Elle l'observe un instant. Elle, pourtant si droite, semble rapetissée, et ses yeux révèlent de la tristesse. *D'où revient-elle ? Était-ce une bonne idée, ce voyage ?* Janis se redresse et entre dans la maison. Victoire la retrouve quelques minutes plus tard avec sa carte, qu'elle adressera finalement à Clothilde, faute de savoir quoi écrire à Constance.

16

Constance ronge son frein. Sa grand-mère l'a serrée un peu plus fort que d'habitude. Elle a dit au revoir à Cali, mine de rien. Mais ça n'est pas rien, merde à la fin ! Elle, si expressive, n'a pas pu lui manifester sa tendresse. Elle, si bien élevée, se mordait la langue pour ne pas laisser échapper de gros mots…

Sur le chemin pour rejoindre la voiture, sa main empoigne celle de sa petite Clothilde, tout sourire d'avoir été au centre des attentions :

« Gaël m'a donné un sachet de bonbons et la boulangère m'a promis de m'apprendre à faire du pain pour les prochaines vacances ! »

La gorge trop serrée pour répondre, Constance se contente de sourire, ce qui ne suffit pas à sa fille. Levant son visage vers celui de sa mère, la petite perçoit sa peine.

« Pourquoi tu es triste, maman ?

— Ce n'est pas de la tristesse, ma chérie, c'est que je songe à l'époque où j'avais ton âge, quand je donnais la main à Cali et qu'elle m'emmenait au manège, pendant que mamie Janis peignait.

— Est-ce que tata allait au manège aussi ?

— Elle préférait rester auprès de Janis, qui lui tendait une toile et lui mettait quelques pinceaux à disposition. Ensuite, nous prenions le goûter que Cali nous avait préparé. Elles nous écoutaient, vivaient nos aventures. Cali et Janis connaissaient le nom de nos amis et de nos maîtresses, nos jeux et livres du moment, ainsi que nos goûters préférés. C'était toujours un instant de partage incroyable, comme ce midi. Elles n'ont pas changé.

— Tu préférais quand tu étais petite ?

— Non, mon amour ! lui répond Constance en serrant un peu plus fort la main de sa fille. J'ai beaucoup de chance, car, aujourd'hui, c'est moi qui te tiens par la main et j'espère de tout mon cœur que tu aimes ces moments comme je les ai aimés.

— Tata, elle n'a pas de chance, elle n'emmène personne au manège. C'est peut-être pour ça qu'elle est souvent grognon.

— Peut-être… »

Constance revoit sa sœur quelques minutes plus tôt, déconcertée par l'annonce du départ en Crète. La cadette a gardé le secret, comme promis, mais avec le désagréable sentiment de tromper Victoire, qui n'apprendrait la nouvelle que dans quelques jours.

Bien que ses tentatives pour récolter un peu de son attention soient toujours restées vaines, Victoire est sa sœur et elle vit mal de lui dissimuler la vérité quant à l'objet de ce soudain séjour.

17

Chaleur et soleil riment avec vacances, donc grasses matinées. Et, en conséquence, s'il y a bien une chose que Victoire ne comprend pas, c'est qu'il ne semble pas exister un pays chaud sur cette terre où ça ne racasse pas de bonne heure le matin ! Le son des voix résonne déjà dans la rue. Les marchands poussent leurs petites carrioles aux roues grinçantes, car elles seules peuvent accéder aux commerces tellement les rues sont étroites. Victoire devine les couvercles de poubelles claquer, le primeur arranger son étal en sifflant, le barman descendre les chaises des tables et passer un coup de chiffon sur les nappes à carreaux bleus et blancs. La vacancière s'étire de tout son long, repoussant son lever. Le jour s'est déjà invité dans la chambre à travers les ouvertures mal ajustées et les murs dessinent distinctement le reflet des persiennes. Finalement, ce séjour inattendu tombe à pic. Partir… C'est exactement ce dont Victoire avait besoin.

Le son strident émis par le rideau de fer du magasin aux « babioles-souvenirs inutiles » finit de la sortir de son lit. Au rez-de-chaussée, les casseroles aussi s'activent !

« Bonjour tout le monde ! Vous êtes déjà debout ?

— L'avenir appartient à celles qui se lèvent tôt ! Et, à notre âge, nous avons intérêt à nous lever avant l'aube, car l'avenir pour nous est compté... »

Cali fait rire Victoire et c'est là le principal. Bien des émotions les attendent et, Victoire ne le sait pas encore, mais elle va devoir se montrer forte.

La veille, personne n'avait revu Cali, partie se terrer dans sa chambre pour prier, réfléchir, dormir. Elle était vraiment diminuée et Victoire avait remarqué ses quintes de toux toujours plus importantes. Seule Janis s'était aventurée pour lui déposer un plateau-repas et était revenue sans faire de commentaires. Peut-être avait-elle besoin de ce temps à elle pour se reconnecter à son « île des souvenirs ». Sans compter que revoir sa sœur, après tant d'années, avait dû la remuer. De même qu'entendre sa langue natale, qu'elle n'écoutait plus que sur ses vieilles cassettes, depuis son départ dans les années 1970. Jamais elle n'avait fait part de sa vie en Crète. Un film hermétique recouvrait son passé secret et douloureux et décider de le lever soixante années plus tard engendrait indéniablement un branle-bas émotionnel.

Mais, ce matin, Cali est debout et accompagne sa sœur dans la préparation du petit déjeuner. Leur ressemblance est incroyable. Malgré les dix ans qui les séparent, on croirait des jumelles. Autour de la table, la journée s'organise.

« Nous avons quelques papiers à régler avec Angéliki. Cela risque de prendre une bonne partie de la journée. Je vous invite à partir au gré de vos envies avec la voiture. »

Sans poser de questions, Victoire acquiesce, acceptant volontiers la proposition de partir à la découverte des villages avec sa grand-mère.

La Toyota Starlet est une antiquité et tousse comme les vieux de sa génération. La carrosserie aussi dénonce son grand âge : le vernis a disparu et des taches brunes recouvrent la peinture rouge. Pour dissimuler le bruit du moteur, Victoire trouve une station de radio dont la musique entraîne Janis à se dandiner dans la voiture. Il faut jouer avec l'embrayage et apprivoiser la boîte de vitesses. Les chèvres au milieu de la route, en pleine montée, ne sont pas pour les arranger. Mais quel rire !

« Regarde celle-ci, les mamelles touchent par terre ! Elle doit avoir mon âge ! s'esclaffe Janis.

— Et celle-là, on dirait qu'elle a des boucles d'oreilles !

— Oh, trop mignons, les petits…

— Mais comment font celles-ci pour tenir en équilibre sur la roche ? »

Et lorsqu'elles décident d'emprunter un chemin pour s'octroyer une pause-pipi à l'écart de la route, la vieille Toyota cale et s'immobilise net. Les voici en panne, en plein cagnard, au milieu d'un passage de terre poussiéreux… À cet instant, les deux aventurières explosent de rire et Janis se félicite de travailler régulièrement son périnée en séance de pilates ! Après avoir délesté leur vessie derrière un buisson, et en attendant que le moteur baisse en température, elles déplient une serviette sur le capot brûlant pour s'asseoir. Perchées au milieu de nulle part et face à la mer, qu'elles contemplent au loin, le silence retombe. Le dépaysement est total : la grande bleue veille, les champs d'oliviers ne bougent pas d'une feuille... L'instant est saisissant, la beauté déroutante. Le temps s'est arrêté. Chacune entre dans un état méditatif.

Des minutes passent et c'est le son des cloches des brebis qui les ramène à elles. Victoire remarque une perle de sueur sur la joue ridée de Janis. Non... en regardant bien, elle croirait une larme. Une larme de quoi ? De bonheur ou de tristesse ? De paix ou de peur ? Dans ses souvenirs, sa grand-mère n'a jamais montré un quelconque signe de douleur. Victoire ne sait pas tout, c'est une évidence ! L'inquiétude grandit. Janis, ayant remarqué le regard de sa petite-fille sur elle, décide à cet instant-là de mettre fin à ses spéculations imaginaires en lui annonçant la nouvelle. Elle doit savoir maintenant. À quoi sert-il d'attendre le « bon moment » ? Il n'y en aura jamais. Cali n'en sera que plus soulagée. Les yeux rivés sur la mer, elle se lance sans précaution :

« Victoire, je dois t'annoncer une triste nouvelle. Cali n'est pas ici en vacances. Elle est venue mourir dans son pays. Tant que nous ne t'en parlions pas, la situation n'existait pas pour toi, mais nous te devons la vérité sur l'objet de ce voyage et sur la santé de Cali.

— Qu'est-ce que tu racontes ? dit-elle sonnée.

— Cali est condamnée par un cancer très agressif. Son état se dégrade rapidement. Si elle s'est beaucoup reposée ces derniers jours, c'était pour mieux supporter le voyage. »

Victoire tombe des nues, car le visage de Janis ne laisse aucun doute sur la véracité de sa révélation.

« Tu vois ce que fait faire l'amitié ? Je l'ai aidée à quitter la Crète il y a soixante ans et, aujourd'hui, selon ses souhaits, je la ramène à ses origines.

— Pourquoi me l'avoir caché ? s'énerve Victoire. Je ne serais jamais venue ! Vous vous êtes servies de moi ! Qui est au courant ? Papa ? Maman ? Constance ? Évidemment... Ils le sont tous ! Et moi, vous m'avez emmenée là, en vacances soi-disant ? »

La colère monte encore d'un cran, la faisant bondir sur ses pieds pour faire face à sa grand-mère.

« Cali n'a aucune bonne raison de mourir ici et de nous abandonner. Cette île lui a tout pris, et nous, nous lui avons tout donné ! Notre amour, notre famille, notre confiance... Elle ne peut pas partir ainsi, c'est injuste ! »

Victoire est défigurée par les larmes et la douleur. Janis, désœuvrée et malheureuse, tente de la prendre dans ses bras, mais elle recule.

« Ne me touche pas ! On ne vit pas autant de bonheur pour le perdre ensuite. En fait, c'est toujours pareil... »

Et, d'un coup de pied, elle envoie valser un tas de cailloux avant de s'éloigner dans la poussière.

Victoire pense avec aigreur qu'il n'y avait pas de meilleur endroit pour annoncer une telle nouvelle. Se retrouver en panne et perdue au milieu de nulle part, n'est-ce pas à l'image de son sentiment présent ? La beauté insolente de la Méditerranée, au loin, la nargue. Elle se sent trahie, abandonnée... encore une fois.

Janis part se mettre à l'ombre d'un olivier et libère ses larmes, là où seules les brebis peuvent les remarquer.

Chaque minute paraît des heures, mais la vérité est enfin avouée.

Voilà maintenant deux heures que le moteur s'est arrêté et la vie avec. Malgré le peu d'espoir qui demeure en Victoire, au moment de tourner la clé dans le neiman, elle réussit à le faire démarrer au premier essai. La jeune femme est déterminée à quitter cet endroit au plus vite. Le grondement de la Toyota invite Janis à la rejoindre. Toutes deux ont repris place à l'avant du véhicule, qui avance lentement sur le chemin, puis récupère enfin la route. Victoire conduit sans un mot et suit les virages mécaniquement jusqu'au premier village, où elle se gare devant un café. Le lieu est paisible, les murs colorés, à l'opposé de son tourment intérieur. Avant de descendre, les mains scellées au volant et sans desserrer les dents, elle demande :

« Pourquoi elle fait ça ?

— Si tu parles de revenir dans son pays, elle attendait d'en avoir le courage un jour. Après le décès de ses parents, elle ne l'avait pas. Mais, lorsque le médecin l'a informée de son état de santé, cela lui est apparu comme une évidence. Elle voulait retourner voir Alan et le petit, puis retrouver sa petite sœur. Moi aussi, j'ai mal, mais peut-on lui en vouloir ? Sa vie ici lui a échappé... Je pense que, faute d'avoir pu y vivre, elle veut y mourir.

— Et pourquoi voulait-elle que je vienne ?

— Tu es la fille qu'elle n'a pas eue... Elle va avoir beaucoup de mal à te dire au revoir. »

La gorge de Janis se serre à l'évocation de leurs adieux.

« Combien de temps lui reste-t-il ?

— Quelques semaines. Ils ne savent pas si elle sera encore là à la fin de l'année. »

Victoire s'effondre contre le volant.

« Merde, merde, putain de merde... »

La main tremblante de Janis se pose sur sa cuisse tandis que sa petite-fille murmure :

« Pardon... pour tout ce que j'ai dit...

— Je ne t'en veux pas, ma chérie. Je sais comme c'est dur d'apprendre la perte de ceux qu'on aime. Votre relation est tellement particulière que tu ne pouvais pas encaisser sans réagir.

— Je n'encaisse toujours pas... Vous êtes tout pour moi. Et toi, sans ton amie, comment tu vas faire ? C'est trop dur. »

Victoire pleure de plus bel, mais, cette fois, elle accepte les bras consolants de sa grand-mère, qui essuie ses larmes, lui caresse les cheveux, l'embrasse. Elles ont chaud. Elles ont mal.

Dans leurs chagrins confondus, elles partagent aussi leurs forces. Elles ne doivent pas perdre pied. Il faut profiter vite de la vie, de sa vie, car les jours sont comptés. Comme d'un accord tacite, elles s'entendent pour ne pas gâcher leurs derniers moments ensemble, menacés par la tristesse proéminente. Victoire lève le visage vers l'extérieur. Un petit garçon, le ballon sous le pied, la dévisage. Trois femmes vêtues de noir, à l'ombre d'un figuier, brodent en causant. La terrasse du café accueille un prêtre orthodoxe, journal sous le bras. Ces gens-là ont de la chance, ils ne savent pas que Cali va mourir... Quand un drame s'abat sur quelqu'un, tout semble s'arrêter pour lui. Mais c'est une vue de l'esprit. En fait, c'est nous qui nous arrêtons. À chacun de nous de puiser l'envie et le courage pour attraper le ballon, filer quelques points de croix en causant ou nous installer en terrasse.

« Tu crois qu'ils nous serviraient une bière ici ? »
Janis lui sourit.
« Oui, je crois. »

18

Elles sont rentrées tard et éreintées de leur journée. Cali dort. Angéliki les invite à la suivre jusque sur la terrasse pour partager un jus. Victoire et Janis montent vers la fraîcheur de la nuit et découvrent, tout en haut des marches, un havre de paix au cœur du tumulte de la capitale. Elles se retrouvent sur les toits, un air de paradis perché, un village de verdure au-dessus d'Héraklion. Les familles y créent leur refuge: des plantes en pot ont pris leurs aises et camouflent les vis-à-vis entre voisins. Victoire imagine tout à fait les Crétoises, chacune sur leur terrasse, hissant leur tête au-dessus des lauriers-roses pour discuter. Les drapeaux grecs flottent entre les mâts d'antennes télévisées et au-dessus du linge suspendu. Les coussins des canapés et fauteuils appellent à venir se reposer, surtout après une rude journée. Elles se sont installées sous une pergola de bougainvilliers pour manger quelques fruits et boire une citronnade au clair de lune. Quel réconfort…

Maintenant que les choses sont dites, elles peuvent se parler franchement, et Victoire apprécie de ne plus être mise à l'écart des confidences. Au milieu de circonstances bien sombres, elle se sent enfin considérée comme une adulte responsable. Janis et Victoire écoutent attentivement Angéliki, qui peine à se faire comprendre. Elles apprennent par quelques mots anglais mêlés à du français que Cali a rencontré un médecin de l'hôpital pour son suivi médical sur l'île. Ensuite, elles sont allées au cimetière où repose Alan.

« Cali a compris que tu y étais déjà passée. Des fleurs fraîches entremêlées autour d'un crayon venaient d'y être déposées.

— Je suis allée le voir hier. Alan m'a beaucoup manqué les premiers mois. Je me raccrochais à ses écrits, puis, quand elle a débarqué, j'ai reporté notre amitié sur Cali. Pour lui comme pour elle, je me devais de lui sortir la tête de l'eau. Et pour me pardonner de ne pas avoir réussi à le garder parmi nous.

— Ça n'était pas ta faute, et moi, j'étais si jeune… Je n'ai appris la tragédie que bien des années plus tard.

— Je me suis tellement remise en question pour savoir ce que j'aurais pu faire afin d'éviter ce drame. Notre communauté aussi s'en est voulu de ne pas avoir mesuré le niveau de détresse d'Alan. Le suicide est culpabilisant pour l'entourage… »

Janis s'exprime pensivement en caressant la table. Elle balaye les quelques miettes restantes.

« Le temps apporte des réponses que l'on cherche réconfortantes. Mais, quoi qu'il en soit, l'être est mort.

— Et votre père ? tente Victoire en interrogeant Angéliki du regard.

— Il a assassiné notre famille… Il n'y a pas d'autres mots. Lorsqu'il a su que Calista n'avait pas rejoint sa sœur sur le continent, il est devenu fou. Ma mère et moi frôlions les murs. Il ne pouvait pas admettre que sa fille lui échappe. Il a longtemps cru qu'elle s'était réfugiée en Grèce et a remué tous les hôpitaux des environs d'Athènes pour la retrouver. Il était loin de s'imaginer qu'elle n'était qu'à quelques kilomètres de lui, terrée dans une grotte hippie… »

En évoquant la stupidité de son père, Angéliki rit jaune. La suite des événements lui fait pincer ses lèvres auparavant étirées.

« Ma mère a sombré dans la dépression. Pouvait-il en être autrement ? Elle n'avait pas réussi à sauver sa fille des griffes de son mari castrateur. Et moi, encore petite, je n'étais surtout pas incluse dans les discussions. En fait, même ma mère n'avait pas son mot à dire. Elle passait ses jours et ses nuits dans l'obscurité à espérer des nouvelles de Calista. Puis, elle se résigna, comme elle avait renoncé à la lumière. Il la fit interner en psychiatrie alors que je n'avais que 12 ans. Ne pouvant s'occuper de moi, il me confia à sa cousine, qui m'éleva avec ses enfants au sein d'une famille heureuse et équilibrée. Au moins j'étais épargnée de sa personne… Ma pauvre maman, que je visitais tous les mois, aurait souhaité quitter l'hôpital, mais ça arrangeait bien mon père de la savoir enfermée, à devenir toujours plus folle au contact d'aliénés. Il ne voulait surtout pas qu'elle guérisse. Il aurait fini par devoir faire face à ses responsabilités, à sa malversation…

— Et Cali, tu l'as retrouvée comment ?

— Grâce à ton grand-père ! »

Janis retrouve le sourire qui avait fui son visage.

«Mon grand-père?»

Janis prend la suite d'Angéliki et raconte comment son Pierrot a mené l'enquête:

«Nous étions installés à Paris. Pierrot connaissait la tragique histoire de Cali, qu'il adorait comme une sœur. Lorsque ses parents ont suggéré un séjour en Italie, auquel je n'étais évidemment pas conviée, il les orienta vers la Grèce, car Pierrot vit dans ce séjour une opportunité non dénuée de sens! À cette époque-là, la Crète n'était pas touristique et il a dû user d'arguments mensongers pour les amener jusqu'ici. Ses parents crurent en son intérêt pour les sites archéologiques et la civilisation minoenne et acceptèrent avec fierté de partager un voyage culturel avec leur fils. Ainsi, il était sur place pour récolter des informations et les rapporter à Cali.»

Victoire sourit d'étonnement et Angéliki suit attentivement le récit qu'elle connaît déjà.

«Pendant que ses parents lézardaient au soleil, Pierrot traînait ses souliers dans les rues d'Héraklion, à la recherche du cabinet médical du père de Cali. Il se fit passer pour un patient et y entra. Après avoir exposé quelques symptômes s'apparentant à une gastro, il raconta qu'il venait de s'installer comme professeur d'anglais et qu'il avait besoin de savoir dans quelle école inscrire sa sœur, dont il avait la charge. Le docteur lui donna l'adresse sérieuse dans laquelle sa fille était inscrite. Il retrouva alors Angéliki, qui avait 15 ans.»

La sœur de Cali se rappelle ce jeune homme qui questionnait ses camarades à la sortie du lycée pour pouvoir l'identifier, même s'il aurait pu y parvenir grâce à leur ressemblance frappante.

« Il m'a dit: "Angéliki? Comme tu ressembles à Calista!"

— Plus personne ne prononçait son prénom autour de moi. Le ciel me tombait sur la tête! Il avait le visage gentil, ton grand-père... Il s'approcha et me confia simplement que ma sœur allait bien, attendant ma réaction. Après avoir compris ce qu'il était en train de me dire, je lui sautai au cou et le serrai fort. Très fort. Il venait d'arracher un pansement qu'on m'avait imposé et j'allais enfin savoir quelle cicatrice on me cachait dessous.

— Mon grand-père, ce héros! parodia Victoire, adressant un clin d'œil à sa grand-mère.

— Je lui ai demandé de m'accompagner jusque chez ma cousine, en qui j'avais entière confiance, et je ne l'ai jamais regretté. Nous avons écouté la véritable histoire de Cali autour d'une tasse de café que personne n'arrivait à boire. Nous, à qui on avait expliqué que Cali était partie avec un nazi qui l'avait embrigadée! Nous qui l'avions cru... La guerre était pourtant terminée depuis longtemps et ça arrangeait bien mon père de reporter ses fautes sur un autre. Mort, qui plus est! Lui, le seul auteur de la tragédie... Nous ne lui dîmes jamais rien de notre entrevue avec Pierre. Ma cousine me prit sous son aile et me tint loin de mon père, pour toujours. Dès le lendemain, j'accourus voir ma mère pour lui annoncer la nouvelle, une photo cachée dans mon chemisier comme un précieux trésor. Toutefois mes espoirs s'effondrèrent. Elle la reconnut et caressait le papier glacé, mais l'état dans lequel les médecins l'avaient plongée ne lui permettait plus d'accuser certaines vérités. Je l'informai seulement que Calista allait bien et elle sourit... Son cerveau voyageait dans d'autres mondes auxquels je n'avais pas accès. Ma mère ne voyait plus les mêmes choses que nous, ses gestes étaient devenus lents, et sa bouche souriait à l'envers. En l'internant, mon père l'avait condamnée à perpétuité. Elle était devenue dépendante aux antidépresseurs, qui l'avaient éloignée d'elle à petit feu.»

Victoire en a froid dans le dos. Quelle horreur!

«Et ensuite, que s'est-il passé? Vous n'avez pas cherché à vous revoir?

— Naturellement, notre mère est décédée de son état. Elle ne s'alimentait plus. Moi, je dormais avec la photo de ma sœur sur la table de chevet. Nous nous écrivions, mais il n'était pas question de voyager. La France n'était pas à quatre heures d'Héraklion comme aujourd'hui. Puis il fallait beaucoup d'argent pour financer un tel voyage. Elle a pris ses marques en France et s'est trouvée une nouvelle famille avec l'arrivée de ta maman. De mon côté, j'ai rencontré celui qui est devenu mon mari. Calista m'écrivait que le principal était qu'il soit gentil avec moi et il l'était. Nous avons eu nos enfants et la vie s'est enchaînée sans me laisser l'opportunité d'aller visiter ma sœur. Quant à elle, elle ne s'était jamais sentie capable de revenir, jusqu'à maintenant. Nous cultivions donc une relation épistolaire, nourrie de photos.

— Et votre père?

— Devant le Georgiadis Park, il ne s'est pas arrêté en entendant la sirène, alors que les pompiers arrivaient à vive allure. Il s'est pris de plein fouet le camion qui transportait une jeune femme sur le point d'accoucher. Elle, elle n'a rien eu. Elle a même mis son bébé au monde dans les secondes qui ont suivi. Lui est mort sur le coup. Sacré retour de manivelle ! »

En disant cela, ses yeux rient comme ceux de Cali. Visiblement, la disparition du père ne fut que soulagement.

La journée a été épuisante et le raki finit de les assommer. Les deux aventurières racontent leur panne au milieu des brebis, ce qui justifie la location d'un véhicule plus récent dès le lendemain et fait beaucoup rire leur nouvelle amie. Un peu de légèreté semble apaiser les cœurs malmenés.

Victoire tombe de fatigue avec le sentiment d'avoir couru un marathon. Le lendemain matin, elle est courbaturée de partout. Sa nuque lui fait mal, son dos est raide, ses bras la tiraillent… L'annonce de la veille l'a tellement contractée. À la levée du rideau de fer, elle saute dans une douche chaude qui devrait lui faire du bien avant de s'échapper. Car, ce matin, Janis et Cali veulent rester toutes les deux. Elles ont certainement plein de choses à se dire.

Dans une petite rue à quelques mètres de la maison, Victoire sélectionne un charmant restaurant qui lui sert un petit déjeuner de rêve… Les cakes sont encore tièdes, les confitures sont servies sous cloche, le fromage blanc est monté en chantilly et saupoudré de flocons d'avoine, les oranges sont pressées à la main, le miel présenté dans une coupe dégage une tendre odeur de romarin, et il y a même du beurre au lait de brebis ! C'est le Disneyland du petit déjeuner ! Victoire savoure. Elle rallume son téléphone et consulte les quelques informations de France, les messages de Malik (qui d'autre sinon…) et sa boîte mail, qui ne lui propose que des promotions sur les fringues de la rentrée. Elle éteint son appareil, qui la ramène à cette réalité qu'elle se met à abhorrer, et décide de passer une bonne journée.

À commencer par la voiture. L'agence de location lui a mis de côté un 4 x 4 rouge habitué à rouler dans les chemins poussiéreux de l'île. Elle se dirige d'abord vers les plages pour une baignade matinale. Après une entrée timide, elle est happée par l'eau. Elle plonge, nage, fait l'étoile, puis recommence. Elle ne sait plus si c'est le sel de la mer qui lui pique les yeux ou celui de ses larmes. Son corps se relâche, son cerveau ne pense plus… Allongée à la surface de l'eau, elle observe cette île dont les montagnes dessinent des ombres au loin. Elle s'y sent bien.

De retour dans la voiture, elle part sillonner les villages. Des femmes brodent encore, assises devant leur porte. Tiens, comme Cali et Janis dans la rue des Oursins. Mais elles sont tout habillées de noir. Victoire se dit que Janis, même dans son cercueil, voudra être parée de rose, de jaune ou d'orange. Elle retrouve le fameux jeu de société sur les terrasses de café, celui qui anime les hommes moustachus de tout âge. Même le prêtre, dans sa soutane, semble pris au jeu.

Quand elle s'arrête plus loin pour photographier le panorama, elle est saisie par des effluves de parfums, qui la ramènent dans la petite cuisine de Cali à Saint-Gilles. Cette pièce où elle a pris goût à cuisiner et où ça sent toujours bon le maquis… Elle s'assied sur un muret de pierre pour contempler le paysage. Au-dessus d'elle, des rapaces dansent dans le ciel. Cet endroit est un paradis sur terre. Elle y reviendra, c'est certain.

En rentrant, elle s'arrête au cimetière. Elle veut voir quelle sera la dernière demeure de Cali. Angéliki lui a expliqué quelle tombe elle fleurit chaque semaine depuis soixante ans au nom de sa sœur. Elle y découvre le visage d'Alan. La photographie en noir et blanc présente un jeune homme au sourire timide. C'était lui, l'homme de sa vie. C'est avec ce garçon aux cheveux en bataille que Janis a découvert cette île. Elle peut enfin mettre un visage sur le passé des vieilles alliées. En passant les grilles du cimetière, une pensée vient égayer son esprit : avant de rentrer chez Angéliki, elle s'arrêtera acheter un Polaroid.

19

L'idée de saisir leurs derniers instants tous ensemble était devenue viscérale. Bien qu'elle ait fait chou blanc dans plusieurs magasins, il avait été hors de question d'abandonner. Elle ne baissa pas les bras jusqu'à atteindre son objectif. Elle n'avait rien pu anticiper de ce voyage et se devait de laisser un maximum de souvenirs à Cali avant de repartir. Il aura fallu deux bonnes heures à Victoire pour dénicher son Polaroid.

La maison est si calme qu'on entend les mouches voler. Janis est seule et l'attend sur la terrasse, ce perchoir enchanté. Cali dort… encore… Voilà maintenant deux jours que Victoire ne l'a pas croisée. Le voyage l'a clairement abattue. Elle raconte sa journée et explique son sentiment de bien-être ici. Elle lui avoue aussi être allée au cimetière. Janis approuve l'idée du Polaroid. C'est important de pouvoir feuilleter, toucher, embrasser des photos quand il ne nous reste que ça. Pour ne pas oublier les visages qui s'estomperont avec le temps. Pour se rappeler du regard, des traits, de la peau qu'on ne caressera plus.

« Et avec mon grand-père, c'était comment ? »

Janis est surprise de cette question. Jamais ses petites-filles ne l'ont interrogée à ce sujet. C'est comme ça, les morts sont tabous. On n'en parle pas de peur de réveiller la tristesse endolorie... Cependant Janis sourit. Parce que, après la douleur, reviennent tous les moments doux qu'on aime à ressasser et qu'on voudrait tant partager. Mais comme plus personne n'en parle, on les étouffe.

« Mon Pierrot... Quelle histoire ! »

Les lèvres de Janis s'étirent pudiquement, mais ses yeux brillent. Elle poursuit :

« À l'inverse de Cali, nous avons pu braver les interdits pour vivre notre idylle. C'était l'amour de la démesure, de tous les excès, l'inconditionnel, l'illégitime. Je l'ai rencontré lors d'une exposition à Paris. Un ami artiste exposait et m'avait gentiment invitée à venir présenter quelques-unes de mes peintures. Je crois qu'il attendait que je lui ouvre autre chose que la porte de mon univers artistique... À la soirée de vernissage étaient conviés les politiques, les gros entrepreneurs et les notables de la capitale. La seule soirée de ma vie où l'on m'a obligée à entrer dans une robe de cocktail ! J'avais l'air si coincée, tu m'aurais vue ! Les invités, eux, étaient plus intéressés par leur rôle à jouer pendant la réception que par l'exposition. Mais cet homme, grand et fin, était planté telle une statue devant une peinture. Il avait les mains dans le dos et je ne voyais pas son visage. Il m'intriguait par son immobilisme. Moi non plus, je ne bougeais pas, j'avais trop peur de moi. Peur de devoir parler à ces personnes d'un autre monde qui ne donnent à l'art que la valeur du chèque qu'elles mettent en face. Je le guettais du coin de l'œil.

« Puis un groupe de personnes l'a appelé pour trinquer. J'ai su après qu'il s'agissait, entre autres, de ses parents, que je n'aurai finalement jamais l'occasion de côtoyer. Cette fois, il était face à moi, tenant son verre qu'il ne buvait pas. Nos regards se sont d'abord croisés, puis accrochés. J'avais l'impression que ma robe venait de glisser à mes pieds et que je me retrouvais nue devant cette créature qui me paralysait. Quelle beauté ! S'il était toujours de ce monde, même à 82 ans, je crois que je lui ferais encore l'amour ! »

Victoire pouffe de rire :

« T'en sais rien. Tu aurais peut-être trop de mal à cause de tes rhumatismes ! »

Janis rigole et retourne se promener dans son passé.

« Il réussit à s'éclipser pour venir me demander quel genre de femme je pouvais être pour débarquer seule à cette soirée. Car, à cette époque, les femmes ne sortaient qu'accompagnées. C'est à ce moment précis que mon ami, la star de la soirée, est arrivé et a monopolisé la conversation jusqu'à ce que Pierrot soit contraint de quitter la galerie. Je n'avais pas pu lui répondre, mais il avait déposé une carte sur un guéridon, en prenant soin de vérifier si j'avais perçu son geste. Le message était clair. C'est ainsi que j'appris qu'il s'agissait de Pierre Courtois, huissier de justice dans le 6e arrondissement. Cali m'attendait à la bibliothèque où elle prenait des cours de français. Lorsque je lui ai raconté, elle m'intima de le retrouver. Son histoire d'amour avec Alan était si fraîche, elle ne voulait plus jamais entendre parler de romance avortée. Le lendemain, nous sommes passées devant l'étude où il exerçait. La plaque en bronze sur la maison bourgeoise ne laissait pas de place au doute : ils étaient huissiers de père en fils. La semaine suivante, je lui faisais livrer le tableau qu'il avait contemplé le soir du vernissage, avec pour simple phrase : "Je suis le genre de femme qui peint."

— Waouh ! Mais c'est la classe, ton histoire !

— Ah, ah ! C'était exquis… et ce n'était que le début ! Mais je voulais aussi qu'il comprenne par ce message qu'une artiste a une vie quelque peu nomade et qu'on ne l'accroche pas dans un cadre. Pas le genre de fille de son rang, donc… Quelques jours plus tard, il m'a retrouvée au fond d'une brasserie, près de la place du Tertre. Ce n'était pas difficile : c'était le quartier des artistes. Il lui suffisait de chercher une femme peintre, nous n'étions pas nombreuses. Il s'est posté devant moi, sans expression particulière, mais toujours pourvu de sa beauté désarmante, m'annonçant qu'il était venu me remercier du tableau. Cette fois-ci, il me découvrait en tenue de combat : un foulard pour tenir mes longs cheveux et une large chemise blanche, auréolée de taches de peinture, sur un pantalon un peu trop grand. Je sentais le white-spirit à plein nez ! Imagine comme je me suis sentie ridicule, au point de rester bloquée.

— Décidément, tu étais tétanisée en robe, bloquée en pantalon… Qu'est-ce que ça a dû être à poil ! »

Les deux femmes rient. Les soucis du moment sont enfermés dans la chambre du rez-de-chaussée. Victoire ne se lassera jamais d'écouter les récits de sa grand-mère et l'invite à continuer du regard.

« Il m'a demandé de me lever, m'a regardée de haut en bas, et ses lèvres ont dessiné un sourire. Il a pris ma main et m'a dit avec des yeux que j'entrevoyais malicieux :

"Mademoiselle Janis, la première fois, je vous ai trouvée intrigante. Cette fois-ci, vous êtes incontestablement fascinante !" Cette déclaration m'a immédiatement fait rigoler. La digue des craintes et des préjugés avait cédé. Ce garçon très bien élevé se révélait coincé dans une cage dorée. Je le divertissais avec mes aventures hippies. Il était admiratif de mes œuvres et plus encore de ma détermination à vivre de mes passions plutôt que du confort. Lui me permettait des parenthèses luxueuses que je me surprenais à apprécier. Nous prenions le taxi la nuit pour voir la tour Eiffel scintiller. À l'époque, la lumière était concentrée sous le premier étage seulement, entre les quatre piliers. Nous déjeunions dans les nouveaux restaurants de la capitale, nous partions en week-end à la campagne. Et, certains soirs, ma chambre de bonne lui manquait, alors il venait toquer à la porte avec un morceau de pain et de saucisson. Avec Cali, ils se sont tout de suite entendus. Par contre, ses parents ne voulaient pas entendre parler de moi. J'étais une extravagante pour eux. Les riches prisaient l'art, mais n'aimaient pas les artistes. Pierre, lui, s'en fichait royalement. Il avait l'esprit rebelle au fond de lui. De toute façon, son père ne pouvait se passer de lui au travail et lui ne pouvait plus se passer de moi ! Ah, ah ! Quand il me retrouvait, je lui arrachais sa cravate et il balançait son chapeau. Au placard, les conventions ! Il se moquait de savoir si j'étais croyante et si je buvais du vin. Et moi, je n'avais pas l'ambition de devenir ménagère pour lui offrir une vie plan-plan. Alors, toute notre vie commune, il travaillait et dormait dans la villa bourgeoise de ses parents les débuts de semaine. Puis, les jeudis ou vendredis soir, il me retrouvait, et sa nature profonde par la même occasion. Notre relation atypique en a fait parler beaucoup. Nous étions un couple avant-gardiste finalement. Les années ont passé et, lorsqu'on a découvert ma grossesse, ses parents n'ont pas plus voulu de moi. Mais, contrairement à Cali, ils ne nous ont pas séparés. Pierre était assez vieux pour se défendre. Et, dans le fond, même si ses parents ne cautionnaient pas notre couple, ils l'acceptaient. Ils lui ont remis une importante somme d'argent pour que le bébé ne manque de rien. Nous avons décidé d'acheter une petite maison au bord de la mer, dans ma région natale. Pierrot était rassuré de savoir Cali à mes côtés en son absence, car nous n'avions pas les téléphones portables à ce moment-là.

« Ensuite, ta maman est arrivée et n'a pas assombri notre histoire d'amour. Au contraire, ton grand-père était heureux dans son rôle de papa. Ta mère a certainement des souvenirs lointains de leur complicité. Entre nous, plus il vieillissait, plus il était séduisant.

« Elle avait 10 ans quand l'accident eut lieu. Avant de prendre son train pour Montparnasse comme chaque dimanche après-midi, il nous a embrassées encore et encore, pareil à son habitude. Le lendemain, j'ai appris par les journaux qu'une catastrophe s'était produite sur la voie ferrée, faisant de nombreux morts. J'eus un mauvais pressentiment. Je suis allée à la poste pour téléphoner à son étude, ce que je n'avais jamais fait. Sa mère a bien voulu prendre la ligne pour me confirmer que Pierrot était décédé. Triste fin, n'est-ce pas ? »

La voix enjouée de Janis a retrouvé un ton monotone. Victoire encaisse toute cette histoire, qu'elle ignorait.

« Tu vois, ma chérie, on pourrait se dire que toutes les histoires d'amour se terminent mal, dixit Catherine Ringer. »

Elle sourit de la référence à ce mythique groupe de rock, puis reprend avec douceur en caressant la main de sa protégée :

« Mais si je ne m'étais pas livrée corps et âme dans les bras de ton grand-père, je n'aurais jamais connu le bonheur, l'amour, l'envie de vivre plus que de mourir. Ma vie d'artiste aurait sombré, car où aurais-je trouvé l'inspiration ? Et toi, tu ne serais pas ici à partager la vie et l'expérience de la mort avec nous. Certes, la fin de notre histoire sur terre fut prématurée, mais ce que nous avons vécu n'aurait pu être mieux. Et l'héritage qu'il vous laisse est une chair gorgée de force, d'aventures, d'interdits, ainsi qu'un cœur plein d'amour, de liberté et de courage. Alors je ne regrette pas, je ne suis pas triste non plus. Et tu sais quoi ? Les parents de Pierrot m'ont ensuite adressé une lettre dans laquelle ils confessaient leurs regrets de ne pas avoir accueilli notre union. S'ils ne nous avaient pas écartés de Paris, Pierrot n'aurait jamais eu à prendre le train pour rentrer. Ils ont vécu avec cette culpabilité le restant de leur vie. Après, ils m'ont envoyé régulièrement de l'argent. Est-ce que tu te rends compte de ce qu'ils ont enduré ? Vivre de regrets, avec l'espoir de racheter le passé à coups d'enveloppes ! Quelle tristesse. On n'est pas sur terre pour cela, tu ne crois pas ? Le père de Cali… Les parents de Pierrot… Comprends-tu pourquoi les tiens te laissent vivre comme bon te semble ? Pourquoi ils ne t'imposent rien, alors même que parfois ils voudraient te mettre un coup de pied au cul ? Sache qu'ils ne sont pas indifférents. Ils aperçoivent le mal-être que tu camoufles. Ah... N'est-ce pas un comble ? Nous, nous démontions les barreaux de nos cages, et toi, tu te débats dans une prison que tu t'es construite et qui n'existe pas. Mais ton chemin est ainsi... Victoire, bientôt Cali ne sera plus là et après ce sera à mon tour de tirer ma révérence. Malgré nos malheurs, nous avons été heureuses, alors ne t'encombre pas de chagrin pour nous. Découvre le monde si tu veux, mais, avant, découvre-toi. Ôte tes couches de peurs, de fierté et de jugements. Autorise-toi le bonheur. Estime-toi pour pouvoir aimer les autres. C'est l'héritage le plus important que Cali et moi pouvons t'offrir. »

Victoire écoute attentivement. Elle n'a envie ni de rire ni de pleurer. Elle enregistre toutes ces informations. Elle ne pensait pas inquiéter son entourage, elle qui avait gardé ses tourments secrets. La nuit devrait l'aider à assimiler. En peu de jours, ça fait beaucoup...

Un verre de raki aiderait-il à digérer ? Angéliki vient de les rejoindre avec un plateau et trois petits verres.

20

Le carrelage de la chambre est frais sous les pieds nus de Victoire, une sensation bienvenue qui la ramène à elle. Elle ne sait plus vraiment si elle a rêvé ou si sa grand-mère lui a vraiment raconté tout ça la veille. Elle s'est posé un tas de questions et beaucoup de personnages se sont invités dans sa nuit tourmentée. Il devrait y avoir un bouton « off » pour ne pas penser après 22 heures. Les flingues et les cordes devraient être sous scellés. La nuit est une autoroute vers les ténèbres : tout y est démesuré, amplifié et obscur. Alan aurait-il appuyé sur la détente en plein jour ?

Ça racasse au rez-de-chaussée. Victoire dévale l'escalier et affiche un énorme sourire en voyant Cali habillée d'un tablier, faisant valser casseroles et faitouts sur la gazinière. Impossible de contenir sa joie : elle s'approche pour l'enlacer et Cali accepte volontiers son étreinte. En tant que cheffe cuisinière, elle met tout de suite les pieds dans le plat :

« Tu m'en veux ? »

Victoire, muette, ne peut que répondre par un sourire mi-compatissant, mi-bienveillant.

« Je n'ai pas voulu te blesser et, égoïstement, j'avais besoin de vous savoir avec moi pour revenir ici.

— Je comprends. Enfin, pas tout, je te l'accorde. Mais ne t'inquiète pas. »

Un ange passe...

« Dis, Cali, est-ce que tu as peur ?

— Peur de mourir ? Non, ça ne me fait pas peur, je suis attendue. Néanmoins vivre sans vous... J'ai encore quelques semaines à tenir et vous allez terriblement me manquer. »

La gorge de Victoire se serre, mais elle se promet de ne pas craquer devant son amie. Elle veut la rendre joyeuse pour ces trois jours qui restent à vivre ensemble. Elle déglutit et se lance, un grelot dans la gorge :

« J'ai autre chose à te demander : accepterais-tu que nous cuisinions une dernière fois toutes les deux ? »

Dans leurs regards, à ce moment-là, on pourrait lire des remerciements sans fin...

Le transistor diffuse des danses traditionnelles grecques. Cali augmente le son et entreprend quelques pas chassés autour de la table de repas. Elles rient. L'allégresse résonne dans toute la maison. Le rythme est donné en cuisine. Victoire hache ail et persil, Cali égoutte les feuilles de vigne. L'huile d'olive crépite, les bouzoukis accélèrent la cadence. Les cordes métalliques de cette petite guitare, semblable à une mandoline, envahissent la pièce. Les deux femmes sont autant en accord avec les instruments qui émanent de la radio ; elles voudraient que ce moment ne s'arrête jamais. Victoire remarque que Cali sourit en touillant. Elles sont heureuses. Mais il semblerait y avoir autre chose : la plus vieille se contient de pouffer et, constatant que Victoire l'observe, elle s'autorise un rire franc.

« Je dois te confesser quelque chose ! »

L'apprentie ne sait plus à quoi s'attendre. Que va-t-elle bien lui annoncer encore ? On peut s'attendre à tout.

« Tu ne peux pas m'enterrer sans savoir !... Le soir où tu nous as trouvées à fumer avec ta grand-mère...

— Quoi ? Ne me dis pas que tu mettais aussi du cannabis dans tes plats ?

— Nous t'avons fait marcher... Jamais je n'ai touché à ce genre de saloperie ! Non mais tu nous as vraiment imaginées, nous, les deux vieilles, avec le calumet de la paix au coin du bec ? Je t'avoue que Janis avait effectivement essayé quand elle vivait avec tous ces fous de hippies. Mais, de retour en France, elle ne s'achetait que des paquets de tabac à rouler et s'offrait une cigarette par week-end. En plein désarroi, elle m'a ralliée à sa cause. Donc, ne te méprends pas sur nos habitudes, ce n'était qu'un simple tabac aromatisé. Oh, comme nous avons ri de notre plaisanterie ! »

Clac ! Janis arrive à ce moment et sauvegarde l'instant par un cliché. Le Polaroid a immortalisé les deux cuisinières hilares. Merci Janis...

Lorsque le repas est prêt, Angéliki arrive les bras chargés. Elle a le même air coquin que sa sœur. En lui remettant des toiles et des crayons, elle implore malicieusement Janis de lui laisser une trace de son talent. Cali lui a souvent écrit comme son amie était douée pour traduire les émotions des visages. Elle lui décrivait aussi ses peintures abstraites, qui interrogeaient les passants, lesquels n'y voyaient aucune ressemblance avec l'endroit qu'elle était présumée reproduire. Ce à quoi elle répondait vaillamment : « C'est parce que vous le survolez ! »

Les idées rocambolesques n'étaient pas épargnées dans les lettres. Ainsi, Angéliki a su lorsque Janis avait emmené Cali sur la plage sous des trombes d'eau, à deux jours de Noël, parce qu'elle avait en tête de fabriquer des jeux de morpion avec des galets pour toute la maison de retraite. Elle sut également lorsque Janis lui avait fait manger des nouilles chinoises pendant trois semaines, espérant récupérer assez de baguettes pour en faire un jeu de mikado pour ses petites-filles. En plus d'une indigestion et d'un dégoût à vie de la cuisine asiatique, le cadeau fit un véritable flop. Et que dire des maracas en coquilles Saint-Jacques pour Clothilde… Angéliki, elle, s'en tiendra à la demande d'un simple dessin souvenir de leur passage dans cette maison.

Le déjeuner n'est pas terminé que Janis accompagne son amie dans sa chambre pour la coucher. Les deux autres considèrent l'assiette qu'elle n'a presque pas touchée. Le rideau retombe. Manger la fait souffrir : elle avale difficilement et la digestion est un calvaire. Elle a expliqué son impression de prendre feu après chaque bouchée. Son organisme faiblit et ses chairs s'amincissent. Maintenant que la maladie est avouée, son corps se permet un relâchement. Un peu comme chez les femmes enceintes, lorsqu'elles annoncent leur grossesse, leur ventre prend forme comme par enchantement ! La vie se dessine… Mais, là, c'est la mort qui s'autorise. Il faut remettre un peu d'allant dans cette pièce. Victoire se lève pour débarrasser, consciente qu'elle ne reverra pas Cali de la journée. Elle prend leur matinée comme une bénédiction qu'elle gardera précieusement dans un coin de sa mémoire.

21

Janis et Cali n'ayant jamais eu de téléphone portable, Constance n'a pas été informée de l'évolution de leur séjour. Seuls ses parents ont reçu un appel pour confirmer leur arrivée, et depuis, les heures passent sans nouvelles.

Victoire doit maintenant être au courant de la mort prochaine de Cali et Constance s'interroge : comment sa sœur a-t-elle réagi ? Comment a-t-elle exprimé sa surprise, puis encaissé l'annonce ?

La cadette craint que son aînée ne se renferme davantage. Constance a bien souvent vu sa sœur prendre des coups en serrant les dents. À l'école, quand les élèves répondaient aux moqueries en se plaignant aux adultes, en rétorquant ou parfois en se bagarrant, Victoire ravalait sa salive en faisant semblant de n'avoir rien entendu. Il fallait porter atteinte à une personne qu'elle affectionnait particulièrement pour l'entendre répondre froidement et sans détour. Comme lorsqu'elle avait été traitée de fille de fainéants ou lorsque son amie d'enfance avait critiqué l'allure de Janis. Pour le reste, quand il s'agissait uniquement d'elle, elle gardait son sang-froid. Plus d'une fois, Constance avait été témoin de railleries auxquelles Victoire n'avait pas répondu et, pour cela, elle l'avait trouvée forte. Mais jusqu'à quel point peut-on recevoir des coups sans pleurer ?

Dans les moments plus sombres, Constance se nourrit des câlins de sa fille, se blottit dans les bras de son mari, quand il est là…

Mais Victoire ?

22

C'est culpabilisant de se sentir bien dans les moments tragiques. N'avez-vous jamais trouvé le soleil insolent, ces jours de sépulture, lorsqu'il apparaît, majestueux, et qu'il domine un ciel sans nuages ? Dans ces moments-là, on voudrait commander la grisaille pour l'accorder à notre tenue obscure et infliger la perte d'appétit pour la terre entière ! Et, personnellement, j'arracherais tous les câbles pour provoquer une panne générale de télévision afin de noyer un quotidien qui veut continuer malgré tout. À partir de quand a-t-on le droit de recommencer à rire après la perte d'un être cher ? Qui nous dit à quel moment on peut retourner au cinéma ou au bistrot ? Dans quels délais s'autorise-t-on à revivre de bons moments ? Victoire pense à son retour sans Cali. Bien que celle-ci ne soit pas encore entre quatre planches, elle rentrera endeuillée. Si elle avait imaginé qu'un jour elle enterrerait quelqu'un encore vivant !

Victoire présente son visage au ciel, les yeux fermés. Ses joues et ses lèvres chauffent sous les rayons du soleil. Comme c'est bon ! Oui, malgré la situation, c'est délicieux. Elle ne veut pas penser que, dans deux jours, elle fera ses adieux à son amie.

Janis arrive dans son dos et pose son menton sur l'épaule de sa petite-fille, imitant sa posture. Les longs cheveux gris de la vieille dame se mêlent au vent. L'image est digne d'une peinture.

Cali sort de la maison et les rejoint, prête à affronter cette journée. Matala est à une heure de voiture. Comme il est tôt, elles ne devraient pas être embêtées par la circulation et la chaleur. La première moitié du trajet se fait en silence. Les cerveaux sont trop occupés à cogiter ou à contempler. Puis l'appréhension se mêle à l'impatience de ce qui ressemble à un pèlerinage. Les deux octogénaires retrouvent un semblant de paroles. Mais l'arrivée dans le village ne provoque pas les réactions escomptées. Tout a trop changé : les routes ont remplacé les chemins, les hôtels et les maisons de vacances ont poussé…

Une fois la voiture garée, elles s'aventurent vers la plage. Là aussi, des aménagements ont été faits, toutefois les souvenirs reviennent à grands pas. Ces grottes que Victoire contemple dans les murs de la falaise ont abrité les jours tristes et heureux de Janis. Cette dernière y revoit Alan, un crayon calé sur l'oreille, lui narrant théâtralement ses poèmes. Elle se rappelle aussi y avoir lu ses carnets de route, les semaines suivant son décès. Les vagues forment des rouleaux puissants, les mêmes qui avaient entraîné Alan dans les bras de Cali. Face à la grande bleue, les trois femmes se prennent la main silencieusement. Les deux vieilles amies se remémorent, la plus jeune découvre. Le moment du recueillement est déjà arrivé… Subtilement, délicatement. Il se prolonge jusqu'à ce que des rafales de vent les ramènent à elles.

Cali semble sereine mais fatiguée. Angéliki l'avait anticipé en glissant un fauteuil roulant dans le coffre.

C'est ainsi qu'elles s'enfoncent dans les ruelles. Restaurants et magasins de souvenirs se sont implantés. Sur le bitume sont peints des symboles de paix qui guident les passants autour de la place centrale : *Peace and love*, colombes, rameaux, arc-en-ciel… On remarque également des guitares, un soleil, l'arbre de vie… Le tout forme un ensemble coloré, gai, entraînant. Victoire scrute cet art au sol et s'émerveille de l'atmosphère générale. En prenant quelques clichés avec son Polaroid, elle établit un rapprochement avec les peintures dans la rue des Oursins, qui avaient tant fait rire les deux vieilles et râler le voisin. Indéniablement, on se sent bien à Matala. Ce village, bien que devenu touristique, possède une âme particulière, légère. L'insouciance prend possession de vous. Les soucis sont restés à l'entrée comme les chaussures au pied d'une mosquée. On y croise de vieux hippies qui n'ont jamais quitté les lieux. Ils sont minces, ont le teint bronzé et de longs cheveux blancs. L'un d'eux marche pieds nus. La scène est surréaliste. Victoire ne pouvait s'imaginer que des sites hippies existaient encore. Comme les téléphones à clapet. Elle en avait revu un en début d'année, entre les mains d'un retraité qui semblait vouloir composer un numéro, et s'était écriée : « Oh mais ça existe encore ! », ce qui lui avait valu de se prendre un nom d'oiseau de la part du propriétaire. Cette fois-ci, elle ferme sa bouche et se contente d'ouvrir grand les yeux.

Janis pousse un cri en apercevant une gigantesque photo sur le mur d'un bâtiment :

« Regarde, Cali, c'est Georges ! »

Celle-ci écarquille les yeux et en reste bouche bée. Les deux femmes sont plantées devant un vieil ami ! L'homme est plutôt âgé, son bandana sur le front retient ses cheveux et sa barbe grise recèle un sourire. Il pourrait sortir tout droit d'une aventure de « Koh-Lanta ». En légende est inscrit : *« Today is life, tomorrow never comes. »* Victoire a déjà lu cette phrase tout à l'heure. Il semblerait qu'ils aient fait un slogan de la philosophie de ce microcosme. « Aujourd'hui c'est la vie, demain ne viendra jamais. »

Il est temps de se poser. Une table aux couleurs méditerranéennes leur tend les bras. Victoire se délecte de la carte. Comme elle veut goûter un maximum de plats, elle commande un assortiment de mézés à partager.

Cali s'est assoupie dans son fauteuil avant qu'elles ne soient servies.

« Comment tu te sens ? interroge Victoire.

— Je ne sais pas te dire, répond Janis. Revenir ici est une volte-face étrange. Je m'y revois comme si c'était hier. Avant les tragédies qui ont interrompu mon séjour, j'y avais vécu ma meilleure jeunesse. C'était la liberté, l'insouciance, l'amitié… Ce que Cali trouvait dans la religion, moi je le trouvais ici. Et toi, est-ce que ça va ?

— Cette île m'anesthésie. J'ai peur du réveil une fois revenue en France. »

Le pèlerinage se poursuit avec une Cali inerte dans son fauteuil. Elle ne retrouve pas assez d'énergie pour ouvrir les yeux. Janis lui chuchote à l'oreille qu'elles se dirigent vers la chapelle. Une larme semble se dessiner au coin de son œil. Pressentant la souffrance des prochaines heures, devinant qu'elles iront se recueillir ensuite auprès du petit ange de Cali, Victoire préfère les laisser seules... Les deux vieilles femmes pénètrent dans le lieu sacré en direction de l'autel. Cali reconnaît ce parfum si particulier, mêlant encens et air salin. Janis allume un cierge avant de s'asseoir près de sa fidèle amie. Elle se concentre sur la flamme qui danse pour s'interdire de réfléchir. Sa main vient se poser sur celle de Cali. Les souffrances du passé, le fil de leur vie, leur amitié sans faille, l'appréhension des prochains jours... Il devient impossible de maîtriser le flot de pensées et d'émotions. C'est alors que Cali, les yeux toujours clos, relâche toute sa désolation. Elle crie de douleur, elle pleure, pleure, pleure... La vieille dame est redevenue une enfant et laisse s'exprimer le deuil de ses amours perdus ainsi que la peur des jours prochains. Janis se lève et l'enlace, la serrant de plus en plus fort. Le barrage a cédé, leurs larmes se mêlent. C'est une triste communion. Elles resteront ainsi jusqu'à ce que Cali s'endorme de nouveau, à bout de forces.

Victoire est allée traîner ses Converse dans la poussière des chemins. Les chèvres l'observent du haut des falaises. Elle leur demande un sourire pour la photo et continue à fouler les cailloux. Quand elle distingue un homme nu entrer dans une grotte, camouflée par des tentures, elle est scotchée. Elle n'ose pas regarder franchement. Serait-ce le fruit de son imagination ? Il est vrai qu'elle n'a pas vu l'ombre d'une paire de fesses depuis longtemps ! Il se pourrait que ça commence à lui taper sur le système... Elle poursuit, dubitative, jusqu'à atteindre le haut de la falaise pour dominer la mer. On ne voit pas la côte libyenne, pourtant il paraît qu'elle est proche. Les naturistes poursuivent sur le chemin indiqué par de petites flèches peintes sur les roches. Ils vont se reposer sur une plage à l'abri des regards.

Sur la route du retour, Janis est extrêmement préoccupée. Cali ne bouge plus. Ses yeux clos sont davantage le signe de micromalaises que du sommeil et les stimulations ne la font pas réagir. Direction l'hôpital d'Héraklion. Tout va très vite. Trop vite. Les blouses blanches s'excitent, le brancard dévale les couloirs, les portes se referment. La grand-mère et la petite-fille rentrent à la maison sans un mot, dans l'attente du diagnostic. C'est la dernière soirée et elle ne se présente pas comme elles l'avaient imaginée. Angéliki campe près du téléphone. Victoire sort déambuler dans les rues, espérant accrocher son esprit ailleurs. Janis est montée sur la terrasse avec sa toile et ses crayons. Ça ne sent pas bon…

21 heures. Le médecin vient d'appeler ! Cali passera la nuit sous surveillance. Ne se nourrissant plus, elle a perdu neuf kilos en six jours. En conséquence, elle perd sa conscience et son autonomie. Son cerveau commence à dérailler, ses organes s'affaiblissent. Elle doit avoir très mal à la tête. « Mais si le cœur est bon, elle pourrait tenir encore quelques semaines. » Demain matin, une ambulance la ramènera chez Angéliki. Elle y sera perfusée pour être alimentée et soignée. Les infirmières passeront plusieurs fois par jour et une auxiliaire de vie viendra faire sa toilette et renouveler ses changes.

Alors voilà, c'est cela, la fin ? Des tuyaux et des couches ? Le train de la mort est en route, mais on ne sait pas à quelle allure il avance ni à quel moment il nous fera descendre d'un coup de pied au cul… Qu'est-on censé faire en attendant ? Vivre ? Compter les jours ? Les heures ? Faut-il s'accrocher ou abandonner ? Penser, se rappeler à ses bons souvenirs ou avaler des somnifères ? Victoire court s'enfermer aux toilettes. À genoux, tête dans la cuvette, elle vomit l'injustice de ce moment.

23

Impossible de dormir. Au mieux, elles ont somnolé. Janis n'étant plus toute jeune, elle doit pourtant prendre soin d'elle. Mais le jour de «laisser» son amie est arrivé. *Laisser? Abandonner? Au revoir (et pas à demain)? Adieu?* Quelle horreur! Il n'y a pas de mot adapté et encore moins acceptable. Bien que Janis s'efforce de vivre cette étape avec la sagesse des vieilles dames, il n'empêche qu'elle est tourmentée. L'inverse serait inhumain. Sans compter qu'elle est très affectée par l'état de sa petite-fille, qu'elle observe scrupuleusement.

Victoire se contente d'un cachet d'aspirine en guise de petit déjeuner. Elles sont enfermées dans la cuisine pendant que l'ambulancier installe Cali, guidé par la maîtresse de maison. Les deux femmes s'impatientent et ne supportent plus d'entendre le tic-tac de l'horloge. Dans deux heures, elles partiront pour l'aéroport et ne veulent plus laisser une minute s'écouler sans être au chevet de Cali.

Angéliki fait un signe de tête à Victoire: c'est l'heure. Non, en fait, elle ne veut plus y aller, parce que ça veut dire qu'on y est... Non, pas déjà, pas maintenant. Et, pourtant, elle ne veut plus perdre une seconde. Elle est prise entre deux feux qui la brûlent de part et d'autre. Victoire traverse le rideau de perles pour passer la porte de la chambre. L'avant-dernière demeure de son amie. Elle est spacieuse et les plantes apportent un semblant de vie au mouroir. Le fauteuil en rotin ne lui sera malheureusement plus utile puisqu'elle est condamnée à rester allongée. Au mieux, elle attrapera le verre d'eau et la grappe de raisins sur la desserte. Elle observe tout, imprime chaque détail dans son cerveau. Ce sera donc ici... Cali l'accueille avec un grand sourire. C'est vrai qu'elle a maigri, elle ne voulait juste pas le voir avant. La peau de ses joues et de son cou s'est détendue. Parler de dindon serait malvenu, pourtant l'image apparaît sous les yeux de Victoire sans qu'elle puisse le nier. Cependant, les soins de l'équipe hospitalière semblent avoir été bénéfiques. Calée contre sa tête de lit, elle apparaît consciente et sereine.

« Avance, ma jolie.

— Oh, Cali, comment vas-tu ? »

On dirait une gamine perdue, se jetant dans les jambes de sa mère. Cali ne se voile pas la face :

« Je vais comme une vieille dame que le corps abandonne petit à petit. Quel drôle de cadeau ai-je fait à ma sœur en venant mourir chez elle, n'est-ce pas ? »

Un silence s'installe, mais elles n'ont plus de temps à perdre, alors Cali reprend :

« Je te remercie de m'avoir accompagnée dans ce voyage. Ça ne ressemble certainement pas au séjour que tu imaginais, mais c'est une chance pour nous de l'avoir vécu ensemble. Qu'as-tu appris ici ?

— Que la Crète te ressemble… Son parfum est envoûtant et sa chaleur rassurante. On y mange divinement bien aussi. Toutes les personnes croisées sont d'une bonté infinie. Ici, tout est comme toi… »

Victoire affronte la réalité en plongeant ses yeux dans ceux de Cali. Sa voix déraille, mais ne flanche pas :

« Je reviendrai te voir… Après… »

Leurs mains se serrent fort. Leurs doigts sont liés, à l'image de leur amitié, pour l'éternité.

« Ce voyage t'a enseigné bien plus encore ! Tu t'en rendras compte avec le temps et tu y penseras souvent. Moi, je le constaterai de là-haut. »

Victoire baisse la tête pour cacher les premières larmes qui menacent d'arriver.

« Écoute, ma jolie. Dieu m'a offert la chance d'avoir vécu dans deux pays extraordinaires, épargnés par la guerre. Je n'ai pas connu la misère. J'ai découvert l'amitié sans conditions et, avec vous, la vie de famille. Mon amour pour Alan m'a révélée. J'ai aimé à m'en faire trembler les jambes et exploser le cœur. Toi aussi, tu connaîtras les sourires niais et les chatouilles dans le ventre. Quand l'amour frappera à ta porte, ne la ferme pas. Ne t'empêche pas d'être heureuse pour évincer ta crainte d'être malheureuse. Sinon, je redescends te botter le derrière ! »

Victoire l'écoute passivement… Elle n'a pas envie de sourire et ne projette aucunement de rencontrer l'âme sœur dans un tel moment.

« Ne sois pas triste en pensant à moi. Après les larmes des premiers jours, nos souvenirs te mettront du baume au cœur. »

Victoire éclate en sanglots, ne voulant se résigner à la fatalité. Elle est en train de comprendre ce que sont des adieux... Ses entrailles hurlent d'arrêter l'horloge, d'arrêter le temps. Elle va devoir laisser la place à Janis. Mais Cali n'en a pas terminé.

« Victoire, parlons de toi encore un peu. Tu étais si épanouie en cuisine. Reprends mes marmites et mes couteaux, continue à les faire danser au son de ton imagination. Tes recettes sont saines, inventives, modernes... Un jour viendra où tu voudras les partager. En attendant, pense à nourrir ta grand-mère, qui tomberait facilement dans la livraison de repas industriels. Son organisme lui en voudrait... et moi aussi.

« J'ai une dernière chose à te demander. Je reste persuadée que, lorsqu'on n'aime pas les gens, c'est parce qu'en réalité on ne les connaît pas. S'il te plaît, va à la rencontre de ta sœur. Efforce-toi de la découvrir. Vous croyez vous connaître, mais il n'en est rien, car dans le fond vous êtes aussi pudiques l'une que l'autre...

— J'essayerai. »

Elle aurait plein de choses à lui dire, mais aucun mot ne veut sortir. C'est le néant. Elle emplit ses poumons d'air et de courage avant d'enlacer Cali pour la dernière fois. Les mains toujours entrelacées, Victoire dépose un baiser sur sa joue, puis se détache, sans cris, sans pleurs. Que de la tendresse dans les gestes et les regards. C'est tristement doux...

Et dans un murmure :

« Merci... »

Ce sera leur fin à elles.

Tête presque haute.

Une fois la porte fermée derrière elle, Victoire laisse descendre son dos le long du mur, glissant jusqu'à se retrouver sur le sol. À terre. C'est exactement ça… Victoire est à terre. La fraîcheur du carrelage n'a aucun effet sur sa peau. Ses sens sont évanouis, la mort en devenir les ayant anesthésiés. La vie de Cali prend fin de l'autre côté de la cloison. Terminés les rendez-vous en cuisine, consommées leurs franches rigolades et leurs confessions. Plus jamais elle n'embrassera ses joues chaudes et moelleuses. Les yeux qui pétillent seront bientôt clos à jamais et ses douces mains attachées dans un cercueil. Comment s'y résoudre ? Pour Cali, elle se doit de garder la face, mais tout son être s'y refuse. Elle ne veut pas croire que ce soit vrai… Pourquoi ? Cette fois, les sanglots l'emportent. Elle pleure comme une enfant, les bras autour de ses genoux. Angéliki, témoin de la scène, entend la détresse de cette petite qu'elle voudrait venir enlacer. Cependant, assise à sa table de cuisine, ses larmes à elle aussi coulent. Le chagrin est une affaire personnelle. Personne ne peut rien à ce qui est en train de se passer. C'est injuste et tellement douloureux…

Janis n'aura pas assisté à ce moment. Elle a attendu que sa petite-fille quitte la pièce pour s'installer dans le lit, auprès de son amie. Signe distinctif des moments difficiles. Après la perte du bébé, Janis s'était allongée ainsi auprès de Cali. Elles ne s'étaient que très peu parlé. Qu'y avait-il à dire ? Mais elles étaient là, ensemble. Elles avaient juste pleuré, puis s'étaient endormies. Des années plus tard, c'était Cali qui avait reproduit la scène pour réconforter son amie lors du décès de Pierrot. Cette unité au cœur de leur intimité leur est fortement symbolique. Alors, pour la troisième fois, elles font barrage dans ce lit. C'est malheureusement le signe qu'un drame se trame.

«J'ai prévenu Alan et le petit de mon arrivée prochaine.»

Silence.

«J'ai partagé des moments très forts avec vous deux ici. Merci... Il ne me reste que quelques discussions à avoir avec ma fidèle sœur, puis, la procession terminée, je rendrai mon tablier.»

Est-ce la religion qui rend Cali si sereine aux portes d'un autre monde? Janis s'interroge un instant, elle qui n'a jamais cru en un quelconque dieu.

Certains ne veulent pas savoir quand sera la fin, alors que Cali a tout orchestré d'une main de maître. Nous sommes tous si différents.

Adossées contre la tête de lit, elles observent leurs mains, témoins du temps passé. Leurs doigts ont caressé ensemble la vie et la mort. La cuisine et le bricolage ont creusé des rides et des cicatrices. Le soleil a dessiné de jolies auréoles brunes sur leur peau épaissie. Ces incroyables femmes sont des héroïnes du quotidien qui ont empaqueté leurs souvenirs dans un corps un peu plus tassé chaque année. Elles demeurent assises, côte à côte, comme un vieux couple, sous une couverture en crochet pour réchauffer leurs cœurs... Dans quelques minutes, elles seront veuves l'une de l'autre.

Admirable, magnifique amitié.

Les derniers mots échangés n'appartiennent qu'à elles.

Le taxi a pris la direction de l'aéroport. Après leur départ, Angéliki est allée déposer sur le chevet de sa sœur une enveloppe avec les photos prises par le Polaroid pendant la semaine. Cali s'était déjà assoupie, elle les découvrira à son réveil. L'instant d'après, lorsqu'elle sort de la chambre, les yeux de la cadette s'arrêtent subitement au-dessus de la commode du couloir. Un tableau domine. On y reconnaît sa cuisine, la faïence bleue, le bouquet de thym sur l'étagère. Et, aux fourneaux, une femme tête baissée au-dessus d'une soupière… Chacun attribuera à ce visage dissimulé par la buée ce qu'il veut en retenir. Des yeux rieurs, un sourire coquin, une fossette, le regard tendre comme le beurre.

24

Constance sait Janis et Victoire dans l'avion du retour.
Constance sait sa fille en contrôle de géométrie.
Constance sait ses parents en visite médicale.
Constance *ne* sait *pas* son mari en rendez-vous.
Et tout ça la préoccupe.

Guillaume est d'un tempérament plutôt démonstratif. Contrairement à certains copains, il n'a jamais hésité à prendre Constance par la taille et à lui voler un baiser lors des soirées, ce dont elle s'est toujours délectée. Ses compliments sont spontanés et son regard aiguisé au travail se transforme en caresse sur sa femme et sa fille.

L'un et l'autre se retrouvent volontiers pour un film au cinéma et leur curiosité commune pour les vins leur a offert de beaux moments de complicité.

Cependant, plus les semaines passent et plus Guillaume échappe à sa femme. Même Clothilde commence à le réclamer. Les responsabilités leur volent l'homme qu'elles aiment.

Ce n'est surtout pas le moment d'en parler à Janis, à laquelle elle aurait aimé se confier, alors elle garde ses craintes pour elle. Pourvu qu'ils ne deviennent pas des étrangers comme quelques couples dont elle taira les noms.

Les questions se bousculent : m'aime-t-il toujours autant ? Me désire-t-il encore ? Quel couple sommes-nous en train de devenir ?

25

Le retour s'est fait dans un état léthargique. Janis a dormi tout le long, anéantie par les émotions, les trajets et la chaleur. Victoire ne savait exprimer si elle était en colère ou triste. Morte ou vivante. Elle s'est pincée pour savoir. Par le hublot, elle a observé le plus longtemps possible ce trait d'union dans la Méditerranée. Ce trait d'union entre l'avant et l'après.

En arrivant dans leur village, rien n'a changé. Les mêmes panneaux publicitaires agressifs à l'entrée d'agglomération, les feux tricolores interminables et toujours une longue file d'attente à la station-service, titillant les nerfs des habitants. On entend les derniers vacanciers crier sur leurs enfants à cause d'une glace qui coule ou du Nutella qui déborde de la gaufre. C'est insupportable. Rien n'a changé… Alors que si, tout a changé ! Allô tout le monde ? Plus rien ne sera pareil ! Victoire ne veut pas se confronter si vite à cette réalité dénuée de sens. Ce qu'elles viennent de vivre est trop intense et en total désaccord avec le tumulte ambiant.

Elle dépose sa grand-mère, puis rentre s'enfermer chez elle. Demain, le travail l'attend. Il lui faudra du sommeil, puis du courage.

Réveillée tôt, Victoire a l'impression de n'avoir récupéré ni l'un ni l'autre. Un café à la main, elle balaye rapidement les quelques SMS restés à la traîne.

À Malik, au sujet des photos envoyées de Belle-Île, avec *sa* Cerise :

> « Superbes paysages. Ça semble très beau ! »

À sa sœur, pour répondre à la délicate question « ça va ? » :

> « Ça va. »

Question courte, réponse courte. Mais réponse quand même !

À son patron, qui l'avertit d'un prochain séminaire :

> « C'est noté, monsieur Patron. »

À ses parents :

> « Coucou, bien rentrées hier soir à 3 – 1. Mais vous le saviez… Semaine de découverte à tout point de vue. Je digère et on en parle plus tard. Et vous ? Bisous. »

Victoire vient de reprendre contact en filigrane avec la civilisation via son téléphone.

Un détour par la rue des Oursins où les volets sont encore fermés. Il est tôt, Janis n'est pas levée. Ouvrira-t-elle ceux de Cali ?

Ce matin, bon nombre de ses collègues arriveront en retard puisque c'est la rentrée des classes. Un truc qu'elle n'a jamais compris. Assurément, elle n'a pas d'enfants. Néanmoins elle se demande bien ce que trafiquent les parents après que la cloche a sonné et que les enfants sont partis. *Ils restent à se lamenter sur la reprise du travail ? Et pleurnichent leur angoisse à laisser leur progéniture pour la journée ? Est-ce qu'elle pleure sur son sort, elle ?! Ils retrouveront leurs gosses ce soir, eux...* Bref. Ça a au moins le bénéfice de faire perdurer un peu plus longtemps le calme pour se mettre à jour !

Terrée dans son bureau à traiter les mails de la semaine et à consulter les avis clients déposés sur les sites internet, elle ne voit ni ses collègues arriver ni le temps filer. Malik est en réunion avec le patron pour préparer le rendez-vous avec l'expert-comptable, donc elle ne le verra pas de la journée. Dommage, elle aurait aimé lui confier sa semaine d'adieux à Cali... Elle ne lui a absolument rien dit de l'objet de ses vacances en Crète. La tête dans le guidon, elle se met à étudier l'arrivée des derniers contrats.

Le lendemain, même salle, même ambiance... Victoire s'est métamorphosée en bulldozer de travail. Sa manière à elle de nourrir ses cellules grises et d'éviter de penser. Son aura doit communiquer à celles de ses collègues un message du style « faites pas chier ou vous allez le regretter », car personne ne l'interrompt. C'est limite s'ils n'ôtent pas leurs chaussures pour circuler devant son bureau.

La comédie dure depuis trois jours. En fin de journée, elle se décide à affronter L'Essentiel aux Oursins. Janis a ouvert les volets des deux maisonnettes et semble très affairée dans son atelier. L'encre de Chine est sortie, mais Victoire a interdiction formelle de découvrir ce qui se cache derrière tant d'entrain. Il semblerait donc que sa grand-mère se soit investie d'une mission importante pour ne pas se laisser engloutir par la tristesse.

« Qu'as-tu mangé depuis notre retour ? demande Victoire.

— Cali m'avait préparé des petits plats au congélateur. Ne t'inquiète pas, j'en ai pour deux mois ! »

Victoire sourit de voir sa grand-mère tout excitée avec sa plume à la main et de constater que Cali s'est occupée des moindres détails.

« Tu veux bien nous préparer une citronnade ? »

La demande de Janis n'est pas dénuée de sens. Elle veut la familiariser à l'absence de Cali au plus vite. Elle sait que plus elle attendra pour se retrouver entre les quatre murs de sa maison, plus ce sera difficile.

Figée sur le perron, Victoire ouvre la porte sur une pièce pleine de souvenirs tellement récents. Ils sont comme un gâteau tout chaud dans lequel on n'ose pas encore tendre la pointe du couteau afin de le garder beau… Mais il faut y aller, alors elle entre. Le silence n'est pas pesant. Elle est rassurée. En allant chercher les citrons dans le garde-manger, elle prend le temps de regarder les murs, d'inspecter les placards, de caresser les meubles. Elle s'y sent comme dans une église sans cérémonie. L'acoustique étouffée, la lumière traversant les vitres jaunies et la fraîcheur d'une bâtisse fermée la ramènent à une forme de sérénité oubliée les jours passés.

Pourtant, elle ne peut toujours pas saisir si elle va bien ou mal.

26

Depuis quelque temps, Constance se fait des nœuds au cerveau. Heureusement, son mari, si souvent absent, lui a fait le plaisir d'être entièrement dévoué à sa petite famille pendant le week-end. Clothilde lui a présenté fièrement ses cahiers d'école et lui a récité toutes les comptines apprises depuis le début de l'année scolaire. Ils ont fait un puzzle ensemble, puis Guillaume l'a initiée au Uno, sous les yeux d'une mère de famille enfin comblée. Après qu'ils se sont tous goinfrés de sucreries devant *Robin des bois*, Clothilde s'est endormie bienheureuse. Constance et Guillaume ont fait l'amour, les draps n'ayant plus caressé leurs étreintes depuis longtemps.

Voilà des semaines que Guillaume abat des heures de travail considérables la semaine et répond aux invitations des clients fortunés le week-end. Sans compter les séminaires et formations. Constance est moins souvent conviée ou bien c'est qu'il ne lui propose plus de l'accompagner… Elle ne sait pas. La notoriété croît et le compte en banque aussi, mais Constance regrette de ne pouvoir en profiter. Lorsqu'elle lui demande ses disponibilités pour aller visiter Prague, il n'a pas de réponse à lui donner.

La petite voudrait aller à Disneyland aussi. Elle ira avec ses grands-parents, faute de temps et d'intérêt de la part de son père.

Constance, qui exultait à incarner *Pretty Woman*, ne s'est plus offert de tenues dernièrement. Elle accumule les kilos, qu'elle camoufle derrière d'amples robes, clamant que c'est la mode ! Pourtant, elle se retrouve allongée chaque semaine sur la table de l'esthéticienne, s'infligeant un mal de chien avec des palper-rouler, censés la débarrasser des graisses disgracieuses. Dans l'ordre, elle ne sait pas si l'épilation du maillot est pire que de se faire pincer la cellulite sur les cuisses. À poil devant son miroir, Constance s'est déjà imaginé affronter Jean-Marie Poiré : « Alors, t'es absolument certain que les hommes préfèrent les grosses ? »

Il paraît que l'on grignote pour combler l'absence d'affection… Pourtant, les ours en guimauve qu'elle dévore n'ont pas le temps de lui faire beaucoup de câlins. Probablement que les pizzas qui ont remplacé les poissons vapeur de ses menus lui caressent les poignées d'amour en tombant dedans…

Les samedis soir se sont ternis. Auparavant, Guillaume et Constance retrouvaient leurs amis, leurs anciens voisins, les parents d'école. Mais à force de refuser les invitations, pour cause de réception ou parce que Guillaume était encore en déplacement ou trop fatigué pour sortir, ils se sont isolés. Ils n'ont même pas encore rencontré la petite Norah qui est née en juin et ont simplement envoyé un message de soutien à Ludo et Caro qui divorcent.

Alors ce week-end si rare ensemble est festif ! Guillaume est avec eux et mère et fille savourent chaque minute. Ils s'aiment tellement.

27

Il aura fallu attendre la fin de semaine pour que Malik et Victoire puissent déjeuner ensemble. Malgré des périodes de travail intensif, une interruption aussi longue entre eux ne se serait jamais produite auparavant. Victoire est lucide. Elle a intégré la quatrième, voire la cinquième place après Cerise. Comme les chanteurs qui ont triomphé au sommet du top musical pendant des mois, elle est maintenant remisée à un rang moins enviable. La jeune et séduisante Cerise a débarqué armée ! Ses amis et sa famille ont également conquis le cœur de Malik et lui ont volé la vedette. Le cliché s'est révélé : un regard, un baiser, et ils ne se sont plus quittés ! Attention, ils devraient bientôt adopter le labrador qu'elle-même avait évité de justesse. Malik s'est engagé sur l'autoroute stéréotypée du petit couple mièvre qui occupe toutes ses pensées. Victoire accepte difficilement et avale de travers lorsqu'elle constate leur éloignement. Peut-être qu'elle peut encore en récupérer des miettes ?

« La Cabane est encore ouverte. On va courir avant de se retrouver là-bas ce soir ? On a plein de choses à se raconter !

— Je ne vais pas pouvoir ce soir. »

La réponse est timide, mais il poursuit, se sentant bien obligé d'expliquer pour quelle raison il enfreint leurs vieilles habitudes.

« Cerise est rentrée à Angers pour ses études et je pars la rejoindre dès ce soir. »

Coup de poing dans le ventre. Trahison ! Victoire se pince les lèvres.

« Mais vendredi prochain, compte sur moi ! Alors, tes vacances ? Tu ne m'as rien dit. Ça doit être top, la Crète ! Tu as flirté avec un petit… comment on les appelle là-bas ?

— Les crétins, comme toi ! »

La remarque en demi-teinte les fait pourtant exploser de rire et dégonfle un peu la tension. L'amitié est toujours là, il faut juste partager maintenant.

28

Des semaines se sont écoulées depuis leur retour de « vacances ». Il y a un moment que les feuilles se sont ornées de leur parure automnale. Tout le monde avance dans son train-train quotidien, chacun à son rythme, et personne ne parle vraiment de ce qui s'est passé cette dernière semaine d'août, à des milliers de kilomètres d'ici. C'est déstabilisant. On fait comme si.

Janis ouvre et ferme les volets de la maisonnette de Cali chaque jour en même temps que les siens. Elle lui parle comme si son amie était toujours là : « Salut, ma vieille, t'es prête pour le café ? » ; en ouvrant placards et congélateur : « Qu'est-ce que tu m'as concocté aujourd'hui ? » ou encore : « Qu'est-ce que je me réjouis en préparant le cadeau des filles ! Ça t'amuserait beaucoup ! » ; le vendredi soir venu : « Tu me manques tellement… » Les petits plats et le paquet de tabac se sont vidés. Désormais, elle ouvre des briques de soupe, puis va se coucher.

Constance rend visite à sa grand-mère chaque mardi, comme à son habitude. Le sujet a été rapidement abordé, mais Cali n'est pas encore morte après tout ! Et la cadette n'a pas eu l'autorisation plus que sa sœur d'approcher la table à dessin de Janis. Qu'est-elle en train de manigancer ?

Quant à Victoire, elle n'a finalement pas expliqué à Malik le séjour si particulier qu'elle avait vécu ; il est trop occupé à son propre bonheur. La panne de voiture avec Janis, l'annonce de la maladie, la tournée funeste, l'hôpital, les adieux… Elle a rangé baskets et footing au placard. Quant aux marmites, elles ne dansent plus sur le feu. Victoire se noie dans un travail qui a perdu tout sens, mais qui a le bénéfice de l'endormir. Malik et ses collègues constatent qu'elle est de plus en plus irritable. Certainement de l'aigreur ou de la jalousie mal placée. L'hiver approche et semble refroidir son cœur.

29

Comment va-t-il pouvoir le lui annoncer ? Il est tellement heureux, mais sait pertinemment que son enthousiasme ne sera pas partagé. Il n'a plus d'ongles à ronger. La pièce est propice aux échanges : canapés, bar à jus, thé et café, diffuseur d'huiles essentielles… Assis face à elle dans la salle de pause, il se lance :

« Tu connais Angers ?

— J'y suis passée rapidement avec mes parents quand nous allions à Paris. J'étais gamine. Pourquoi ?

— Tu viendrais… nous voir là-bas ? »

Elle lève les yeux de son portable sans daigner bouger la tête. Bien que son regard soit interrogateur, elle vient de comprendre le message.

« Tu penses partir vivre avec Cerise ?

— Oui. C'est pénible, les allers-retours le week-end, et je n'aurai pas de mal à trouver un travail là-bas. Des comptables, il en faut partout.

— Ça ne vous fait pas peur ?

— Peur de quoi ? »

Malik poursuit avec engouement :

« Ce sera bien mieux que la visio. On va pouvoir déjeuner ensemble les matins, refaire le monde tous les soirs en dînant, laver la vaisselle en parlant de nos futures vacances…

— Et choisir les prénoms de vos futurs enfants ! le coupe Victoire, un brin moqueuse.

— Alors, pour te répondre, non, nous n'avons pas peur. Puis, que risque-t-on ? Si ça ne marche pas entre nous, ce ne sera pas un échec, nous aurons appris de notre expérience. J'ai bientôt 26 ans, je veux me donner les moyens d'avancer.

— Quand, moi, j'excelle à reculer ! »

Malik voudrait l'enlacer, mais ce n'est pas dans leurs habitudes. Il ne peut rien pour elle…

« J'ai demandé un entretien à monsieur Patron. Il me reçoit demain. Je vais essayer de négocier une rupture conventionnelle.

— Pourquoi ça ?

— Pour toucher le chômage en attendant de trouver du boulot ! »

Victoire se redresse. La colère lui monte au nez.

« C'est une blague ? Pourquoi tu ne démissionnes pas ? C'est toi qui veux partir, tu peux peut-être prendre tes responsabilités quand même !

— Qu'est-ce que ça peut te faire ? Ce n'est pas toi qui payes, lui répond fermement Malik, refusant cette agressivité soudaine.

— De façon indirecte ! Si le patron décidait de te virer, il n'essayerait pas de négocier une rupture conventionnelle, il te licencierait. Une rupture conventionnelle, c'est lorsque les deux partis décident de ne plus travailler ensemble. Or, toi, tu as encore ta place ici ! »

Victoire semble immiscer leur relation personnelle dans ses propos et crie sa révolte un peu trop fort. Consciente qu'elle dépasse les bornes, elle claque la porte pour s'isoler des oreilles indiscrètes, en vain. Elle se reprend en essayant de chuchoter :

« Puis le chômage n'est pas un droit acquis. À une époque, on avait honte d'y être ! Aujourd'hui, tu veux rentrer dans le clan des assistés qui "touchent" le chômage ? Je ne te reconnais pas… Pourquoi faire les choses à l'envers ? Trouve un job avant d'envoyer ta lettre. Tu as des couilles pour sauter Cerise, eh bien pose-les sur la table et assume ta décision ! Tu as dit toi-même que tu trouverais un poste facilement.

— Tu es allée trop loin, Victoire. Moi non plus, je ne te reconnais pas… »

Bruit de porte qui claque. Silence. Chuchotements dans le couloir. Silence.

Victoire vient d'entailler leur amitié d'un coup de canif. Inattendu et cinglant.

Malik n'eut pas à annoncer sa décision puisque monsieur Patron et tous ses collègues étaient aux premières loges pendant l'altercation. Deux semaines plus tard, il remerciait l'équipe. C'était un vendredi où Victoire était en télétravail.

30

Combien de jours que Victoire n'est pas allée travailler, prétextant un état grippal persistant ? Elle ne sait pas. Monsieur Patron devant s'appuyer sur elle coûte que coûte, elle s'est engagée à traiter tout ce qu'il lui adresserait par mail jusqu'à son retour.

« *Où est le dossier machin-truc-bidule ?* » « *Je dépose sur ton bureau une demande de remboursement de formation, à faire à ton retour.* » « *Pourrais-tu passer signer les chèques du trieur ?* » « *Madame Tartempion a encore appelé, je lui dis quoi ?* »

Elle a bien une réponse toute faite, mais préfère s'abstenir…

Les alertes n'ont de cesse de la réveiller, elle qui s'endort d'épuisement sur son ordinateur. Elle n'en dit rien à Janis, chez qui elle n'est passée qu'en courant d'air ces derniers temps. Allongée dans son lit, elle peine à ouvrir les yeux. Elle n'est ni droguée ni saoule et, pourtant, lorsque ses paupières s'ouvrent, elle voit danser des lumières au plafond. Par moments, des soubresauts ramènent son cerveau à la réalité. Elle n'a ni chaud ni froid. En fait, elle ne ressent plus son corps. Ses neurones et ses membres sont en panne. *Est-ce que c'est ça, mourir ?* Elle se laisse de nouveau happer par le sommeil… Épuisée de tout.

Elle ne sait plus vraiment quel jour ni quelle heure il est quand, soudain, son téléphone la ramène à la conscience. Il est trop tard, la sonnerie s'est tue quand elle sort de son état comateux pour attraper l'appareil. Un message vocal de Malik s'ensuit :

> « Salut. Je suis passé au bureau signer des papiers et la secrétaire m'a dit que tu étais souffrante. Je viens de croiser ta sœur et ta grand-mère en balade sur le port, elles n'étaient pas au courant pour ton arrêt. Elles m'ont annoncé pour Cali… C'est terrible… Je suis désolé. Pourquoi tu ne m'as rien dit ? Je comprends mieux ton état. Victoire, je pense que tu ne vas pas bien. Et moi, je ne t'abandonne pas ! Je déménage simplement. Bon, eh bien… fais attention à toi. Et rappelle-moi quand tu voudras. »

Victoire n'avait surtout pas envisagé de se justifier auprès de Janis, qui doit être morte d'inquiétude. Où puiser la force d'aller rassurer sa grand-mère ? Il ne faudrait pas qu'elles aient l'idée de débarquer. L'appartement n'a pas été nettoyé et rangé depuis des lustres. Et pour que sa sœur remarque le frigo vide et inspecte chaque recoin du logement, non merci… Elle avale un comprimé effervescent de vitamines, enfile un jean devenu bien trop large et descend l'escalier, décidée à leur montrer que tout va bien. La tête lui tourne, mais elle ne va pas loin.

Arrivée ruelle des Oursins, elle ne voit personne ni à L'Essentiel ni dans l'atelier de Janis. Elles ne semblent pas rentrées de leur promenade. Alors elle s'introduit chez Cali et se laisse tomber dans un fauteuil, à bout de souffle. Ses yeux se ferment de nouveau, mais son anxiété la tient éveillée. Elle distingue les pas des deux femmes qui remontent la rue, puis entrent chez sa grand-mère. Une fois la porte fermée, le silence retombe. En novembre, tout est très calme ici. Elle tire le plaid sur elle et, cette fois-ci, le sommeil l'emporte.

Il fait nuit lorsqu'elle se réveille. Pourtant, elle distingue une silhouette assise sur le fauteuil en face. Quelle heure peut-il être ?

Elle reconnaît sa sœur, qui ose enfin allumer la lumière.

« Qu'est-ce que tu fais ici ? grimace Victoire.

— Je suis venue fermer les volets et je t'ai trouvée assoupie, alors je suis restée.

— T'étais pas obligée.

— Oui, je sais. Mais Malik m'a dit que…

— Que j'étais malade ? Ça arrive, non ? »

Constance sent qu'elle marche sur des œufs. Elle sent sa sœur prête à rugir comme elle l'a fait avec Malik, ce dernier l'en ayant informé lors de leur rencontre. Cependant, la crainte du conflit ne l'empêche pas de mettre les pieds dans le plat, car elle ne peut pas laisser son aînée sombrer.

« Je ne t'avais pas vue depuis cet été. Je ne savais pas que tu avais maigri. Tu ne nous caches rien de grave ?

— Non, je travaille beaucoup…

— Oui, bien sûr. Tu sais, Guillaume fait beaucoup d'heures aussi. Mais…

— Qu'est-ce que tu veux ?

— Écoute, je ne sais pas comment m'y prendre avec toi ! »

Le ton de Constance a changé. Sa voix se fait plus forte et moins douce parce que c'en est trop pour elle de devoir supporter une sœur mal léchée ! Elle aussi, elle a ses problèmes, bordel !

« Je m'inquiète, Janis aussi, et Malik ! Tu veux qu'on te parle comme tu le fais ? Alors ouvre bien tes oreilles et ton cœur, si tu en es capable ! Tu ne manges plus, tu ne fais plus de sport, et tu t'emmerdes dans ton boulot. Tu as rejeté Luís, tu t'es fâchée avec Malik et, quant à moi, tu ne veux pas de mon affection… Il ne te reste plus que Janis ! Tes derniers moments auprès de Cali ne sont pas anodins et tu es incapable d'en parler avec qui que ce soit… Tu ne te rends pas compte qu'il est nécessaire de te délivrer de ce mal-être dans lequel tu es en train de te noyer ! Mais qui voudrait se risquer à t'approcher quand on voit l'accueil que tu réserves !

— Évidemment, c'est facile quand on est la sainte Constance de la famille. Ils se sont trompés, les parents, c'est toi qu'ils auraient dû appeler Victoire ! Celle qui réussit tout, la fierté des Morineau ! Un mariage brillant, une fille modèle, des réceptions parfaites… Et moi, l'éternelle constante dans ma petite vie médiocre…

— Papa et maman seraient furieux de t'entendre parler ainsi ! S'ils t'ont appelée Victoire, tu sais pertinemment que c'est parce que, enfin, l'enfant tant attendu arrivait. Tu t'imagines la pression pour moi après ? Toi, la débrouillarde qui n'avait jamais peur de rien, quand moi j'étais terrorisée par le noir et les insectes. Tu savais faire du vélo sans roulettes à 4 ans et monter une cabane de toutes pièces quand j'appelais encore maman pour m'aider à me torcher parce que je ne voulais pas de caca sur mes doigts... Même ma merde m'effrayait ! »

Constance reprend son souffle pour mieux déballer sa colère :

« Et jamais je ne faisais assez bien pour toi ! Dès le plus jeune âge, je lisais de la médiocrité dans tes yeux. Même mes poupées, tu les as toujours détestées... Je pratiquais la brasse coulée pour tenter de gagner un peu de ta reconnaissance, mais je buvais la tasse à chacun de mes essais. Mes dessins pour tes anniversaires, les gâteaux pour ton petit déjeuner... Juste pour obtenir un vrai sourire ! À ton avis, pourquoi j'ai toujours ce besoin que tout soit parfait ? Je voulais que TU me regardes, que TU m'aimes ! Alors *meeeerdeeeeee* ! »

Constance n'a plus de salive et a le souffle coupé. Elle n'en revient pas elle-même. Victoire aussi est estomaquée. La cadette ne voit plus sa sœur, ses larmes envahissant ses yeux, ses joues et sa bouche. Pourtant, elle ne lâche pas ce courage qu'elle a si souvent espéré avoir face à sa grande sœur et poursuit sa tirade :

« Tu sais quoi ? En fait, tu as tellement peur d'être malheureuse que tu t'empêches d'être heureuse. Peut-être que demain je serai au fond du trou, mais, en attendant, j'aurai connu l'extase, la jouissance, la tendresse, l'amour… La vie ! »

Elles se font face, chacune dans son fauteuil. Leurs yeux ne se lâchent pas. L'une tremble de colère et avale sa morve ; l'autre, démunie de force, ne peut maintenir ses boucliers levés. Cette fois, Victoire flanche. Les murs qu'elle avait minutieusement érigés tombent brutalement. La vérité la fouette, si dure à entendre, mais tellement libératrice…

Constance s'approche, pose une main sur son bras et, spontanément, les deux sœurs baissent les armes. Elles s'effondrent et s'enlacent pour délivrer larmes, haine, mais aussi leur amour enfoui. Pour la première fois de leur vie, elles harmonisent leurs tristesses et leurs regrets. La mélodie est bouleversante, le spectacle est profondément beau.

31

Constance a passé la nuit assise à regarder sa sœur dormir. Elle ne l'avait jamais tant observée. Ses doigts sont longs, fins, et ses ongles rongés. Sa peau est sèche. Elle tremble par moments. Ses sourcils n'ont pas été épilés depuis belle lurette ! Constance se demande si sa sœur se fait le maillot puisqu'elle n'a pas de mec et qu'en hiver on ne va pas à la plage. Elle se reprend en s'infligeant une claque sur la main pour punir son imagination déplacée. Si quelqu'un surprenait ses pensées… *Il est trop canon, le nouveau voisin… Sa femme devrait abandonner les réunions pâtisserie pour se mettre au sport. Oh merde, un cheveu blanc sur ma tête ! Je l'arrache ou pas ?…* Heureusement que personne ne peut encore lire ce qui se passe dans notre cerveau ! Si certains ont l'imagination en berne, Constance a le terrain plutôt fertile. Elle se marre toute seule.

Victoire ouvre les yeux, vaseuse, gênée par un terrible mal de tête. Elle paraît désorientée. Son ventre crie famine, mais, à la simple vue du biscuit présenté sous son nez, la nausée la prend. Le moindre mouvement lui donne le vertige et ses yeux partent à la renverse. Cette fois-ci, Constance décide d'appeler les pompiers, ce à quoi Victoire ne s'oppose pas.

Elle suit le camion rouge sous une pluie battante et sur une route interminable. Victoire ne tenait plus debout. Comment est-il possible que personne n'ait rien vu avant ? Adèle chante trop fort, elle coupe la radio. La sirène hurle aux conducteurs de dégager le passage. Quand les pompiers descendent sa sœur sur un brancard, elle oublie son fantasme de l'uniforme. Elle n'a d'yeux que pour Victoire qui ne réagit plus… Les portes se referment, l'accès aux salles de soins est interdit. Alors elle attend face aux affiches de prévention et de numéros verts. Au diable la manucure, à son tour de se ronger les ongles. Elle prévient ses parents, son mari, monsieur Patron, Janis et Malik. Mais tous ces appels ne suffisent pas à combler son inquiétude. Les coudes sur les genoux, la tête entre les mains, elle cherche à comprendre. *Qu'a-t-il pu arriver à sa grande sœur ?* Elle la pensait si forte. *Pourvu qu'elle n'ait pas une grave maladie.* Son fond d'œil est terne. *Une hépatite ? Maux de tête, maigreur, changements d'humeur… Un problème de thyroïde ?* Elle ne veut pas penser au cancer. Ce mot à lui seul la tétanise.

Enfin, le médecin l'invite à le suivre.

« Vous avez eu le bon réflexe, chère madame. Votre sœur était en danger, mais elle ne s'en rendait pas compte, car ses fonctions cérébrales sont affaiblies. En quelque sorte, elle commençait à perdre sa lucidité.

— Que lui est-il arrivé exactement ?

— Votre sœur souffre psychologiquement. Son moyen de survie semble avoir été l'hyperactivité. Ainsi, elle évitait de penser, de réfléchir à ce qui n'allait pas. Certains compensent par du sport intensif, de la drogue ou de l'alcool. Il apparaîtrait que votre sœur ait choisi de s'abreuver de travail pour "survivre". Elle a certainement passé des semaines de plus en plus chargées professionnellement et de moins en moins alimentées par le sommeil et la nourriture. Ensuite, c'est un cercle vicieux. Toujours plus de travail, des horaires décalés, moins de vie sociale, moins de sommeil, moins d'appétit... On devient fragile, mais aussi irritable, fuyant, agressif... Elle n'a pas dû être de bonne compagnie ces derniers temps. À sa décharge, c'était malgré elle. Elle se nourrissait de cachets d'aspirine pour atténuer ses maux de tête et de vitamines pour tenir debout. Évidemment, ça n'est pas suffisant. Son foie est fragilisé. Heureusement, le corps est une machine incroyablement formidable ! Lorsqu'il déconne, il le fait savoir.

« Aujourd'hui, votre sœur est très diminuée. Nous l'avons mise sous perfusion pour qu'elle puisse s'alimenter doucement. Elle a perdu ses graisses et du muscle. Son système digestif est affecté, entre autres, par les comprimés trop agressifs. Puis elle doit dormir beaucoup. Nous allons la garder avec nous, en unité de convalescence et d'accompagnement des troubles psychiques, le temps qu'elle recommence à manger seule et que ses prises de sang soient meilleures. Pouvez-vous lui apporter quelques vêtements ? Pour information, j'ai demandé au psychologue de lui rendre visite prochainement. »

Constance repart, une boule énorme coincée dans sa gorge. *Que se serait-il passé si, avec Janis, elles n'avaient pas croisé Malik ? S'ils n'avaient pas discuté ensemble de Victoire ? S'ils n'avaient pas fait de rapprochements ? Personne ne se serait inquiété de son absence pendant quelques jours, puis ils l'auraient découverte morte dans son appartement ?* L'idée de savoir sa sœur si seule lui fait froid dans le dos. Il est impossible qu'elle rentre chez elle à sa sortie. Son passage à l'appartement de sa sœur, pour récupérer des affaires de toilette et quelques vêtements, renforce cet avis. Il y règne un bazar sans nom. Elle va devoir trouver une solution.

32

Le médecin a téléphoné, les visites ne sont pas encore autorisées. La nuit de Victoire fut agitée par beaucoup de cauchemars... Dans un sens, Constance va pouvoir s'occuper de sa fille, car les mercredis sont toujours chargés et son mari est parti en congrès jusqu'à dimanche.

Jean et Lucie s'interrogent sur leurs manquements. Quand un enfant souffre psychologiquement, les parents se remettent forcément en cause, non? Ils ont éduqué leurs deux filles de la même manière et, pourtant, elles sont tellement différentes. Victoire a toujours été en quête de liberté et d'indépendance. Ils les lui ont accordées et l'ont accepté. Jamais elle n'a laissé entrevoir un quelconque mal-être. Il est vrai qu'elle était parfois inaccessible de par son attitude ou «dans son monde», comme disaient ses enseignants. Mais ce depuis toujours. *Qu'a-t-il pu se passer? Est-ce que le départ de Cali fut trop violent? Travaillait-elle autant que l'a expliqué le médecin?* Ils n'ont rien vu venir...

Janis ne voit pas la situation du même œil et est très confiante en l'avenir. Il faut que sa petite-fille fasse son chemin. Ça devait lui arriver, c'est donc plutôt une bonne chose. Après cette crise de décompensation, elle avancera et pourra enfin vivre plus sereine. À ce propos, Janis retourne dans son atelier pour achever ce qui l'emploie depuis des semaines. Sa création devrait l'y aider…

Malik a été informé par message. Constance lui a relaté les faits sans entrer dans le mélodrame, elle ne veut pas faire passer sa sœur pour une victime et puis elle est toujours un peu en colère après son attitude générale. Bien qu'elle ait besoin d'un accompagnement, Victoire est coupable de sa situation. Elle va aussi devoir se responsabiliser ! Malik est affecté par la nouvelle, tout en sachant qu'il ne lui sera d'aucune aide. Il la connaît tellement bien, il sait qu'il faut la laisser en tête à tête avec elle-même.

Et Cali, si loin, qu'aurait-elle pensé ? Elle aurait certainement tiré la sonnette d'alarme depuis longtemps…

Dès que les visites ont été autorisées, Jean et Lucie s'y sont précipités, mais ils quittent l'hôpital secoués. Jamais ils n'ont vu leur fille dans un état pareil. Allongée, inerte, consciente mais absente. Au départ, ils se sont adressés à elle avec entrain, comme pour lui communiquer un peu de gaieté. Puis ils ont osé lui demander ce qui se passait, se sont excusés de leurs erreurs… Ils se sont même risqués à quelques gestes de tendresse auprès d'une fille qui avait toujours refusé les marques d'affection. Mais rien n'y a fait : pas une parole ni un regard en retour. Lucie a dû sortir de la pièce pour ne pas s'effondrer devant elle.

Eux non plus n'avaient pas vu leur fille depuis l'été... Ils croyaient qu'à leur âge ils pouvaient penser à eux, profiter tranquillement, partir quelques semaines au Portugal comme tout bon retraité camping-cariste... Puisqu'il faut des coupables, comment Janis n'a-t-elle pas été alertée par la maigreur de sa petite-fille ? Et monsieur Patron ? Comment a-t-il pu lui en demander toujours plus alors qu'elle diminuait de jour en jour sous son nez ?

Ses cheveux sont ternes et plats, son teint est livide. L'infirmière a tenté de les rassurer, expliquant que les murs blancs de la chambre n'arrangeaient rien. Mais ils ont vu ce duvet qui a poussé sur son visage, ses mains, ses bras... Le médecin a expliqué que c'était typique des personnes atteintes d'anorexie. À ne pas s'alimenter, le corps ne reçoit plus assez de glucides. Il va donc chercher les graisses, mais la qualité de l'énergie n'est pas la même, puis la graisse fond petit à petit. Au bout de quelque temps, la personne devient frileuse. C'est alors que se forme ce duvet. Toutefois il les a rassurés : le psychologue en a conclu, après avoir recueilli et croisé les témoignages de Constance, Malik et Janis, que leur fille n'était probablement pas anorexique. A priori, elle n'a aucun souci avec son poids ou l'image de son corps. Les troubles alimentaires, dans son cas, ne sont pas une alerte, mais une conséquence de sa souffrance psychologique. Elle a perdu le goût de la nourriture au même titre que le goût du sport ou celui des moments festifs. Elle a perdu le goût de sa vie.

Elle va rester dans cette chambre quelque temps, celui nécessaire pour se remettre sur pied. Il est trop tôt pour parler de sa sortie. Le jour venu, elle devra être encadrée par son médecin et choisir un suivi psychologique. Néanmoins, si elle continue à refuser le dialogue, elle sera internée en hôpital psychiatrique.

33

Sept jours que Victoire est anesthésiée dans un lit d'hôpital. Elle s'en rend compte, mais n'y peut rien. Elle a vu ses parents souffrir au bout de son lit, tout en restant insensible. Elle a conscience qu'elle doit répondre aux questions, saluer les infirmières, remercier les aides-soignantes, mais aucun son ne sort de sa bouche. Elle a aperçu sa sœur lui déposer des magazines, toujours dans son état vaporeux. Elle ne pleure pas non plus. C'est comme si son corps ne lui appartenait plus. Par moments, un brin de lucidité se réveille, animant la peur de l'image d'elle-même. Alors elle s'agite. Une infirmière arrive, réajuste la perfusion, puis l'abandonne de nouveau à son semi-coma…

Une jeune femme en blouse blanche s'est assise sur le bord de son lit, lui a massé les mains pour la stimuler. Le petit sourire que Victoire a affiché a été jugé trop timide selon le responsable du service, à qui il démange de l'envoyer en psychiatrie. La demoiselle ne veut pas allumer le téléviseur. À quoi bon mettre sous le nez d'une patiente la météo hivernale, la guerre et le virus, l'augmentation des prix… alors l'infirmière lui allume la radio lors des « Grosses Têtes » l'après-midi, sur un petit poste qu'elle a rapporté de chez elle. Même si Victoire ne réagit pas beaucoup, cette gentille infirmière aux lunettes rondes comme ses joues est persuadée que ces attentions pourraient la sauver de la psychiatrie. Elle a besoin de stimulation et d'amour, cette «belle au cœur dormant» !

Pendant ce temps, le clan Morineau a pris les choses en main. Ils ont vidé et nettoyé l'appartement de Victoire, puis ont adressé le préavis à son propriétaire. Constance s'est chargée de commander du mobilier confortable et des tissus chaleureux, en prenant soin de ne pas dénaturer l'âme de cet endroit qui plaît tant à sa sœur. Car, après réflexion, ils ont décidé à l'unanimité que le meilleur endroit pour assurer sa convalescence serait la maison de Cali.

Janis, sentant le vent tourner, a résolu d'aller voir sa petite-fille. Une longue visite bien réfléchie... Il est temps de réveiller les émotions de Victoire, alors elle a décidé d'emmener Clothilde. Il aura fallu convaincre sa mère de lui faire rater une journée d'école, mais les arguments étaient percutants et son plan d'action irréfutable !

Les voici toutes les deux, dès l'aube, dans la chambre de Victoire. Prêtes pour la phase 1 !

Elles ont commencé par se faire rouspéter :

«Les visites sont interdites à cette heure-ci à cause des soins apportés aux patients.»

Janis, imperturbable, a fait la sourde oreille jusqu'au moment où le chef de service l'a menacée de faire venir la sécurité. Alors là, Janis s'est levée de sa chaise pour lui répondre, les yeux dans les yeux :

« Le meilleur des soins à infliger à ma petite-fille est le rire et l'amusement ! La présence des personnes qui lui sont chères aussi et non de se voir laver l'arrière-train par des inconnus. Alors, cher monsieur, si pour une fois ses fesses ne brillent pas, personne ne le verra et elle n'en mourra pas. En revanche, l'état léthargique dans lequel vous la maintenez la met en danger. Donc nous ne bougerons pas. Nous avons bien trop de choses à lui raconter ! N'est-ce pas, ma petite chérie ? »

Clothilde, fidèle à son arrière-grand-mère, a acquiescé avec un large sourire et « monsieur Je-sais-tout », qui n'avait pas envie d'attirer l'attention du personnel sur son manque d'empathie, a déguerpi.

Victoire a suivi toute la scène. Il est effectivement très tôt, et comme elle n'a pas encore reçu son traitement, son cerveau semble moins nébuleux.

Clothilde croise le regard de sa tante. Elle s'avance délicatement vers le lit, comme pour ne pas glisser du fil de tendresse qui lie leurs yeux. Ses petits doigts déroulent le dessin coloré qu'elle lui a confectionné.

« Regarde, c'est la cabane que tu m'as offerte. Je l'ai coloriée en marron parce que je sais que tu n'aimes pas trop le rose. Ici, c'est toi allongée dans l'herbe et, à côté, c'est moi qui te lis une histoire. Parce que, maintenant, je sais lire ! Et je ne zozote plus parce que mes dents ont poussé. Hiiiiii ! »

Une perle naît au coin de l'œil de Victoire en même temps qu'un sourire apparaît sur son visage. Janis avait vu juste. Évidemment que Victoire va aller mieux, il faut simplement réveiller ses émotions ! Bien sûr qu'elle a un cœur rempli d'amour à offrir, il faut juste venir le titiller. L'innocence d'un enfant était le test parfait juste avant que l'infirmière ne vienne injecter la dose de psychotropes.

Elles vont maintenant pouvoir attaquer la phase 2…

« Écoute-moi, ma grande. Tu es fatiguée mais pas malade. Tu es déçue des gens, du travail, de la vie… mais tu n'es pas résignée, n'est-ce pas ? Sauf que tu sombres un peu plus chaque jour à cause de ces médicaments qui te lénifient. Nous venons d'en avoir la preuve : après une nuit de sommeil et avant tes injections, tu as été émue par Clothilde ! »

Même si les mots ne sortent pas, Victoire approuve d'un geste. Ses yeux pleurent, mais pas son cœur, toujours paralysé.

« Tu es triste d'être là, hein ? Et tu te sens impuissante ? »

Victoire continue d'acquiescer.

« Ces médocs t'ôtent la force de réagir. Tu es en train de perdre le pouvoir sur toi, ma chérie. Et, dans quelques jours, ils vont t'envoyer tout droit en psychiatrie ! Si Cali était là, elle t'arracherait ces tuyaux qui te condamnent au lit ! »

Cali… Victoire… Souffrent-elles au même rythme ? Perdent-elles la tête en même temps ? Supportent-elles la même odeur d'éther, les mêmes bruits de portes qui se ferment ou de chariots qui s'arrêtent devant leur chambre ?

« Tu as parfaitement compris ce que je viens de t'expliquer. J'ai besoin de ton aide maintenant. Une infirmière ne devrait plus tarder à venir faire tes soins. Il va falloir que tu refuses les médicaments. Même s'ils insistent, sois plus forte qu'eux, d'accord ? Ils ne peuvent pas t'y obliger. Et moi, je serai là comme témoin. Tu me fais confiance ? »

Le geste de Victoire est clair.

Clothilde s'assoit sur le bout du lit de sa tante et commence à lui conter « La Guenon, le Singe et la Noix », de Jean-Pierre Claris de Florian[1] :

Une jeune guenon cueillit
Une noix dans sa coque verte.
Elle y porte la dent, fait la grimace… « Ah ! certes,
Dit-elle, ma mère mentit
Quand elle m'assura que les noix étaient bonnes !
Puis, croyez aux discours de ces vieilles personnes
Qui trompent la jeunesse ! Au diable soit le fruit. »
Elle jette la noix. Un singe la ramasse,
Vite entre deux cailloux la casse,
L'épluche, la mange, et lui dit :
« Votre mère eut raison, ma mie,
Les noix ont fort bon goût, mais il faut les ouvrir.
Souvenez-vous que, dans la vie, sans un peu de travail on n'a point de plaisir. »

1. Jean-Pierre Claris de Florian (1755-1794), auteur de l'ouvrage *Les Plus Belles Poésies françaises pour les écoliers*, aux éditions Criterion – Fondation pour l'école, 1792.

Clothilde, bien qu'elle ne saisisse pas la portée de ces mots, est fière de son allocution. Et, comme tous les enfants, passe du coq à l'âne en s'investissant d'une nouvelle mission : coiffer Victoire !

La jeune femme en blouse blanche entre et sourit en découvrant l'enfant affairée sur la tête de sa patiente.

« Oh, mais il règne de la bonne humeur dans cette chambre ! Je ne connaissais pas votre sourire, Victoire ! Et c'est un plaisir de découvrir quelle jolie femme vous êtes. Jeune fille, vous avez un vrai talent en coiffure ! Comment vous appelez-vous ?

— Je m'appelle Clothilde et j'ai six ans et demi.

— Mais tu n'as pas école, aujourd'hui ?

— Si, mais j'ai l'autorisation de ne pas y aller spécialement pour voir ma tata. Maman nous a déposées ce matin parce qu'elle m'a dit que ma tata ne rigole plus et qu'avec moi elle oublierait un peu sa tristesse. C'est pas drôle ici, dans son lit. Si vous voulez qu'elle guérisse, pourquoi vous ne faites pas ce qu'elle aime ? Ma tata, elle adore jouer au loup glacé dehors. Et toi, tu t'appelles comment ?

— Je m'appelle Blanche, comme ma blouse. Et ta maman a raison, tu as rendu le sourire à ta tata. »

C'est incroyable comme les enfants peuvent être spontanés et déroutants de bon sens. Blanche a voulu faire ce métier après le décès de son père. Elle était adolescente et se souvient qu'il n'avait pas accepté sa maladie. Elle n'a jamais su si ce fut son état dépressif ou son cancer qui l'emporta. Si, comme Clothilde, elle avait égayé ses journées plutôt que de prendre le bus pour le collège, aurait-il eu le courage de se battre contre ce vilain crabe ?

Elle s'approche instinctivement de la perfusion de Victoire quand cette dernière l'attrape prestement par le bras. Un silence s'abat. Blanche ouvre de grands yeux surpris et interrogateurs sur Victoire, Janis observe sans en perdre une miette alors que Clothilde a perdu sa langue. Victoire exprime d'un regard implorant son refus de recevoir son soin quotidien.

« Qu'y a-t-il, Victoire ? »

Sa voix est douce et se veut rassurante. Victoire la fixe en remuant la tête.

« Vous ne voulez pas quoi ? »

Dans le doute, Blanche lui présente la perfusion.

« Non, s'il vous plaît » sort enfin de sa bouche.

Janis pousse un souffle de soulagement :

« Il semble que Victoire ne veuille plus de son injection.

— Mais je ne peux pas prendre cette décision, madame. Le médecin a imposé un traitement et moi je dois l'appliquer.

— Blanche, j'entends ce que vous m'expliquez, mais vous ne pouvez pas forcer un patient… Que lui injectez-vous ? Épargnez-moi les formules scientifiques, par pitié. Utilisez un langage compréhensible pour Victoire et moi-même.

— Eh bien, nous l'alimentons parce qu'elle ne mange toujours pas. Puis nous l'aidons à se détendre et à dormir avec un produit qui agit sur le psychique et le système nerveux. »

Blanche sait que ces substances chimiques ayant des conséquences sur l'humeur n'ont pas toujours bonne presse. Elle comprend, tout en parlant, que la vieille dame face à elle est déterminée.

« Très bien, appelez-moi le médecin.

— Oui, madame. »

La jeune infirmière sort sans contester, car sa petite voix lui dicte que le traitement de sa patiente n'est peut-être pas le plus adapté.

Janis sourit à sa petite-fille et lui signifie par un clin d'œil que la mécanique pour des jours meilleurs est enclenchée.

Cependant, Victoire ferme les yeux. Elle a besoin de dormir. Janis et Clothilde en profitent pour aller se chercher une boisson au distributeur et promènent leurs yeux curieux dans l'entrebâillement des portes laissées entrouvertes.

Elles sirotent leur chocolat chaud lorsqu'elles aperçoivent le médecin se diriger vers la chambre de Victoire. Janis l'interpelle pour ne pas réveiller sa petite-fille :

« C'est moi qui ai demandé à vous parler au sujet de Victoire ! »

En la voyant s'avancer, il se dit qu'il va encore avoir affaire à cette vieille folle qui ferait mieux de rendre ses guenilles à Emmaüs plutôt que de lui faire perdre son temps.

« Que vous arrive-t-il, chère madame ?

— Je voudrais que vous arrêtiez son traitement qui l'assomme.

— Qui êtes-vous exactement pour vous permettre de tout remettre en cause ?

— Je suis sa grand-mère.

— Victoire a besoin des soins qui lui sont donnés. C'est mon métier, vous savez.

— Et moi je sais que ce n'est pas ce qu'il lui faut. J'ai conscience de ce que je vous demande et je tiens trop à ma petite-fille pour la mettre en danger. Alors, je vous réitère ma demande de lui ôter ces tuyaux et d'essayer simplement de lui donner un peu d'eau et de soupe. Si ça ne fonctionne pas, alors vous pourrez la raccorder à vos produits. Et je voudrais la promener en fauteuil roulant dans vos couloirs. Victoire a besoin de bouger de cette chambre morbide.

— Si ça vous chante... »

Le médecin ne veut pas perdre plus de temps avec cette vieille folle qui pense tout savoir. Inutile de rentrer dans un bras de fer, il a d'autres chats à fouetter. Il fait signe à Blanche de mettre en pratique les stupides suggestions de la grand-mère et quitte la pièce, sans même la regarder.

« Mais restez près de la chambre, jeune fille. Vous aurez bientôt à la rebrancher ! »

Non mais on ne lui a pas appris la sympathie à celui-ci !

« Mal baisé ! » chuchote Janis entre ses lèvres. Les yeux de Blanche expriment le rire qu'elle doit contenir. Et pan, grâce à ce petit con, une de plus dans le camp des Morineau ! Janis est encore plus déterminée. La phase 2 de son plan est enclenchée. Dorénavant, il faudra que Victoire coopère.

34

« Tata, j'entends des grenouilles. Je crois qu'elles sont dans ton ventre. »

Victoire se réveille affamée. Elle ne connaissait plus cette sensation. Depuis une bonne semaine, sa perfusion la nourrissait. Un pansement témoigne de ce récent passé, car elle est maintenant débranchée. N'ayant reçu aucun psychotrope depuis la veille, son cerveau semble moins endolori, ses souvenirs de la matinée sont clairs. Quel soulagement !

Blanche pousse la porte de la chambre, un plateau dans les bras.

« Voilà, Victoire. Je vous apporte un peu de soupe de potimarron et de l'eau. Ne mangez pas plus de cinq cuillères, il faut que votre système digestif se réhabitue. Pareil pour l'eau, allez-y par petites gorgées. »

Néanmoins les traits de Victoire ne reflètent pas l'enthousiasme.

« Il est vrai que la soupe d'hôpital ne vaut certainement pas celle de votre grand-mère. Et l'odeur n'est pas des plus alléchantes. Mais, pour elle, vous devez vous forcer. Si vous aviez vu comme elle a tenu tête au médecin ! Elle a même négocié de vous emmener en promenade après. »

Si Blanche savait que Janis ne peut même pas se cuire une omelette… En détournant la tête, un fauteuil roulant semble lui faire des clins d'œil. En y regardant mieux, c'est une guirlande d'étoiles de Noël qui clignote du dossier aux accoudoirs. Pendant son sommeil, ses visiteuses se sont affairées à le customiser : le dessin de Clothilde est scotché au dos et une photo à son effigie flotte au-dessus d'une tige tel un drapeau de « Victoire ». Le ridicule ne la tuera pas. Elle se met à rire, rire, rire… un rire généreux. Tout ce qu'elle n'avait pas ri depuis des mois sort enfin, contaminant les trois autres femmes de la chambre.

Cinq cuillères à soupe plus tard, l'équipage est fier. La famille Morineau a rallié Blanche à sa cause : sauver Victoire en la sortant de cet hôpital au plus vite ! Chacune s'est vu confier une mission bien définie : Janis dirige les opérations, Clothilde ranime les émotions de sa tante et Blanche veille à son état de santé. D'ailleurs, cette dernière leur demande de quitter la pièce. Maintenant que Victoire reprend des forces, elle devrait pouvoir se débrouiller seule pour aller aux toilettes et se laver. Une auxiliaire de vie est venue la rejoindre pour l'aider à ôter la sonde et l'emmener dans la salle d'eau. Jusqu'alors, tous les sens de Victoire étaient ensommeillés par les calmants, mais, à ce moment précis, elle est prise d'un immense malaise. Sa conscience revenue, elle souffre maintenant d'une honte incommensurable. Elle doit faire face à Blanche, cette jeune infirmière au visage de porcelaine qui la renvoie à la réalité de son état : ses cheveux gras, son visage tiraillé et ses jambes qui font pitié. Elle appréhende de découvrir son reflet dans le miroir. Blanche perçoit le malaise. Elle se concentre alors sur sa tâche sans lever les yeux. Victoire l'observe. De jolies boucles brunes s'échappent de son chignon et rebondissent à chaque mouvement de tête. Ils sont cocasses, ces petits ressorts de cheveux toujours en action et qui contrastent avec la réserve naturelle de cette jeune infirmière. C'est comme si ses mèches trahissaient une personnalité rigolote.

Les soins terminés, Victoire se sent rafraîchie. Encore faiblarde, mais rassurée de reprendre possession de son corps, elle se promet que, plus jamais, Blanche ne la reverra aussi nue, aussi démunie… Dorénavant, elle pourra aller aux toilettes et se laver seule.

Victoire voudrait dormir un peu, mais Clothilde n'en a pas décidé ainsi. Blanche leur octroie encore une demi-heure. Bien que l'évolution de sa patiente soit encourageante, elle devra se reposer le reste de la journée pour ne pas en perdre les bénéfices. Clothilde tape dans la main de Blanche : affaire conclue ! Il n'y a plus une minute à perdre, alors elle s'empresse de retrouver sa tante.

« Ah, t'es plus belle maintenant ! Je vais te coiffer. »

Le passage du peigne sur son crâne lui fait l'effet d'un massage, mais qui ne dure pas… Clothilde entreprend de lui faire des couettes.

« Ça tire ! Arrête… »

Janis rit de plus belle avant de mettre fin au supplice :

« Allez, en selle, jeune fille. Nous allons faire un tour dans les couloirs. »

Victoire se hisse sur le fauteuil roulant généreusement customisé, s'obligeant à faire abstraction de l'image qu'elles peuvent bien renvoyer… Finalement, l'accoutrement fait rire les infirmières sur leur passage.

C'est ainsi qu'elle découvre les lieux qui l'accueillent. Elle comprend qu'elle vient de vivre ces quelques jours entre deux mondes. Elle observe le personnel soignant s'activer de toutes parts, fait le rapprochement entre les prénoms qu'elle entendait et ceux qui les portent, distingue la porte qu'elle entend grincer de sa chambre. La salle de pause laisse échapper une odeur de café qui réveille de nouveau le cerveau et l'estomac de Victoire. Toutes trois s'arrêtent face au mur vitré qui dévoile un parc endormi par l'arrivée du froid. Les feuilles tapissent le sol d'un dégradé marron. Un dernier rayon de soleil subsiste encore. Victoire voudrait pouvoir humer les parfums qui se dégagent du jardin. Soudain, elle se rappelle à ses obligations.

« Est-ce que quelqu'un s'est occupé des plantes chez Cali ? »

Janis acquiesce en souriant. C'est bon signe, les réflexes reviennent…

« N'est-ce pas magnifique, cette vue ? »

Blanche s'est approchée.

« C'est la nature qui est admirable. Nous y attribuons le regard que nous voulons ou que nous pouvons… », lui répond pensivement Victoire.

Janis écarquille les yeux. La joie danse en elle. Sa petite-fille philosophe ! Elle ne peut clamer son excitation dans les couloirs au risque de voir la sécurité débarquer, alors elle se contente d'un *Yes* muet, mais largement explicite par son geste franc du bras et du poing. Cette mamie est définitivement originale !

« Je termine ma journée et je voudrais que Victoire se repose. Clothilde, tu as été extraordinaire. Je crois que je vais bientôt te faire intégrer le service ! »

La grand-mère et son arrière-petite-fille embrassent bien fort Victoire avant de sauter dans l'ascenseur. La fierté et le soulagement règnent en fête ! Elles vont pouvoir raconter comment elles ont transformé Victoire en une journée. Impatiente, Constance les attend au chaud dans sa voiture. Son inquiétude s'évanouit en les apercevant s'approcher, triomphantes…

Victoire est de nouveau installée dans des draps propres. Quelle que soit l'heure, elle s'endormira rapidement, sans assistance médicamenteuse. Comme lui aurait dit Cali : « C'est une bonne fatigue, va ! » Avant de passer la porte, Blanche lui fait une promesse :

« Encore quelques jours comme aujourd'hui et je vous emmènerai dans le parc.

— Merci, Blanche. »

Cette fille est d'une gentillesse rare, Victoire est touchée par son dévouement.

35

Jean et Lucie ont passé trois jours à cuisiner pour le retour de leur fille. Les bocaux et boîtes Tupperware s'amoncellent sur la table. Certains parents ne savent pas aborder les sujets sensibles, peut-être par peur de leur propre remise en question. Ça n'est pourtant pas si douloureux qu'on l'imagine. Mais, là encore, il faut du courage et, pour le moment, ils ne l'ont pas. Pour compenser, ils lui préparent à manger, nettoient sa future maison, lui achètent quelques magazines… Ils font ce qu'ils peuvent.

Constance, elle, s'est volontairement éclipsée du microcosme de la ruelle des Oursins pour que son mari ne lui reproche pas ce dont elle souffre si souvent : l'absence. Chez elle, elle se renseigne sur des professionnels que sa sœur pourrait consulter par la suite. Après avoir abandonné l'approche du psychiatre, qu'elle considère comme un peu trop médicale, elle s'interroge sur la différence entre psychologue et psychothérapeute. Quand elle y songe, elle se verrait bien allongée sur le divan d'un psy canon ! *Elle a bien un traumatisme à traiter ?* Revenons à nos moutons… Selon ses lectures, Victoire aurait intérêt à

« s'ancrer » à la terre avec des cours de yoga, mais la discipline en propose un éventail : *hatha, ashtanga, vinyasa...* Elle découvre même l'existence du *hot yoga* et pouffe en se disant que ses idées déplacées révèlent un sérieux manque affectif et sexuel... Vivement que Guillaume se rende plus disponible ! Les massages énergétiques ont aussi bonne presse et ne devraient pas lui faire de mal. Si le masseur pouvait extraire un peu d'agressivité de sa sœur et placer un peu d'amour dans son petit cœur ! Bref... *Se laissera-t-elle toucher ?* Tandis qu'elle vient de spéculer toute la matinée sur un tas d'hypothèses pouvant aider sa sœur, Constance décide d'abandonner ses investigations, Victoire n'ayant jamais suivi un seul de ses conseils...

Pendant ce temps, Janis achève son œuvre secrète en gravant un joli coffret en bois d'ébène. L'artiste y a représenté des doigts entrelacés autour d'un bouquet de tulipes. Victoire saura... La tulipe, qu'elle soit jaune, rouge, violette, blanche ou rose, symbolise l'amour inconditionnel entre membres d'une famille. Il ne lui reste plus qu'à rédiger les règles du jeu et à les glisser à l'intérieur !

Toujours hospitalisée, Victoire honore ses engagements : elle a avalé des soupes de plus en plus nourrissantes avant de passer aux légumes vapeur, « sans-goût-mais-avec-odeur ». Lorsqu'elle veut aller aux toilettes, elle appelle une auxiliaire de vie pour veiller à ce qu'elle ne se lève pas trop vite. Quelques exercices viennent compléter sa rééducation. Le médecin entre et sort de la chambre sans même lui adresser un regard. Seul le dossier accroché au bout du lit suscite son attention. 100 % indifférent, 0 % bienveillant, – 100 % encourageant. Il n'a pas dû digérer le bras de fer avec sa grand-mère. Ah, l'ego… La perte de l'être humain pour des siècles et des siècles… Pourtant, n'aurait-il pas intérêt à admettre que Janis avait raison ? Cela pourrait profiter à d'autres. En intégrant un peu plus l'entourage dans l'approche médicale et thérapeutique, ce « docteur mal b… » bénéficierait d'une image plus sympathique, plus humaniste, et de résultats sans doute plus probants. La marge de progrès est énorme !

Janis, cocasse et philanthrope, a jugé utile d'ajouter qu'avec un peu de sympathie la « dame du docteur mal b… » lui rendrait sûrement le sourire ! C'est un cercle vertueux… Une spirale ascendante.

Qu'importe, Victoire s'appuie sur le soutien sincère de Blanche.

« Bonsoir, Victoire. Je termine ma journée à l'instant. Je ne vous ai pas beaucoup vue aujourd'hui, des patients avaient besoin de moi. En même temps, je ne vous suis plus d'une grande utilité maintenant, vous vous débrouillez très bien seule. Comment vous sentez-vous ? »

Victoire avait effectivement guetté la venue de Blanche toute la journée, sa seule alliée les jours sans visite. Chaque fois qu'elle entendait son pas dans le couloir, elle espérait la voir apparaître dans l'encadrement de la porte de sa chambre. Toutefois, Blanche le sait, elle ne doit pas s'attacher aux patientes.

« Je commence à m'ennuyer. C'est bon signe ?

— Assurément. Et vous savez quoi ? Je viens de couronner mon service avec votre docteur préféré ! En effet, vous devriez bientôt sortir. Je dois partir, mais demain, après ma journée, je vous emmènerai vous balader dans les allées du parc, respirer l'air humide de fin d'automne, sentir les odeurs terreuses. Ensuite, elles changeront pour celles de l'hiver, moins généreuses. »

Victoire sourit, reconnaissante.

« Pourquoi faites-vous ça ? Une infirmière n'a pas cette mission.

— Après la fin de mon service, je ne suis plus infirmière ! Pour tout vous dire, mon père avait un cancer du sein qui fut long à détecter, car, chez les hommes, c'était assez méconnu à ce moment-là. Mais je suis convaincue que la dépression l'a tué avant. Depuis, rendre les gens heureux, c'est mon antidote. Et je ne me trompe pas en vous imaginant tout sourire au milieu des pommes de pin et des champignons du parc, n'est-ce pas ? »

Blanche n'est pas triste en évoquant son papa disparu. Elle ne voyage pas avec ses valises du passé.

« Je suis désolée pour votre papa. Je vais passer commande d'une tenue bien chaude pour notre sortie de demain. Vous pourrez enlever votre masque dehors ? J'aimerais constater si cet antidote fonctionne.

— Promis ! À demain, Victoire. »

Ça valait la peine d'attendre toute la journée… Victoire est soulagée à l'idée de quitter bientôt cet établissement et quelque peu excitée de prendre l'air demain soir. Derrière la grâce et la délicatesse de Blanche semble se cacher une surprenante détermination.

36

Son cœur est serré. Elle s'y préparait, mais ces derniers jours avaient orienté son esprit ailleurs. Alors que c'est à elle que revient la charge de l'annonce, Constance ne sait pas comment s'y prendre. Lui remettre la lettre alors qu'elle remonte doucement la pente ou lui apprendre la nouvelle sans détour ? Attendre quelques jours fut clairement exclu par ses parents, mieux vaut qu'elle soit encore sous surveillance pour accuser le coup. Quand elle y pense, les coïncidences sont si déroutantes…

Le téléphone interrompt sa réflexion. Le médecin est exagérément succinct. Elle qui aime les longues phrases explicatives et les marques de compassion ravale sa frustration et file à l'hôpital.

Sa sœur est changée, comme transformée. D'abord parce qu'elle l'accueille avec un sourire, un vrai, un sincère. Une grande première ! Ensuite parce qu'elle a le sentiment que sa voix a mué, l'intonation paraît légèrement différente. C'est tellement subtil qu'elle n'en est pas certaine. Elle y prêtera attention plus tard ; pour l'heure, elle remet à sa sœur un manteau, une écharpe, un bonnet, ainsi que ses Converse d'hiver. Victoire lui avait adressé un message, faisant part d'une sortie dans le parc dont elle se réjouissait à l'avance.

« Tu vas aller seule dans le parc ? Tu veux que je t'y accompagne ?

— Oh non, Blanche a prévu qu'on y aille ensemble après son service.

— J'ai hâte de la rencontrer. Janis m'a dit qu'une petite perle t'avait placée sous sa protection. C'est une chouette rencontre alors ? »

Difficile d'assumer sa pudeur, mais elle admet avec soulagement que l'amitié naissante entre elles lui fait beaucoup de bien. Ces derniers temps, elle connaissait plutôt l'éloignement avec l'espèce humaine...

À ce sujet, Constance s'approche de sa sœur et, ne sachant comment le lui avouer, lui tend une enveloppe déjà ouverte.

« Je suis désolée, Victoire, je ne savais pas trop comment te le dire. Le courrier est arrivé hier chez Janis. Ça n'est pas vraiment le moment, mais... »

Victoire, flegmatique, l'interrompt en prenant l'enveloppe, qu'elle caresse.

« Rassure-toi, je sais de quoi il s'agit. »

Des photos s'échappent du courrier, celles offertes à Cali le jour de leur départ, celles prises avec le Polaroid. Victoire les regarde les unes après les autres sans vraiment s'y attarder. Les souvenirs sont gravés ailleurs.

« Quand est-elle partie ?

— Elle est décédée le jour de ton hospitalisation. J'ai lu le courrier d'Angéliki. Vos sourires, votre humour, puis vos déchéances simultanées. Ton état de santé s'est dégradé parallèlement au sien et tu es arrivée ici à la même date que celle de son décès. C'est assez déconcertant... »

Blanche, s'apprêtant à entrer dans la chambre, a suivi toute la conversation. *Qui peut bien être cette Cali, si importante pour Victoire, et dont elle n'a jamais entendu parler ? Une sœur ? Une amie ? Est-ce que Victoire est homosexuelle ?* Ce serait tout à fait possible, elle n'a vu ni mari ni enfant la visiter. La curiosité étant un vilain défaut, elle s'empresse d'aller vérifier les constantes dans la chambre voisine.

« Alors tu ne pleures pas, tu ne t'effondres pas ? J'avais si peur de ta réaction !

— J'ai eu le temps de m'y préparer. Inconsciemment, je devais souffrir de la savoir malheureuse, dans ce pays lointain. Maintenant qu'elle est délivrée, je suis étonnamment délestée de ce poids qui m'empêchait d'avancer. Elle avait raison le jour où elle m'a dit que mes larmes ne dureraient pas et qu'à nos bons souvenirs le sourire me reviendrait. Elle est morte, mais moi je vais vivre en pensant à elle. »

Les deux sœurs abordent ensuite un sujet jusqu'ici tabou : le séjour en Crète. D'un ton serein, Victoire raconte chaque journée à Constance, de la manière la plus détaillée possible. D'une certaine façon, il aurait été légitime qu'elle participe au voyage. C'est finalement Constance qui a besoin de se débarrasser de son chagrin.

Puis revient le sujet bateau du temps... qui fait passer le temps.

Quand apparaît le médecin, accompagné de la très discrète Blanche, le verdict est sans surprise: Victoire pourra sortir le lendemain. Les sœurs partagent un sourire complice. Sans étonnement, le médecin n'a pas la délicatesse de demander si elles ont des questions avant de quitter la chambre. Puis la mélodie de la bonne humeur fait son retour en même temps que le médecin s'éclipse.

«Blanche, je suis ravie de vous rencontrer. Ma grand-mère m'a dit beaucoup de bien à votre égard.»

Celle-ci accueille la poignée de main avec générosité. Jamais elle n'aurait imaginé que Constance et Victoire soient sœurs, elles sont si différentes physiquement.

«Je suis très heureuse pour vous, Victoire. Dorénavant, vous allez devoir suivre quelques recommandations, car nous ne serons plus à vos côtés pour vous encadrer. Votre rétablissement repose sur vos épaules. Je vais vous remettre une liste d'aliments à intégrer doucement. Puis, si ça vous intéresse, je pourrai vous indiquer ceux qui favorisent l'épanouissement!

— Ça existe? s'étonne Constance.

— Oui, certains aliments boostent le cerveau. Évidemment, une alimentation variée, équilibrée et de saison est toujours nécessaire. Les fruits et légumes, riches en vitamines et en minéraux, combattent le stress et la fatigue, à condition qu'ils ne soient pas cuits à forte température. Privilégiez les cuissons douces à la vapeur. Et pour le bien-être, consommez coloré! Comme le potiron, les oranges et les pamplemousses. Ces ingrédients comportent du bêtacarotène, un pigment qui se transforme en vitamine A dans notre organisme. Or la vitamine A est antioxydante et vient contrer le vieillissement de nos cellules. Ce qui signifie que vous aurez une jolie peau ! Vous pouvez aussi user d'huile de colza et d'olive !

— Oh, mais vous êtes passionnante ! J'avais une idée plus restrictive des infirmières.

— Ce sont des formations complémentaires qui me permettent d'enrichir mes connaissances. Poser un pansement sur une blessure ne me suffit pas. Je veux comprendre pourquoi les canards sont boiteux et les remettre sur pattes pour longtemps. Mais vous savez, Constance, c'est plein de bon sens finalement : mangez sain, faites du sport, dormez et…

— … forniquez ? »

Ce mot s'échappe de la bouche de Constance, surprise d'elle-même.

Les trois paires d'yeux ronds se consultent avant de laisser place à un éclat de rire collectif. Victoire demeure effarée par la grossièreté de sa sœur. *Finalement, sœur Constance ne serait qu'un mythe ? Alléluia !*

Une fois les esprits apaisés, Blanche reprend avec sérieux :

« Victoire, nous allons vous remettre un nouvel arrêt de travail. Ensuite, votre médecin traitant prendra le relais. Je vous invite à profiter de cette pause professionnelle pour faire le point. Envisagez-vous de rencontrer un thérapeute pour comprendre ce qui vous est arrivé et pour travailler ensemble sur le sujet ?

— Euh… Eh bien, je n'ai pas encore réfléchi à tout cela.

— Pensez-y. Vous ferez aussi des prises de sang pour contrôler l'évolution.

— Avez-vous des conseils autres que l'alimentation pour ma sœur ? ose Constance.

— Sortez prendre l'air, marchez un peu chaque jour. Et... adoptez un chat.

— Un chat ?

— Oui, les chats nous amènent à l'introspection, à la tendresse, à la douceur. Vous en avez besoin, me semble-t-il. »

Blanche, appelée par un autre patient, les laisse assimiler toutes ces informations. Cette jeune infirmière est décidément surprenante. Pas étonnant qu'elle ait charmé Janis !

En enfilant son manteau, Constance demande confirmation à sa sœur :

« Je reviens te chercher demain alors ?

— Oui, lui répond Victoire en prenant la mesure de l'échéance.

— Tu es prête ?

— J'avoue avoir un peu peur d'affronter le tumulte extérieur, car ici j'en suis encore épargnée. Il n'empêche que je veux m'en sortir et j'espère qu'il y aura un avant et un après cette hospitalisation. »

Victoire sourit à sa sœur. Un sourire franc et confiant, consciente qu'une vie bien différente de celle qu'elle a déjà vécue l'attend. Elle ne pourrait pas l'expliquer, mais elle le pressent.

37

Alors que la nuit n'est pas encore tombée, la lune, ronde et orangée, a déjà pris sa place. Elle n'illumine pas le ciel, mais s'impose. Impossible de ne pas la remarquer. Derrière sa fenêtre, Victoire est envoûtée. Elle se rappelle quand, enfant, elle s'allongeait dans les dunes pour observer l'arrivée de la nuit. Elle s'impatiente à l'idée de ressentir la fraîcheur extérieure et a déjà lacé ses tennis. Blanche se fait désirer. Elle repense à sa sœur, qui l'agaçait tant les samedis, se languissant de l'arrivée de la copine invitée pour l'après-midi : « C'est quand qu'elle arrive ? » Finalement, le supplice de l'attente n'a pas d'âge !

« Vous êtes prête, Victoire ? Un avant-goût de liberté s'offre à vous !

— C'est vraiment chouette, merci.

— Pas plus de vingt minutes. Il fait froid et vous n'êtes pas sortie depuis un moment. Vous n'avez pas encore repris votre poids de forme non plus, alors n'allez pas trop vite les prochains jours. »

Une bouffée d'air frais surprend Victoire à l'ouverture de la porte. Le frisson qui la parcourt la rend vivante.

C'est tout ce qu'elle attendait de cette sortie : ressentir son corps, ses muscles, sa peau...

Blanche a décroché son masque. C'est étonnant de découvrir la deuxième moitié d'un visage. Elle a les dents du bonheur ! Une particularité drôle et charmante. Finalement, Victoire aurait presque pu le deviner.

Les feuilles ont perdu de leur dorure et, en cette fin de journée, le temps se fait humide. Victoire entame la conversation. Elle voudrait approfondir le sujet resté en suspens cet après-midi.

« Alors comme ça, je manque de tendresse et vous voulez me coller un animal à quatre pattes ?

— C'est mon ressenti, en tout cas.

— Qu'est-ce qui vous fait dire que je souffre de carences affectives ?

— Oh, je ne pense pas que ce soit vous qui manquiez d'affection. Je dirais plutôt que vous pâtissez de ne pas en donner ! Personne ne s'est vraiment approché de vous pendant votre convalescence, comme si on n'osait pas traverser la clôture d'une propriété bien gardée. Le cerbère aux trois têtes veille à ce que personne ne vous prenne en flagrant délit d'émotions ? Est-ce que l'un de vos visiteurs vous a pris la main ou caressé l'épaule, Victoire ? Si ce n'est la petite Clothilde. D'ailleurs, si votre grand-mère est venue avec elle, j'ai bien compris que ça n'était pas innocent. »

Hébétée mais pas vexée, Victoire ne sait quoi répondre à cette analyse. Blanche fait planer volontairement le silence, laissant sa patiente pantoise.

Quelques pas plus tard, la conversation change d'orientation.

« Vous êtes originaire d'ici ? demande Victoire.

— Oh non, pas du tout. Je viens d'un petit village des Pyrénées. Je suis arrivée cet été.

— Comment avez-vous pu quitter la montagne ? On dit qu'un montagnard est indéracinable ?

— J'y retournerai peut-être, mais j'étouffais là-bas. Puis je n'y voyais aucune perspective professionnelle, à moins d'être infirmière libérale. Cependant il faut faire de nombreux kilomètres chaque jour et j'aime l'esprit de l'hôpital, où l'on travaille en équipe. Pour moi, c'est plus rassurant que d'aller chez des inconnus.

— Votre famille est restée là-bas ?

— Oui, ma mère et mon frère.

— Ils ne vous manquent pas ?

— À vrai dire, nous sommes en froid… Je ne corresponds pas vraiment à ce qu'ils attendent.

— Oh, c'est dur. Pourtant, vous n'avez pas l'air désagréable ! »

Blanche lève les épaules, résignée.

« C'est comme ça… et vous, toute votre famille est ici ?

— Presque toute…

— Elle est drôle, votre sœur !

— Apparemment ! Je l'ai découvert en même temps que vous, en fait.

— Comment ça ?

— Eh bien, entre nous aussi, c'est plutôt froid normalement… Nous ne sommes pas très proches, contrairement à ce que vous avez pu percevoir. Très différentes depuis toujours. Je ne sais pas pourquoi, mais nous n'avons jamais tissé de complicité. J'ai été dure avec elle. En plus d'être drôle, j'ai compris qu'elle n'était pas rancunière. C'est elle qui m'a emmenée ici. Serais-je toujours de ce monde sinon…

— Au moins, elle vous accepte comme vous êtes… Et votre grand-mère est épatante !

— Nous avons une relation exceptionnelle, indescriptible. Il faut la vivre pour la comprendre. Elle a l'œil et l'esprit vifs, déborde d'ingéniosité pour vous mettre du baume au cœur, et sa simple présence apaise. Pourtant, nous venons de perdre sa meilleure amie, ma deuxième grand-mère de cœur. Elle s'appelait Cali. Elle m'a fait promettre de trouver le bonheur… »

Blanche a la réponse à ses questions. Elle rit intérieurement d'avoir envisagé d'autres rôles à cette octogénaire.

« Oh, regardez ! C'est une pensée, ma fleur préférée !

— Ah oui ? Et vous en avez déjà mangé ?

— Ça se mange ?

— Oui, madame ! Ah… On ne vous apprend pas ça dans vos formations de diététicienne ! la taquine Victoire. Si ça se trouve, c'est plein de vitamines. J'ai beaucoup cuisiné les herbes et les plantes avec Cali. La matière est passionnante ! »

À cette heure-ci, le jardin n'est plus animé. Les branches courbent la tête et les arbres sont dépourvus de leurs dernières feuilles. L'ambiance pourrait susciter la tristesse, mais les promeneuses ne le vivent pas ainsi. Une complicité naît entre ces deux femmes qui se quitteront pourtant le lendemain. Il est temps de rentrer. Blanche salue Victoire à l'entrée de l'hôpital. L'une est heureuse de ce moment simple et riche d'humanité, l'autre, légère, retrouve sa chambre pour une dernière nuit. Elle avait oublié comme cela peut être doux, l'amitié…

38

1er décembre

Victoire a remercié les soignantes, excepté Blanche, appelée en urgence dans un autre service. Elle s'est résolue à lui griffonner une pensée, sa fleur, soulignée d'un «bonne continuation».

La voiture roule en direction de la maison. Elle regarde le paysage comme si elle le voyait pour la première fois. Les marais sont blanchis par les premières gelées, quelques chevreuils paissent dans la brume matinale. Constance a éteint la radio pour ne pas encombrer l'esprit de sa sœur avec les tristes actualités. Le moment est presque religieux, alors elle ne le perturbera pas avec une nouvelle annonce. Victoire découvrira dans quelques minutes son nouveau «chez-elle».

Jean et Lucie sont déjà présents. Le réfrigérateur est plein, les draps sont propres, et l'étagère de la salle d'eau regorge de produits qui sentent bon. Lorsque les sœurs entrent chez Cali, Victoire n'a pas besoin d'explications. Auparavant, elle aurait détesté autant de monde dans son intimité. L'idée qu'on ait touché à ses affaires pour organiser un déménagement, sans son accord, l'aurait mise hors d'elle. Mais, à ce moment précis, elle est heureuse qu'on s'occupe d'elle. Elle n'est pas encore à l'aise avec ces témoignages d'amour, mais ils la touchent à tel point que ses yeux s'embrument. Son père, pourtant si réservé, s'approche pour la serrer dans ses bras… longtemps. Les quelques larmes de la famille sont celles du soulagement et de l'unité.

Janis profite de ce moment pour faire une entrée magistrale. Le dégradé turquoise de sa robe longue, en total décalage avec la saison, pique les yeux. « Qu'importe la forme, dirait-elle, interroge le fond ! »

« Salut la compagnie ! Comment vont mes deux grandes filles ? »

Elle n'attend pas leurs réponses puisqu'elle a déjà sondé l'état de chacune d'un coup d'œil.

« Savez-vous que nous sommes le 1er décembre ? Il est temps d'entamer le calendrier de l'avent !

— Tu es catholique, maintenant ?

— Catholique, non ! Croyante, oui ! Et ne me demandez pas en quoi…, réplique-t-elle, amusée.

— Oh toi, tu as quelque chose derrière la tête ! » s'exclame Constance, fascinée et intriguée par l'entrain de sa grand-mère.

Elle ouvre doucement ses deux mains pour présenter, pareillement à un trésor, une petite boîte en bois.

« Je vous ai fabriqué ce jeu de cartes de toutes pièces ! Chaque jour, vous devrez en lire une ensemble, puis répondre honnêtement à la question posée. La règle est aussi rédigée par mes soins, alors prenez le temps de la consulter. Je compte sur vous ! »

Le coffret est magnifiquement gravé. Victoire remarque les tulipes et Constance lit les initiales « V & C ». Le verso des cartes est somptueusement orné de feuilles, de fleurs et de symboles en tout genre dont elles devraient découvrir la signification au fil des jours. Ce jeu est une œuvre d'art.

« Et quel est le cadeau de la vingt-quatrième carte ? demande Victoire.

— Patience, jeunes filles... », répond Janis, usant de sa moue coquine.

Une fois seules, les deux sœurs retrouvent leurs fauteuils attitrés, ceux dans lesquels elles ont passé leur dernière nuit, avant de partir avec les pompiers. Excitée par ce nouveau challenge, Constance attrape la première carte.

« QUELS PAYS OU RÉGIONS AIMERIEZ-VOUS DÉCOUVRIR ET POURQUOI ?

« Si vous ne répondez pas, vous devrez piocher une carte “Gage”. »

« C'est quoi, ce jeu ? questionne Victoire, relativement déçue.

— Alors là... »

Les deux filles se retrouvent comme des enfants, interdites.

« Je pense qu'on devrait quand même s'y tenir. Connaissant Janis, il y a un sens à tout cela. Tu commences ? »

Victoire se lance la première. Il fut un temps où elle avait projeté de partir avec Malik à la découverte des aurores boréales, en Islande ou en Norvège, mais l'idée est tombée aux oubliettes puisque Malik n'est plus là. C'est ainsi que le sujet dévie sur son ancien collègue et ami. Constance découvre à quel point ils étaient proches. Elle ne savait pas qu'ils partageaient autant de temps ensemble et comprend mieux la solitude de sa sœur suite à l'arrivée de Cerise.

Puis Constance évoque son souhait de partir aux Antilles, dans un hôtel où elle n'aura à faire ni ménage ni repas. Elle veut de la chaleur aussi. En maillot de bain, les peaux se retrouvent… Bien que Constance présente toujours tout avec sourire et dérision, Victoire décèle que, parfois, sa sœur vit difficilement sa condition de femme au foyer.

Janis, derrière ses rideaux, surveille. Elle constate, non sans fierté, qu'elles sont enfermées à discuter. C'est plutôt bon signe ! Elle fait réchauffer un gratin de légumes, mais, demain, Victoire prendra le relais. Elle doit se remettre en selle !

39

Constance patiente à la sortie de l'école, le goûter fraîchement acheté à la boulangerie entre les mains. Elle a réservé la séance de cinéma, qui commence dans trente minutes. En observant les formes des autres mamans accrochées à leurs poussettes, elle déculpabilise. Soyons fous, le film sera saupoudré d'une belle dose de pop-corn ! Au diable les kilos en trop ! Après ce rapide soulagement, la honte rebrousse chemin, car ces jeunes mères aux bourrelets disgracieux détiennent à pleines mains l'excuse qu'elle n'a pas... un nouveau-né ! Rien à voir avec son sachet de chouquettes, qu'elle glisse discrètement dans son sac... Et s'il était temps de songer à un petit frère pour Clothilde ? D'autant que son approche de la fratrie est en pleine mutation. Jusqu'alors, cette importance ne lui avait jamais sauté aux yeux. Elle revendiquait même les avantages de l'enfant unique. En reconsidérant le bilan avec sa sœur, le sujet mérite réflexion. Il va falloir se remettre à l'entraînement ! Et on ne parle pas de sport...

Victoire, elle, s'étonne d'avoir rapidement pris ses marques dans la maison de Cali. C'est naturel, comme si c'était écrit. Son appartement ne lui manque pas, elle l'a déjà oublié. Dans sa nouvelle chambre, ses vêtements sont soigneusement rangés dans la vieille armoire en bois. La tapisserie vintage, teintée d'orange, de jaune et de blanc est intacte. Toutefois, on ne se voit presque plus dans le miroir central. Le look de ce mobilier est joliment désuet… Elle attrape un jogging et file à la douche, ressentant le besoin de se laver de ces longues journées passées à l'hôpital. Elle sent sur elle le parfum de sa chambre aseptisée. Quelqu'un a déjà dû l'y remplacer. Blanche aura-t-elle lu son message avant que l'équipe de nettoyage ne passe ?

À en croire l'étagère de la salle d'eau, Constance a dévalisé le salon de beauté : pain de savon au lait d'ânesse, gommage végétal pour le corps, shampoing spécial volume, masque bonne mine et gel douche pailleté ! Elle y est allée un peu fort, Victoire n'en est pas encore à ce stade…

Bien qu'abandonné dans un coin du séjour, revoir son ordinateur lui déclenche un pic d'angoisse. Ce fut son unique compagnon les semaines passées. Elle travaillait avec lui, communiquait à travers lui, partageait son café avec lui et s'endormait sur lui… Pendant ce temps, son univers se dépeuplait. Victoire détourne le regard. Pour le moment, elle n'est pas prête à affronter le monde du travail. Son arrêt est prolongé jusqu'à la nouvelle année, alors il est encore tôt pour songer à ce qui l'attend. L'avenir est encore nébuleux.

Attablée devant sa soupe de poireaux, elle feuillette les prospectus remis par le service hospitalier : « Arrêter la cigarette, c'est possible au 39 89 », « Alcooliques anonymes partout en France»... Victoire ne se sent concernée par aucun de ces documents. Inévitablement, elle se sent mieux, mais pour combien de temps? Et comment guérir si elle ne sait pas ce qui ne va pas?

Un Post-it est collé sur son ordonnance: c'est Blanche qui lui a noté le numéro d'un proche, infirmier libéral. Parfait, elle le fera venir la semaine prochaine pour sa prise de sang. Et en post-scriptum, un rappel: «SVP pensez à vous faire accompagner.» Consciente de cette nécessité, Victoire acquiesce.

40

2 décembre

Victoire est dans le coaltar, comme diraient les marins du coin. Elle a tellement dormi qu'elle en est fatiguée. De toute manière, il pleut des cordes et elle n'a rien de programmé, ni pour aujourd'hui ni pour les jours à venir, si ce n'est une marche quotidienne. En regardant à la fenêtre, elle constate que Janis n'est pas dans son atelier.

La maison n'est pas très grande et le ménage a été fait par ses parents. Le repas attend sagement au réfrigérateur... Difficile de ne rien faire quand on a usé chaque seconde auparavant. C'est presque douloureux de sentir son corps se relâcher. Pour le cerveau, c'est pire, il se sent perdu à tourner en sous-régime. Pour le moment, le poste de radio reste éteint, car Victoire ne désire pas se connecter à la réalité. Il est encore trop tôt pour elle. Bien qu'un peu désemparée, elle veut expérimenter encore cette stratosphère, cet « entre-deux-mondes ». Le silence ne l'agresse plus et elle tâtonne avec curiosité dans ce nouvel univers. Elle souhaiterait juste un feu de cheminée pour l'accompagner d'un peu de chaleur.

Assise dans son fauteuil, Victoire voit le brin de muguet fané qui paradait dans son ancien appartement et que sa famille a eu la délicatesse de déménager. C'est un peu de Cali auprès d'elle. Elle pose ses yeux sur différents objets de la pièce, sans vraiment les regarder. D'abord les rideaux, alors que son esprit vogue en Crète sur ce chemin où elles sont tombées en panne. Puis la coupe de fruits, ses pensées volant vers Malik, certainement bien installé avec Cerise. Le tapis, au moment où elle se rappelle son enfance, son vélo, ses genoux écorchés, les vacances en famille, les cours de solfège abandonnés, son ex, l'hôpital, Blanche... Finalement, elle prend conscience que cette inaction, imposée par la vie, est nécessaire. Elle a troqué son hyperactivité physique et mentale contre une forme de voyage intérieur. Les souvenirs s'entremêlent, les réflexions s'entrechoquent. Sa peau se tend, puis se détend, ses poils se dressent, son ventre se tord et ses orteils se crispent. Enfin, un sourire germe. L'espace de quelques minutes, elle a grimpé jusqu'à atteindre un nouvel horizon. Elle a mal, mais au final se sent mieux. Les réponses arriveront comme ça, au fil du temps.

La vibration de son portable la ramène à sa sœur :

> Constance
> « Cc. Bien dormi ? J'avance te voir. Guillaume part à la piscine avec Clothilde. »

> Victoire
> « Cc. Trop dormi... Le matelas est top ! Tu ne les accompagnes pas ? »

Constance
«Tu m'as vue avec un bonnet de bain?»

Victoire
«Ah, ah! Je t'attends pour la deuxième carte!»

Les choses changent... Constance qui décide de venir voir sa sœur sans réel motif et Victoire qui se réjouit de la recevoir! Elle songe à son vieux magnétophone à cassettes: combien de fois a-t-elle appuyé sur «Return», puis sur la touche rouge «Enr.» pour enfin enregistrer *Runaway* sans que le groupe The Corrs soit coupé par le présentateur ou la publicité... Peut-être que pour elles aussi, après plusieurs essais, il en sortira une jolie mélodie.

Entre-temps, c'est Janis qui débarque, trempée jusqu'aux os et un panier sous le bras.

«Oh! Je n'ai pas pensé que c'était le marché. Tu aurais dû me le dire! la gronde Victoire.

— Gaël nous a ouvert quelques huîtres. Il devrait venir te voir samedi prochain, lui répond Janis, pleine de sous-entendus.

— Tu crois franchement que j'ai la tête à ça?

— Justement, ma petite! Tu as une semaine pour te refaire une tête!»

Victoire lève les yeux au plafond, sa grand-mère est incorrigible... En rangeant les oranges et les kiwis, elle se demande pourquoi sa sœur n'est pas encore arrivée.

«C'est bizarre, non? Ponctuelle comme elle est. Il est peut-être arrivé quelque chose.

— Tu as peur de ça ?

— Oui… maintenant, oui.

— Tu sais, ma chérie, tu vivras inévitablement des moments tristes, difficiles et peut-être même des drames. L'important, si ça arrive, c'est de te demander si tu as su être heureuse auparavant, si tu as su saisir les ailes du bonheur avant qu'il n'y manque quelques plumes. Ne laisse pas la peur avoir plus d'emprise sur toi que ton propre épanouissement. »

Constance ouvre la porte sans frapper, mettant fin aux échanges de Janis et Victoire, mais le message est transmis.

« Désolée, je ne pouvais pas attendre dehors. C'est de pire en pire ! Les marchands ont ramassé leurs étalages. Maintenant que le vent s'est levé, la police municipale leur a demandé de rentrer. Un avis de tempête est annoncé. En voulant t'acheter des magazines pour demain, je me suis rendu compte que je ne savais même pas ce qui t'intéressait… Alors j'ai écouté mon intuition. »

Recettes Marmiton pour lui remettre le pied à l'étrier, *30 millions d'amis* « spécial chats » pour le cas où elle écouterait le conseil de Blanche, *Dr Good* parce que Constance adore Michel Cymes, et *Art et Décoration* si toutefois la maison de Cali nécessitait quelques agencements. Victoire est touchée par l'attention de sa sœur et se promet de jeter un œil aux revues.

Janis a dressé la table, si heureuse de se retrouver avec ses deux petites-filles dans la bonne humeur. Elle en rêvait… Ce midi, elles dégusteront un bœuf aux carottes, cuisiné par Jean. Ce sera la première fois depuis des semaines que Victoire avalera un morceau de viande. Elle sait qu'il faudra y aller doucement sur la quantité. Cependant, avant de se mettre à table, Constance, trop impatiente de connaître la deuxième carte du jeu, s'empare du précieux coffret.

«Alors, alors… Prête ?»

«QUELLE PERSONNE TE FAIT FANTASMER? TOUJOURS EN TOUTE HONNÊTETÉ…»

«Janis ! s'écrient les deux sœurs.

— Ce n'est pas une question de grand-mère à petites-filles ! Une mamie demande leurs plats préférés, le cadeau de Noël qu'elles voudraient, mais surtout pas leurs fantasmes ! s'étrangle Constance.

— Oh ! Je t'arrête tout de suite…, rétorque Janis, sous les yeux amusés de Victoire. Ce n'est pas moi qui te pose la question. Je te rappelle que ce jeu est pour vous et que VOUS avez décidé de jouer devant moi ! Maintenant, vous pourrez y répondre en mon absence !

— Mais c'est quand même toi qui as eu l'idée de cette question ! Avoue que ce serait improbable dans une autre famille que la nôtre…»

Elles rient à l'unisson. Et Constance de reprendre:

«O.K., on répond devant toi, mais tu dois y répondre aussi !

— Parce que c'est une idée de petite-fille, ça, peut-être ?» s'amuse Janis.

Tout en servant les assiettes, Victoire réfléchit à sa réponse, mais sèche complètement.

« Il y a forcément quelqu'un qui anime tes nuits en secret ! Si tu ne veux pas l'avouer, nous tirerons une carte Gage. Pour ma part, c'est peut-être stéréotypé et je sais qu'il est un peu vieux pour moi… c'est *Patriiiiick*. Patrick Bruel ! »

Victoire explose de rire.

« À l'inverse, il serait bien trop jeune pour moi. Toutefois je te rejoins, ma petite, il a quelque chose de très attirant. Nous avons les mêmes goûts !

— Son sourire en coin, son regard malin, sa démarche nonchalante… Et sa voix ! Quand Guillaume m'oublie un peu trop longtemps, je déshabille Patrick en secret. Alors, Victoire, tu ne veux toujours pas nous dire qui entretient ta libido clandestinement ?

— Franchement, ce n'est pas que je ne veuille pas… mais je ne vois pas. »

Janis les interrompt et confesse que son fantasme reste son Pierrot et que c'est toujours exquis :

« La plus grande confidence à ce sujet, c'est que, dans ces moments-là, mon corps ne souffre plus de ses 80 ans !

— Oh stop ! On ne veut rien savoir de plus…

— Victoire ?

— Si je dois être sincère, alors rien, nada… Jusqu'à ce midi, je ne pensais pas que ça puisse sembler anormal, répond Victoire, dubitative.

— Gage ! Tire au hasard dans le paquet ! » s'écrie Constance, éprise du jeu.

Victoire lit la carte à voix haute et ouvre grand ses yeux en y découvrant l'énoncé : « Partager une journée beauté ensemble. »

Jamais Victoire n'est allée chez une esthéticienne. Elle préfère opter pour le « rapide-efficace-économique » rasoir Bic. Ce qui aurait été une récompense pour Constance est en réalité un supplice pour sa sœur.

La cadette, surexcitée par cette bonne idée, a déjà tout orchestré : sauna, massage, maquillage, coupe de cheveux, shopping… Victoire en est fatiguée d'avance. Janis rit devant cette scène tout à fait improbable.

Après le déjeuner, la doyenne rentre chez elle pour sa sieste et Victoire rejoint sa chambre. Constance prévient son mari qu'elle rentrera lorsque le vent sera tombé puisqu'elle a reçu une alerte interdisant les habitants de sortir. Après l'excitation, le silence règne dans la maisonnette. Cette dernière, si petite soit-elle, est vraiment agréable. Elle est habitée de bonnes ondes. Constance attrape un magazine et s'enfonce dans son fauteuil.

41

3 décembre

Un dimanche. Cette journée tant attendue par les uns, largement appréhendée par les autres.

Constance raconte à Guillaume le détail de sa semaine, autour d'un café, alors que Clothilde dort encore. Jusqu'alors, il n'avait que des échantillons entre les brossages de dents et les couchers.

« Et quand reprendra-t-elle le travail ?

— Son arrêt est prolongé jusqu'à début janvier. Elle va mieux, mais je pense que le sujet est toujours sensible. Il faut encore qu'elle reprenne du poids. Le médecin traitant la reçoit chaque semaine.

— C'est surprenant de mettre ça sur le dos du travail, non ?

— Il s'agit d'un raccourci maladroit que certains nommeraient "burn-out". Mais je te l'accorde, à mon sens, ce n'est pas qu'au travail que ça ne va pas. Il y a comme un déséquilibre. Regarde, toi, tu travailles énormément, mais tu as tes moments en famille et les loisirs pour contrebalancer. C'est important. Nous te ramenons à autre chose.

Mets-toi un instant à la place de ma sœur, qui s'est perdue à la tâche pour pallier la perte de ses amis les plus proches. Cali, Malik… avec lesquels elle partageait ses activités comme le sport ou la cuisine. À un moment, la chaise trop bancale est tombée… avec elle dessus ! Et puis peut-être qu'elle n'aime plus son poste ? C'est bizarre, elle n'en parle jamais. »

Constance réfléchit à voix haute devant un mari rationaliste et perplexe.

« Et nous, notre rôle est de lui faire vivre de bons moments, ce que j'adore ! Est-ce que tu te rends compte que je passe enfin du bon temps avec Victoire ? »

La discussion prend fin au bruit des pas de Clothilde. Elle est tellement mignonne avec ses cheveux en pagaille, éparpillés autour de son visage marqué par les traces d'oreiller. Guillaume dépose sa tasse vide dans l'évier et sort chercher le sapin qu'ils habilleront tous les trois. La journée sera destinée à la préparation de Noël : décorations aux teintes rouge et or, rédaction de la liste de jouets à commander, recherche de recettes pour les fêtes… et peut-être même une bonne comédie romantique sous un plaid !

Janis reste enfermée. Elle a attrapé un gros rhume, certainement en allant au marché la veille. Quant à Jean et Lucie, ils ont longuement téléphoné à Victoire. Avec le mauvais temps, ils ne viendront pas jusqu'à Saint-Gilles. Néanmoins, elle n'est pas contrariée parce que, désormais, elle sait que, lorsqu'elle est seule, elle est quand même entourée ; et ça change tout.

Les revues sont étalées sur la table du salon. Elle attrape la première, mettant en avant «les terrines de fête». Au fur et à mesure des pages, les recettes du magazine lui envoient des décharges dans les mains. Victoire entend les casseroles l'appeler et les couteaux grincer des dents. Le «velouté de topinambours et panais» la démange, mais elle n'a pas les ingrédients nécessaires. Elle se reporte sur la «soupe de châtaignes aux champignons»! Une fois enveloppée dans le tablier que Cali lui a offert, elle ouvre les placards de la cuisine. Enfin, au passage, une petite tape sur le poste pour enclencher la radio. Les châtaignes cuisent dans le bouillon de légumes pendant que Victoire émince les champignons. Ail, thym et persil sautillent dans le fond de la poêle. Après un démarrage peu assuré, elle retrouve ses gestes fluides, son aisance à manier la queue des casseroles et le manche des ustensiles. La pièce se pare alors d'un parfum enivrant. Un tour de presse-purée, quelques centilitres de crème, et il ne restera qu'à griller des tranches de pain avant de servir. C'est reparti! Victoire se sent vivante après une heure derrière les fourneaux à renouer avec la cuisine, à reprendre confiance, à remercier silencieusement Cali de l'avoir mise sur les rails des plaisirs gastronomiques.

L'après-midi se passe entre lecture, sieste et introspection. Parfois, son regard se pose sur le coffret en bois gravé par Janis. Les tulipes, les initiales et ces questions... Elle commence à comprendre les intentions de sa grand-mère. Mettre du lien entre elles, apprendre à se connaître, n'est-ce pas un comble entre sœurs? Cali avait raison, elles ne se connaissent pas si bien que cela finalement. Victoire saisit le coffret et adresse à sa sœur la photo de la carte numéro 3 :

> Victoire
> « Si tu avais été un garçon, comment aurais-tu aimé t'appeler ? »
>
> Constance
> « La question mérite réflexion. Je reviens vers toi après le sapin et le goûter ! »

Victoire soupçonne sa sœur de procéder par listes, même les dimanches... Elle l'imagine tout à fait checker sur un carnet recouvert de cœurs : « couper les ongles de Clothilde » – « faire cuire les pommes de terre » – « sortir la poubelle » – « s'épiler les sourcils » – « vider le lave-vaisselle »... Est-ce qu'« écrire à sa sœur » est aussi énuméré sur sa fiche ou est-ce devenu spontané ?

Victoire a un penchant pour le prénom Camille : unisexe et intemporel. Puis les peintures de Camille Pissarro, si classiques fussent-elles jugées, ont toujours cultivé son imaginaire. Inspirantes, colorées, Victoire invente des vies derrière chacune d'elles : des enfants dansant en farandole derrière la maison, les poules picorant dans la cour de la ferme, un mari fatigué au coin du feu, une femme songeuse et peut-être amoureuse... Elle envoie une photo du tableau *Les Mathurins* pour illustrer son choix. Constance est assez surprise. Le sien est moins nourri de culture, bien qu'il soit porté par bon nombre de grands hommes. Simplement, elle aime ce prénom court, dont la première lettre, écrite en majuscule, l'ensorcelle : Henri.

Les échanges se poursuivent entre photos du sapin, marmite de soupe, sourires de Clothilde et pages de magazines.

42

7 décembre

Les sœurs ne se sont pas revues depuis la tempête de samedi, mais, pour autant, les sonneries de téléphone n'ont pas cessé de claironner.

Constance
« Tu fais quoi ? »

Victoire
« Cuisine, encore et toujours… »

***

Victoire
« Youpi, j'ai pris 2 kg cette semaine ! »

Constance
« Moi aussi, ça commence à craindre. »

***

Constance
« Ma voisine a eu des chatons. Tu en veux un ? »

Victoire
« Il faut peut-être que je sache nouer des liens avec les humains avant les animaux, non ? »

***

Constance
« L'infirmier est venu ? »

Victoire
« Oui, ce matin. »

Constance
« Il est comment ? »

Victoire
« Plutôt pas mal, Blanche a bien choisi. Et arrêtez de vouloir me caser ! »

Ce matin-là, Victoire avait pris rendez-vous avec monsieur Houspic, selon les recommandations de l'infirmière. Ils se sont très rapidement appelés par leur prénom, partant d'une impression commune qu'ils se verraient encore un certain temps. Qui plus est, ils sont du même âge et partagent la même passion pour la cuisine. Une forme de complicité s'est tout de suite installée entre eux. C'est ainsi qu'elle sut que Blanche et Martin s'étaient connus à l'école d'infirmiers, alors que lui donnait quelques cours du soir aux élèves de première année. Ils ont dû s'attacher l'un à l'autre à ce moment-là. Elle est venue le retrouver à Saint-Gilles, il y a quelques mois, dans un appartement voisin où Victoire habitait avant. C'est étonnant qu'elle ne les ait jamais croisés auparavant… En même temps, le rythme mené et les œillères qu'elle s'était greffées ne lui permettaient pas de les remarquer.

Ces derniers jours, grâce au jeu de cartes, Constance apprit que Victoire aurait aimé apprendre à jouer du piano, qu'elle avait mis du coton dans son soutien-gorge jusqu'à 22 ans et que le jasmin était son thé préféré. Quant à Constance, elle dut avouer qu'elle fumait parfois en cachette, de peur de perdre l'estime de ses parents, qu'elle aurait rêvé travailler avec des animaux et que, si elle avait pris autant de poids, c'est parce qu'elle compensait les absences de Guillaume à coups de cuillères de caramel au beurre salé. Les vertus de ce jeu, initié par Janis, étaient vraiment multiples.

Demain, elles partageront la « journée beauté » prodiguée par la carte Gage. Alors que Victoire n'était pas encline à subir une telle peine, la voici maintenant réjouie de se reprendre en main. D'abord parce que le miroir de sa chambre lui renvoie un physique pitoyable, ensuite parce que sa sœur commence à lui manquer. Et ce sentiment est aussi nouveau que surprenant !

43

8 décembre

Après un café partagé avec Janis, les deux sœurs descendent en direction du port. Le soleil est revenu et reflète de jolies teintes sur l'eau. Des pêcheurs à la ligne ont retrouvé leur poste sur le pont tandis que les gros bateaux sont au large depuis l'aurore. La saison de la crevette commence et il ne faut pas passer à côté !

C'est la première véritable sortie de Victoire depuis son séjour à l'hôpital. Ses sensations sont mitigées : à la fois pleinement ancrée dans une nouvelle ère, mais encore retenue par l'appréhension de croiser des collègues, témoins de l'*ancienne* Victoire. L'inquiétude ne dure pas, car sa sœur la tire rapidement vers l'entrée d'un immeuble, camouflant en réalité un temple du calme et du bien-être. Jamais Victoire ne s'était intéressée aux produits de beauté et encore moins aux instituts. En réelle novice, elle s'émerveille de la délicatesse des hôtesses, des fragrances émanant des crèmes de beauté, du soin apporté à l'exposition des produits commercialisés. *Un seul pot de crème au milieu d'une étagère, sous un éclairage rose, comme si c'était la septième merveille du monde! Il doit coûter une blinde...* Pas une porte ne grince, pas une saleté ne traîne. Tout est nouveau, presque irréel. Comment avait-elle pu en nier l'existence? Rien que la douceur des lumières vous caresse la peau. Même leur thé est irrésistible! *Dis, Cali, ça ressemble à cela, le paradis?*

Le hammam a contribué à expulser autant de points noirs que de fous rires. L'une comptait ses côtes apparentes quand l'autre cherchait les siennes. Constance ne résista pas à arroser sa sœur avec le jet d'eau froide, censé être utilisé avec précaution pour ne pas faire de malaise... Des enfants dans une cour de grands! Le gommage suivi du massage calma les esprits excités pour les plonger dans une douce introspection. Victoire observait la flamme des bougies. Elle se sentait divinement bien, se promettant de ne plus quitter ce sentiment de quiétude. Elle aimait foncièrement sa sœur et parvenait spontanément à le lui témoigner.

Le soin du visage précédait une initiation au maquillage.

« Ce n'est pas pour être désagréable, mais tu as quelques cernes à camoufler...

— Léger, le maquillage! »

Un peu groggy, Victoire ne réalise pas qu'elle vient de passer quatre heures à se faire chouchouter. Comment aurait-elle pu y croire il y a encore quelques semaines? Et la journée n'est pas terminée! Après avoir déjeuné sur le pouce dans une crêperie de la rue principale, les voici en route vers LE coiffeur visagiste, d'après Constance. Un rapide diagnostic et quelques propositions plus tard, le choix s'est arrêté sur un changement radical: ce sera une coupe à la garçonne, avec un rendu ultra-féminin ! L'aspect pratique pour Victoire, c'est qu'il n'y a que très peu d'entretien, donc pas trop de temps à passer dans la salle de bains. « Pour le côté sexy, vous n'aurez qu'à laisser les mèches du dessus vivre, batailler entre elles ! » Ce coiffeur paraît un peu trop perché pour elle, mais la transformation est séduisante. Une demi-heure de coups de ciseaux et le tour est joué. Avant qu'elle ne se découvre, Constance lui ajoute des boucles d'oreilles. Le résultat doit être prodigieux !

« 1, 2, 3… Tu peux ouvrir les yeux ! »

À la vue de son nouveau look, les joues de Victoire rougissent. Elle est bouleversée par sa propre mutation, qui n'est autre que le reflet de ce qui se passe en elle depuis quelques jours. Son bonheur traduit le succès de la journée, initiée par une grand-mère qui se trompe rarement…

Dernière étape : le shopping. Constance est déterminée à lui transmettre le goût de la mode. Adieu les tee-shirts sans forme et les jeans usés. Pour ce faire, Victoire se prend au jeu des essayages, parfois ridicules, avoueront-elles… L'égérie est parée pour l'hiver : pantalon droit en laine, short en velours, chemisier, blouse à carreaux, bonnet (sans pompon !), bottines et même une robe !

La métamorphose est saisissante et le plus surprenant est la coopération de Victoire, qui semble déjà apprécier sa nouvelle image.

Constance et Victoire ne se lassent pas de partager leur temps. Finalement, leurs moments s'articulent naturellement et sincèrement, au rythme de franches rigolades et de discussions de plus en plus profondes.

Déguisé, ce gage n'en était pas un. Janis est maligne. Chacune de leur côté, elles remercient encore secrètement leur grand-mère du jeu de cartes, cadeau inestimable dont elles n'ignorent plus du tout l'objectif.

44

9 décembre

La femme dans le miroir sourit. Son reflet lui plaît enfin ! Un léger trait de khôl, une couche de mascara et un peu de rose pour iriser les lèvres… Victoire reprend le chemin du marché d'un pas assuré, après des semaines d'absence. Vêtue de son long manteau noir en laine et d'une jolie écharpe en cachemire achetés la veille, sa nouvelle allure ne laisse personne indifférent. Elle s'en aperçoit et semble quelque peu gênée de surprendre des regards sur elle qu'elle ne connaissait pas encore.

Sur la place, tous avaient ouï dire de ses problèmes de santé. La vie de village… Tout se sait ! Alors commerçants et riverains sont ravis de la voir sous un nouveau jour. Et ce n'est pas Gaël qui dira le contraire… Cette fois-ci, il est complètement envoûté.

Guillaume étant accaparé par ses contrats, Constance et Clothilde sont arrivées plus tôt pour la retrouver au marché. Victoire choisit méticuleusement les fruits et légumes, car elle a en tête d'essayer de nouvelles recettes qu'elle mettra en bocaux pour offrir à Noël. Clothilde retrouve une copine et elles partent ensemble en direction du manège pendant que Constance garde tout ce petit monde à l'œil. Le panier est garni : noix de Saint-Jacques, joues de lotte, épices, fourme d'Ambert, crottin de Chavignol… Martin, l'ami de Blanche, s'est proposé pour goûter les différents mets, lors de son prochain passage, et Victoire s'en fait une joie. Partager sa passion, comme au temps de Cali, est une porte ouverte sur de nouveaux moments de bonheur. Pour clore ses emplettes, elle retrouve Gaël comme à son habitude. Le pauvre, il n'arrive plus à se débarrasser du sourire niais qui encombre son visage. Elle est tellement belle et rayonnante… C'est comme s'il la redécouvrait, telle une voiture de collection après être restée trop longtemps camouflée sous une vieille couverture. L'image peut sembler rétrograde, mais le résultat fait le même effet aux yeux de notre ostréiculteur troublé. Il voudrait la complimenter, mais c'est au-delà de ses moyens. Quant à l'essayer, il n'ose y songer.

Victoire le remarque. Sa candeur est séduisante, néanmoins elle ne s'attarde pas. Il ne lui provoque aucun effet, si ce n'est de la compassion.

Au loin, elle discerne une silhouette à côté de sa sœur. Son cœur se met à battre bien plus fort. Elle ne l'avait jamais vue les cheveux détachés, pourtant elle est certaine que c'est elle ! En s'approchant, elle voit Constance la montrer du doigt. Blanche se retourne et ne cache pas sa satisfaction.

« Victoire ! Vous êtes ravissante ! Si vous saviez comme j'ai été triste de ne pouvoir vous dire au revoir lors de votre départ de l'hôpital. Quel bonheur de vous retrouver en forme ! »

L'aînée ne peut cacher ses joues devenues roses, déstabilisée par cette rencontre. Elles se sont toujours côtoyées entre les murs blancs de l'hôpital et Victoire ne sait quelle attitude adopter. Leur amitié naissante lors de son hospitalisation était incontestable et, pourtant, elles se vouvoient et n'ont jamais échangé leur numéro de téléphone.

Constatant le trouble de sa sœur, Constance intervient :

« Janis nous attend. Vous voulez vous joindre à nous pour partager quelques huîtres ? »

Les voici, toutes les quatre, en route vers la ruelle des Oursins. Inutile de décrire la joie de Janis d'accueillir sa complice dans le plan d'évasion de sa petite-fille ! C'est ainsi que Constance expliqua que cette maison fut celle de Cali avant que Victoire ne l'intègre. Entre sa sœur, sa grand-mère et sa nièce qui n'en finissaient plus de raconter et de questionner... Victoire ne réussit pas à décrocher un mot. Et, finalement, cette situation l'arrangeait, car cela lui suffisait d'écouter et d'observer. Le tutoiement fut instauré. Blanche découvrit avec passion l'histoire de cette famille aussi rocambolesque qu'unie, pourvue de valeurs et qu'elle aurait rêvé de former avec sa mère et son frère. La famille Morineau ne fut pas surprise de constater la gentillesse, la maturité et la générosité de leur invitée. Bien qu'elle fût sans cesse sollicitée, Blanche accordait régulièrement un regard à Victoire, celui de l'infirmière qui sonde et veille sur sa patiente. Son pull rentré dans le pantalon laissait apparaître que Victoire avait repris des formes et que, malgré l'absence actuelle de sport, les courbes de son corps révélaient un passé musclé et sculpté.

Blanche, elle, portait une robe à col roulé laissant deviner une poitrine aussi timide que celle de Victoire. Mais ce qui interpella l'hôte n'était autre que son pendentif : une croix à laquelle il manquait une branche. Or, Blanche n'était pas du style à porter des vêtements et accessoires cassés. Elle paraissait bien trop soignée pour cela…

Finalement, les bocaux de Victoire servirent à un déjeuner improvisé.

S'ensuivit le récit du jeu de cartes, qui épata leur nouvelle amie ! Toutefois, Victoire demanda à sa sœur d'attendre qu'elles soient seules avant de tirer le prochain défi ; ce jeu étant trop intime pour en faire part publiquement. Quant à Clothilde, elle passa le déjeuner à s'improviser infirmière : un pansement pour l'une, un bandage pour l'autre.

« Depuis qu'elle t'a rencontrée, ma fille a décidé de devenir infirmière ! »

L'heure tournait et Janis remercia la tablée de ce merveilleux moment passé ensemble, avant de rejoindre son lit pour sa sieste quotidienne. Blanche complimenta Victoire pour ses talents de cuisinière et son rétablissement spectaculaire, puis quitta la maisonnette. La porte refermée, un poids disparut instantanément de l'estomac de Victoire.

« Tu es certaine que tu vas bien ? s'enquit Constance. Tu n'as presque pas ouvert la bouche, ni pour manger ni pour parler.

— En même temps, vous ne me laissiez pas vraiment l'espace pour en placer une ! esquiva l'aînée.

— Oui, j'avoue que nous avons peut-être été trop envahissantes... En même temps, elle est vraiment sympa, cette fille !

— Justement... moi aussi, je l'aime bien. On a créé un lien à l'hôpital que j'ai eu du mal à retrouver ici. Mon évolution physique m'a mise en difficulté devant elle. Je voyais bien qu'elle me regardait par moments.

— Elle a peut-être craqué pour toi !

— Pff, idiote ! Non mais elle a tout pour qu'on devienne amies et j'ai peur. J'ai la trouille d'être déçue, de perdre ensuite notre complicité, comme avec Malik ou Luís.

— Ah, merde à la fin ! Tu nous casses les pieds avec ça. Alors tu vas continuer à te priver d'amour et d'amitié par crainte d'être abandonnée ? Dans ces cas-là, saute d'un pont tout de suite, ma chérie, qu'on en finisse ! Comme ça, tu ne risqueras plus d'être ni heureuse ni malheureuse... »

Constance s'agaçait de cet aspect de Victoire qui réapparaissait chaque fois que le bonheur pointait son nez. Cependant Victoire avait échangé son enfermement et sa susceptibilité par l'ouverture et l'humilité.

« Je sais bien... Qu'est-ce que tu me conseilles ?

— Ne te pose pas de questions. Voici son numéro de téléphone. Invite-la à revenir en notre absence. Comme ça, on ne te polluera pas ! rigola la cadette. Discutez, buvez un coup, riez et tu verras. Elle aussi est en quête d'amis, elle ne connaît personne ici.

— O.K... Bon, on la regarde, la carte du jour ?

— *Yes !*»

Elles prirent place dans leur fauteuil respectif et lirent en chœur :

«QU'AIMERAIS-TU QUE TA SŒUR T'APPRENNE ?»

Elles décidèrent que chacune vaquerait à ses occupations, le temps de la réflexion, et se promirent d'y répondre par message, avant ce soir.

La fatigue pousse Victoire à se glisser dans son lit. Elle n'a pas encore récupéré toutes ses forces, consciente que les mutations qu'elle vit l'épuisent encore plus. Mais, après avoir tenté de multiples positions pour rejoindre Morphée, elle abdique. Trop d'idées se bousculent : les recettes à essayer, la question de la carte, l'amitié de Blanche, le retour au travail… Pour faire taire le petit vélo de son cerveau, elle se lève et procède par ordre. Sa sœur et ses check-lists ont déteint.

Victoire sort le sucre et la farine, puis casse les œufs, tout en réfléchissant à ce qu'elle admire chez sa sœur et ce qu'elle pourrait lui enseigner. Elle évince l'idée d'apprendre à marcher avec des talons, souriant à la pâte qui prend forme. Elle constate que sa sœur est en permanence dans l'acceptation : celle d'un mari absent, d'une sœur désagréable, de contraintes quotidiennes… sans jamais se plaindre. C'est alors que Victoire s'aperçoit qu'il faut beaucoup de courage pour ne pas être dans le reproche. Ne rien dire est certainement une des choses les plus difficiles à s'infliger ! Elle attrape son portable et envoie à Constance sa réponse.

Victoire
« La résilience. »

Pendant que les biscuits dorent au four, c'est au tour du « sujet Blanche ». Ses doigts enfarinés laissent quelques traces sur l'écran de son téléphone :

Victoire
« Je voudrais m'excuser, Blanche. Je ne suis pas des plus démonstratives et j'étais déstabilisée de te voir chez moi, avec ma famille, dans mon intimité… quand rien ne le présageait. D'autant plus que j'ai encore un peu de mal à te tutoyer. Ce doit être mon côté sauvage :) Et peut-être avais-je peur de ton jugement ? Pourtant, j'étais tellement contente de te revoir. Je suis en plein atelier pâtisserie. Est-ce que tu voudrais passer demain goûter des biscuits de Noël ? »

La réponse est instantanée.

Blanche
« Je travaille demain, mais je peux venir lundi après mon service. Je suis trop gourmande pour résister ! »

Victoire
« À lundi alors ! »

Victoire est heureuse.

Le four parfume la maison aux senteurs de Noël, même s'il n'y a pas l'ombre d'une décoration sous son toit. Jusqu'alors, Victoire n'avait jamais imaginé investir dans une quelconque guirlande. Les ornements à l'américaine, exposés chez sa sœur, lui ont toujours donné la nausée. Chaque année, le sapin se pare de couleurs différentes : rose et argent, rouge et or, puis bleu, cuivre… Les coussins du sofa, la nappe du séjour, les rideaux et même la vaisselle sont assortis. Victoire n'est pas encore prête à cette mascarade (le sera-t-elle un jour ?), mais elle voudrait suspendre à sa porte une couronne, symbole d'hospitalité. Ainsi promet-elle un accueil chaleureux à ceux qui entreront dans sa maison… Ouvrir la porte de chez soi, n'est-ce pas entrouvrir celle de son cœur ?

45

10 décembre

« Gage ! Tu n'as pas répondu à la carte d'hier ! »

Victoire est trop enchantée de réprimander sa sœur.

« Oh non ! J'étais partie retrouver des amis avec Clothilde et nous sommes rentrées tard. Ça m'est sorti de la tête…

— Vous êtes sorties sans Guillaume ?

— Oui. À force de répondre par la négative à chaque invitation parce qu'il est absent ou fatigué, je m'éloigne de mes copines. Je vois bien qu'elles m'adressent moins de messages depuis quelques mois… Hier, en partant de chez toi, j'ai proposé à Marie-Sophie de passer la voir sur la route du retour et figure-toi que les autres se sont joints à nous pour une soirée échafaudée au fur et à mesure. On s'est commandé des pizzas et les enfants étaient trop contents de se retrouver. C'était top !

— Et Guillaume n'était pas vexé ?

— Ça n'a pas l'air. Nous allons profiter de notre dimanche ensemble.

— Mais tu es tout de même redevable d'un gage ! Je pioche ? »

C'est ainsi que Constance se mord les doigts d'avoir négligé la question de la veille… Elle est maintenant contrainte de courir un footing avec sa sœur avant Noël. Quelle horreur ! Il fut une époque où elle était optimiste sur ses capacités mais, après plusieurs échecs cuisants, elle a rangé définitivement ses baskets. Quant aux bonnes résolutions de janvier avec ses copines à la salle de sport, elles n'ont duré qu'un trimestre. Inutile d'aborder les cours de renforcement musculaire, seule dans le salon, face à son écran, qui ne sont pas allés au-delà du mois d'essai… Même les bottes pour aller à la déchetterie ont plus souvent servi que ses chaussures de sport !

La carte du jour sollicite les sœurs sur les qualités de leurs parents. Ce à quoi elles s'accordent pour les qualifier d'intègres, discrets, disponibles et riches, évidemment !

D'ailleurs, Jean et Lucie viennent à leur tour rendre visite à Victoire en fin d'après-midi avec la ferme intention de parler des sujets importants.

Ils commencent par l'interroger sur son état de santé. Victoire est très rassurante : son organisme se remet et son poids atteint 53 kg depuis ce matin. Sa dernière analyse de sang présente quelques carences qui devraient s'effacer avec la prise de compléments alimentaires. Ses promenades quotidiennes au grand air lui font beaucoup de bien, surtout à la tête.

À ce propos, il fallait aussi un peu de temps à Lucie pour aborder la discussion avec beaucoup de tendresse. Sa fille va mal et c'est insoutenable pour une maman. Tout en respectant l'intimité de Victoire, elle veut comprendre ce qui l'a menée à cette forme de dépression.

Endossant la posture de femme et abandonnant celle de l'enfant face à ses parents, Victoire se confie, étape par étape. Elle n'a pas encore les réponses à toutes ses questions, mais elle avance.

Puis le rapprochement avec sa sœur, si curieux que cela puisse paraître, la ravit.

« L'étape Cali » fut rude, mais elle n'en souffre presque plus, gardant le meilleur de leur complicité. La cuisine, devenue une passion, la console et l'enchante. Lorsqu'elle s'y consacre pleinement, c'est comme le poète qui s'enrôle dans l'écriture. Ses méninges, ses tripes, ses papilles et son cœur y œuvrent en harmonie.

« Ne voudrais-tu pas te réorienter dans cette branche ?

— Cuisiner pour un restaurant ? Je n'ai pas les diplômes et les aspects rentabilité et rapidité ne me conviendraient pas. Je serais de nouveau irritable. Si c'est pour me dégoûter de ma passion, j'aurais tout perdu !

— Ta cuisine est délicieuse. Et si tu ouvrais un restaurant ?

— Il m'est arrivé d'y songer, mais la gestion du personnel et les charges me mettraient trop de pression et je n'apprécierais plus le métier. Être chef d'entreprise en France, c'est passer plus de temps à l'administratif, au respect des normes, aux ressources humaines, qu'à ton vrai savoir-faire…

— Ton père et moi craignons ton retour à l'agence. Bien qu'il ne soit certainement pas l'unique cause de ton mal-être, nous pensons que tu ne t'y épanouis plus.

— Moi aussi, j'appréhende… Je crois que j'ai besoin de nouveaux projets. Les autres préparent leurs prochaines vacances, l'agrandissement de leur maison, l'arrivée d'un enfant…

— Est-ce que tu te sens prête à reprendre tes fonctions ? Est-ce que tu en as envie ?

— Pour être honnête, non et non… »

Victoire en a une boule dans la gorge et contient les larmes qui menacent de jaillir. Elle se détourne vers le thé qu'elle touille nerveusement. Jean et Lucie s'adressent un regard entendu avant que Lucie ne reprenne la parole :

« Nous ne t'avons jamais rien imposé, mais, là, il y va de ta santé. Alors tu vas démissionner. »

Victoire la coupe, les yeux embués :

« Et comment je fais pour vivre ? »

La peur, encore cette foutue peur, lui remet un fil à la patte.

« Ne le prends pas comme un échec. Ce travail t'a plu et convenu un certain temps. Tu y as évolué rapidement d'ailleurs. Mais comme ce n'est plus le cas, tu peux t'autoriser à voler vers d'autres aventures. Cette maison est payée depuis longtemps et nous allons la mettre à ton nom en début d'année. Tu n'ignores pas non plus que nous avions placé de l'argent pour “le cas où”. Le moment est donc venu d'en faire bon usage ! Pour Noël, nous allons vous remettre une enveloppe, à ta sœur et à toi. Tu auras le temps de réfléchir tranquillement à tes projets. Le rendez-vous chez le notaire est déjà organisé pour jeudi prochain. »

Elle déteste se sentir redevable, mais elle sait pertinemment que le sujet n'est pas là. Ses parents ont raison. Malgré cela, un tas de pensées la traversent : *Comment le prendra monsieur Patron ?* Culpabilité… *Doit-elle attendre son retour pour adresser sa lettre ?* Droiture… *Et ses collègues, que vont-ils en penser ?* Loyauté… *Allô la confiance, quelqu'un peut m'aider ?*

« Hé ! Tu n'as tué personne, que je sache ! Alors pourquoi ces sentiments ?

— J'ai l'impression de les trahir. Ils comptent sur moi.

— Quand on signe un contrat de travail, on ne s'engage pas à vie. Puis tu ne pars pas à la concurrence… S'il a besoin d'explications pour accepter la nouvelle, adresse-toi à lui honnêtement. Alors, prête pour un nouvel épisode ? » s'enquiert Jean.

Le sourire de Victoire manque encore de confiance, mais la promesse d'aller en ce sens est la meilleure réponse qu'il pouvait obtenir.

46

11 décembre

Les bocaux s'entassent dans la cuisine de Victoire : brandade de morue, joues de porc aux aromates, velouté de châtaignes, clémentines confites et autres couvrent la crédence. Les pains d'épices rassissent dans les boîtes métalliques disposées tant bien que mal en une tour semblable à celle de Pise ! La pièce devient étroite et elle se demande ce qu'il adviendra de toutes ces préparations. Victoire aurait bien testé des pommes pralinées au four, mais, cette fois, les quantités stockées seraient démesurées et il ne faudrait pas jeter. Si bizarre que cela puisse paraître, Victoire aime cuisiner, sans être très gourmande pour autant.

Alors elle met ses ustensiles au repos et consacre sa journée à habiller les pots avec des carrés de tissu et des rubans brodés. Pendant que ses ciseaux fendent les textiles, elle repense à la conversation de la veille avec ses parents. Ce matin, elle s'est levée délestée d'un poids dont elle n'avait pas conscience. Monsieur Patron sera informé cette semaine pour que, dorénavant, il puisse s'organiser sans elle.

L'heure tourne. Il ne lui reste plus qu'à accrocher de petites étiquettes avant que Blanche n'arrive.

La nuit est presque tombée lorsque la jeune infirmière s'annonce. En entrant, elle s'extasie devant les pots soigneusement décorés et rangés :

« Waouh ! On dirait une épicerie d'un autre temps, comme celle des Oleson dans *La Petite Maison dans la prairie* ! L'odeur des épices, les couleurs de tes bocaux… C'est l'esprit de Noël ici ! C'est tellement enchanteur d'entrer chez toi. »

Un élan les pousse dans les bras l'une de l'autre, heureuses de se retrouver. Les marques d'affection ne sont pas la qualité première de Victoire, mais, avec Blanche, c'est naturel. Ne l'ayant pas connue auparavant, c'est plus facile. Elle n'a pas son mauvais caractère du passé à assumer.

« Accroche ton manteau. Un rooibos infuse pour accompagner les biscuits. Ton travail s'est bien passé aujourd'hui ? »

Secret médical oblige, Blanche n'entre pas dans les détails, mais en donne les grandes lignes. Autour de leurs tasses fumantes, les deux filles apprennent à se connaître davantage. Victoire lui raconte son passé avec sa sœur et leur rapprochement récent grâce au jeu de cartes qui ne cesse de dévoiler les facettes de chacune. Elle confie sa découverte des bienfaits du spa à 34 ans. Blanche ne prend pas le temps d'y aller non plus, mais en parler lui donne envie de s'octroyer un peu de bon temps. Un fou rire éclate lorsqu'elle raconte la gêne vécue la fois où l'esthéticienne lui avait demandé de se mettre à quatre pattes pour faire l'interfessier. Jamais Blanche ne s'était imaginé pareille position pour se faire épiler ! Le ridicule l'avait submergée et elle n'avait plus jamais remis les pieds dans cet institut.

Victoire ressent le besoin de confier à sa nouvelle amie la venue de ses parents ainsi que leur courage pour aborder des sujets avec lesquels personne n'était à l'aise jusqu'alors. Puis la décision de prendre un nouveau virage professionnel… C'est déroutant, intimidant, mais excitant. L'enthousiasme de Blanche est communicatif. Elle adhère à l'idée de se réinventer. Différentes professions sont passées en revue : fleuriste, travailleuse sociale, enseignante…

« Oui, je prendrai le temps d'y réfléchir. Pour le moment, rien ne me vient spontanément. J'ai besoin de clore le chapitre avec l'agence d'assurances avant de me projeter ailleurs. »

Blanche, elle, aurait aimé devenir danseuse professionnelle, mais, le niveau étant trop élevé et les possibilités d'en vivre infimes, elle avait jeté l'idée dans le coin poubelle de ses pensées. Sur les conseils parentaux, en misant sur le secteur médical, elle s'assurait un avenir. Victoire comprend mieux sa grâce, son élégance naturelle, ses chignons.

Ses yeux s'arrêtent de nouveau sur le pendentif posé sur la peau claire de son amie. La croix est incrustée de petites pierres. Ce pourrait être des améthystes, mais elle n'en est pas certaine.

« Ton collier est cassé ?

— En quelque sorte, oui… »

À l'expression de Blanche, Victoire comprend instantanément qu'il s'y cache une triste histoire et regrette de plomber l'ambiance. Partie sur la lancée des aveux, Blanche révèle avoir grandi dans une famille très croyante et pratiquante. Pas un dimanche la famille ne manquait à l'appel des cloches de l'église. Son frère et elle sont baptisés, ont communié, ont été confirmés. Jeune adulte, elle constata avec souffrance et regret que certains aspects de sa religion étaient incohérents. Après avoir été emmenée de force par sa mère pour se confesser de péchés qu'elle ne considérait pas comme tels, de colère, elle sectionna une branche de sa croix, en symbole de désaccord, de scission avec certaines règles du catholicisme. Les trois autres branches, fidèlement pendues à son cou, incarnent ce qu'elle désire retenir de sa confession : la compréhension et le pardon, l'amour et le partage, et enfin l'espoir.

« Ah oui, c'est musclé comme épisode ! Tu descends quand même les voir pour Noël ?

— Non, je ne suis plus la bienvenue.

— Et tu t'entends bien avec la famille de Martin ?

— Pourquoi ?

— Tu pourrais compenser avec tes beaux-parents... »

Blanche éclate de rire avant de lui répondre que Martin n'est pas son petit ami, juste son colocataire.

« C'est un ami. Il est comme un grand frère protecteur. Et ce serait compliqué de construire une vie avec Martin puisqu'il travaille aux heures de repas et se repose quand je travaille. »

Victoire est navrée d'avoir spéculé sur leur couple, mais étrangement soulagée.

« Et si tu restais dîner ? »

Ainsi, elles écument encore quelques heures pour en apprendre davantage. Victoire propose à Blanche de lui faire découvrir la région dès qu'il fera meilleur : les sentiers de la forêt, les marais salants, l'île d'Yeu qu'elle affectionne tant. En attendant que les beaux jours reviennent, Blanche lui suggère d'installer Netflix pour regarder ensemble des séries les jours de pluie. Que de projets !

Le soir, Victoire, assise dans son lit à contempler les murs de sa chambre, songe à Blanche. C'est si triste d'être fâchée avec sa famille… Elle saisit son téléphone et s'empresse de lui adresser un message :

« Et pourquoi tu ne ferais pas Noël avec nous ? »

47

14 décembre

Victoire et Constance sortent de l'étude notariale quelque peu décontenancées. Leurs parents les avaient informées de la volonté d'une donation, cependant elles ne s'étaient pas imaginé une somme aussi considérable. Constance est euphorique ! Elle voudrait crier la nouvelle, mais ce serait indécent. Lorsqu'elle essaye de lui téléphoner, Guillaume ne décroche pas, alors elle pleure sur le parking de l'office, à la vue des passants. Elle pleure sa stupéfaction, son exultation et, en secret, l'absence de son mari. Victoire est soulagée, elle peut annoncer sa démission en toute quiétude et réfléchir à l'idée qui lui trotte dans la tête. Les parents ont fait deux heureuses aujourd'hui et s'en voient comblés. Maintenant, elles ont la maturité pour en faire bon usage. Impossible de se quitter si simplement après ce rendez-vous insolite : les filles invitent Jean et Lucie au salon de thé à côté. Désormais, Constance connaît les goûts de sa sœur et lui en commande un au jasmin sans même la consulter. Victoire taquine sa cadette de ses excès de gourmandise, ce qui amuse les parents. Les choses ont bien changé en quelques semaines.

La conversation dérive vers le repas du réveillon. Jean et Lucie suggèrent de recevoir chez eux. Constance apportera la bûche. Victoire explique pour quelles raisons elle s'est permis d'inviter Blanche. Sans surprise, tous sont ravis de l'accueillir. Puis Victoire évoque son inquiétude concernant Janis.

« Je la trouve absente par moments et fatiguée. Ses siestes s'allongent chaque jour. Sa maison commence à être sale et elle ne va plus du tout dans son atelier depuis qu'elle a terminé notre jeu de cartes.

— L'hiver est rude pour les personnes âgées. Elle subit peut-être aussi le contrecoup du départ de Cali... Elles vivaient un peu ensemble finalement, veut la rassurer Lucie.

— En rentrant, elle s'est empressée de réaliser votre coffret, mais maintenant elle n'a plus de projets. C'est vrai que l'hiver, elle sort moins. Elle manque de soleil », poursuit Jean, pas plus angoissé que ça.

Constance, encore étourdie, suggère d'organiser un voyage avec elle aux Antilles.

« Vas-y avec ton mari. Janis supporterait difficilement le trajet, la chaleur et le décalage horaire, lui répond tendrement sa sœur.

— Je vais continuer à surveiller, mais, à quelques jours de Noël, elle devrait être enfermée dans son atelier à préparer des cadeaux insolites, des surprises farfelues. Or elle n'y est pas...

— J'irai la voir », promet Lucie.

Après de nombreuses accolades et moult remerciements, la famille se quitte. Comme tous les soirs depuis cette semaine, Blanche retrouve Victoire pour partager quelques anecdotes de leur journée, puis elles dînent avant de regarder un film.

En s'emparant de la télécommande posée sur le meuble, Blanche s'attarde sur un soliflore pourvu d'un brin de muguet courbant la tête.

« Tes clochettes font une triste tête, dis-moi !

— C'est vrai, mais elles sont précieuses.

— Il paraît que ça porte bonheur.

— Bien que Cali me l'ait offert pour cette raison, quand mes yeux s'arrêtent dessus, je me rappelle notre complicité en cuisine, son regard doux et malicieux, nos dimanches midi à la même table, nos derniers jours ensemble…

— Les souvenirs sont de précieux refuges.

— Mais s'ils m'échappaient avec le temps ?

— Mais si, mais si, mais si ! la reprend Blanche.

— Oui, je sais, je recommence.

— Pose-toi d'autres questions. Par exemple : "Qu'est-ce que je pourrais faire pour les oublier le plus tard possible ?" »

Victoire a conscience que ses réflexes seront difficiles à changer, pour autant, elle souhaite se sortir de ce mécanisme et entend la suggestion. Elle réfléchit à l'intensité de sa dernière semaine avec Cali, qu'elle veut garder en mémoire, ainsi qu'à Angéliki, qu'elle aimerait revoir.

« Tu viendrais avec moi en Crète ? s'enthousiasme-t-elle soudain. En y retournant, je suis certaine que d'autres épisodes me reviendraient !

— J'adorerais ! »

Victoire se ravit de l'ébauche de cette idée. Parcourir les routes de Crète avec sa nouvelle amie, aux bons souvenirs de Cali, serait fantastique.

Réconfortée, elle s'enfonce dans son fauteuil et accepte de regarder la comédie romantique que Blanche a réclamée. Elle est vraiment adorable ! Elle ne devrait pas porter un masque et une blouse, mais un costume de nounours ! Les larmes ont raison d'elle devant les films de Noël, elle adore tremper des biscuits à la cannelle dans son infusion, et lorsque la musique du film annonce un suspense, elle attrape un coussin pour cacher ses yeux. Victoire, elle, a dû troquer ses soirées bandes dessinées contre des comédies romantiques. Elle ne se reconnaît pas elle-même, mais, irrémédiablement, la légèreté lui fait du bien.

48

15 décembre

Au réveil, Victoire est envahie par la peur : et si Blanche la plantait comme l'a fait Malik ? Si le projet de séjour en Crète n'avait été qu'une discussion sans lendemain ?

C'en est trop ! Décidée à ne plus se laisser abattre, elle décroche son téléphone :

« Bonjour, je souhaite un rendez-vous de suivi psychologique à la demande des professionnels de santé qui m'ont prise en charge lors de mon hospitalisation. »

Elle explique rapidement l'historique des dernières semaines avant d'obtenir un rendez-vous. Le premier d'une longue série, l'a-t-on prévenue.

Sur la même lancée, elle appelle monsieur Patron, avec lequel elle échange pendant une dizaine de minutes.

Quel soulagement lorsqu'elle raccroche !

Sans surprise, il a d'abord été saisi d'incompréhension à l'annonce de sa démission, mais, après quelques échanges, il a compris les nouveaux désirs de son employée. Lui-même a été salarié avant de reprendre une activité à son compte. Jean et Lucie avaient raison :

quand on agit honnêtement, personne ne peut nous en vouloir. Comme dirait Janis: «Il faut avoir les cuisses propres, on ne sait pas de quoi demain sera fait!»

Constance termine les cadeaux de Noël tant que Clothilde est encore à l'école: réveil Reine des neiges, poupée qui parle et couronne de princesse seront ensuite cachés dans le grenier. Dans la ruelle des Oursins, le week-end sera plus triste, car Blanche travaille et ne pourra pas venir. Victoire aurait tellement aimé lui annoncer la bonne nouvelle: le médecin l'a contactée hier pour lui dire que, au vu de ses résultats, les prises de sang ne seraient plus nécessaires. Ça ne l'empêchera pas de convier Martin à revenir chez elle, il est tellement plaisant. Le médecin a également donné son feu vert pour qu'elle reprenne le sport en douceur, suggérant la marche, le pilates ou le stretching. En découvrant la liste jointe, mentionnant les thérapeutes qui pourraient l'accompagner, elle se félicite d'avoir pris les devants. Par la fenêtre, elle regarde le ciel d'hiver, chargé. *Cali, tu me vois? Tu es fière? Cali, je voudrais te raconter. Cali, tu me manques…*

Pourtant voisine, une autre personne lui manque: Janis. Il semblerait que sa joie de vivre, sa dérision, son œil malin se soient fait la malle. L'atelier est resté dans l'ombre toute la semaine. Cette grisaille ne laisse rien présager de bon. La seule réponse donnée à sa petite-fille est qu'elle se sent fatiguée, vidée. Cali a transmis ses recettes de cuisine, mais pas celles d'apothicaire… Si Blanche était là, elle pourrait l'aider. Victoire aurait bien volé l'idée à sa grand-mère de lui coller Clothilde une journée dans les pattes, histoire de la raviver, mais sa conscience lui dicte que le besoin n'est pas là. Peut-être que, après avoir égayé le cœur de son entourage, elle a besoin de se retrouver un peu seule ?

Elle décide de lui rendre visite. Assise face à elle, le coffret sur les genoux, Victoire passe en revue les dernières cartes tirées et raconte ses discussions avec Constance. La semaine étant axée sur la culture, leurs « livres favoris » furent l'objet de la première carte. De longs échanges construits et argumentés ont accompagné leurs réponses. Si elle s'était autant impliquée dans son oral au bac de français, Victoire aurait sûrement obtenu la moyenne ! En élèves studieuses et intéressées, elles ont discuté de leurs dernières lectures. Janis écoute attentivement.

S'ensuivirent « les musiques qui les font danser », puis « celles qui les font pleurer »... Janis n'en connaît pas une seule de la liste ! Leur « créateur de mode préféré » laissa Victoire perplexe, alors que Constance ne fut pas capable de parler de « la peinture qui l'envoûte » le jour suivant. Pour finir, arriva la carte où il fallut annoncer « les films les plus drôles ». Elles évoquèrent leur enfance, où les soirées d'été étaient ponctuées des *Gendarmes à Saint-Tropez*, des *Bronzés* et de *Scout toujours*, dérivant sur les émissions « Jeux sans frontières » et « Intervilles », qui les faisaient crier devant l'écran en mangeant un Mars glacé. Elles se sont rappelé aussi les dimanches soir devant *Benny Hill* avant de filer se brosser les dents et se coucher. Quels souvenirs ! Finalement, en creusant, elles en ont partagé, des bons moments, petites. Ce jeu de cartes est une pépite... Merci mamie !

49

18 décembre

Elles se sont adressé des messages tous les jours, l'une attendant des nouvelles de l'autre. Blanche profitait d'allées et venues aux toilettes pour regarder son téléphone à la volée et consumait ses pauses à répondre à Victoire, en peine d'idées de cadeaux pour Noël. Clothilde, pleine d'admiration pour Blanche, posa moins de difficultés : un déguisement d'infirmière et une mallette de docteur. À coup sûr, elles feront sensation ! Pour Jean et Lucie, elles pensèrent à un ouvrage pour parcourir les routes de Bretagne en camping-car.

> Victoire
> « Il devrait y avoir un large choix au rayon des plus de 50 ans ! »

> Blanche
> « Sûr que tu ne trouveras pas ton bonheur au rayon jeunesse ;). N'empêche, en van, ça doit être cool ! »

Victoire
« Attention, rien à voir ! Van et camping-cars ne se mélangent pas. Le premier demande un peu trop de souplesse pour la population du deuxième ! »

Blanche
« Mdr. »

Lors de sa pause suivante, en équilibre sur la pointe des pieds, semi-assise au-dessus de la cuvette pour ne pas toucher les bords de la lunette, Blanche manque de faire tomber son appareil en découvrant l'idée de cadeau pour Constance : une tenue de sport !

Blanche
« Excellent ! Mais elle ne va pas se vexer ? »

Victoire
« Oh non ! On lui prendra un jogging girly avec des strass ! »

Blanche
« En même temps, c'est mieux qu'une gaine ! »

Victoire
« L'un n'empêche pas l'autre ! »

Blanche
« Cap ?! »

Victoire
«Elle qui n'a pas l'habitude de pratiquer une activité sportive, il ne faudrait pas qu'elle fasse un malaise. Imagine le beau pompier au-dessus de princesse Constance qui la déshabille pour la réanimer et qui découvre la gaine !»

Blanche
«Suis mdr sur les W-C !»

Elles ont aussi beaucoup ri au sujet de Guillaume, que Blanche ne connaît pas encore.

Victoire
«Pourquoi pas un plâtre pour l'immobiliser quelques jours avec sa famille ?»

Blanche
«Si ce n'est que ça, je peux lui en faire un !»

Pour Janis, elles sont en manque d'inspiration. Prises dans leur délire, les deux amies, qui connaissent pourtant le peu d'intérêt que la doyenne a pour le matériel, s'écartent du seul cadeau à lui offrir : que ses petites-filles soient heureuses. Juste heureuses. Janis n'en a rien à fiche que ce soit Noël ou la saint-glinglin ! Pour elle, c'est fête chaque jour qu'elle peut les aider, répondre à leurs questions, partager quelques conseils et anecdotes. Elle veut continuer à s'extasier de leurs projets, de leurs vies familiale et professionnelle. Elle a élevé sa petite Victoire et, dorénavant, elle guette son épanouissement en devenir. *Victoire et Blanche* est un des plus beaux tableaux qu'elle ait contemplés.

Les heures écoulées ce week-end à l'hôpital n'ont pas anéanti Blanche. En ce jour de repos, elle s'empresse d'arriver chez Victoire, trop enthousiaste à l'idée de cuisiner des sablés de Noël ensemble. Victoire constate que, une fois l'approche timide dépassée, Blanche se dévoile joyeuse et spontanée. Sa bonne humeur est contagieuse et, même si les vieux démons de Victoire réapparaissent par moments, le sourire de son amie lui fait oublier sa peur d'être abandonnée. La cuisinière en chef a déjà préparé la pâte, histoire qu'elle ait reposé avant l'arrivée de Blanche. L'une choisit les emporte-pièces en forme de sapin pour ce qui deviendra des sablés au citron, l'autre préfère les étoiles pour ceux qui seront fourrés à la crème de marrons. Il n'y a plus de place sur la table… Pourtant il reste encore à disposer les croquants à la châtaigne et à mouler les pains d'épices. La cuisine est définitivement trop petite !

Blanche s'amuse comme une enfant. La pâtisserie lui va à merveille. Tout est rond chez elle : ses grandes lunettes, ses joues, ses boucles, ses fesses, et même sa bouche lorsqu'elle s'émerveille du projet de Victoire.

« Mais je ne suis pas certaine que ce soit réalisable, je n'aurai pas assez de place ici.

— Il le sera, mais pas dans cette cuisine, ça, c'est certain, lui confirme Blanche.

— Je ne veux pas déménager. Cette maison est trop importante pour moi.

— Pourquoi ne pas te créer un labo, quelque part près de la place du marché ? Avec une vitrine pour que les passants constatent que tu cuisines vraiment comme à la maison. Puis des étagères remplies de bocaux, de plantes à sécher, de récipients avec tes macérations... Tu pourrais t'équiper d'un piano de cuisson plus grand et de réfrigérateurs plus logeables, d'ailleurs. Pour autant, ça ne t'empêcherait pas de vendre sur le marché comme tu le souhaites. Je te vois bien dans une petite épicerie, avec ton tablier et ta charlotte sur la tête ! » renchérit Blanche, déjà conquise.

Victoire est épatée par sa perspicacité. Rien ne l'arrête, pas même la peur d'échouer. Elle est si volontaire et déborde d'ingéniosité. Elle devrait en prendre de la graine...

« Mais oui, tu as raison ! Je pourrais aussi me fournir en épicerie fine pour compléter et organiser des ateliers culinaires ! lui répond-elle, contaminée par son enthousiasme. Nous allons rechercher un local ! »

Marché conclu ! Les deux filles se tapent dans la main pour acter la décision. C'est alors qu'un énorme nuage de farine les ensevelit, entraînant un joyeux éclat de rire... encore !

Victoire allume le poste de musique pour maintenir la bonne humeur. Ainsi, elles poursuivent la confection de leurs biscuits jusqu'à épuisement de la pâte.

« Tu en as prévu pour un régiment ! À qui sont-ils destinés ? » l'interroge Blanche.

Victoire ne sait pas vraiment. Elle en mettra en sachets pour sa famille, mais il est incontestable qu'il en restera.

«Je te suggère que nous les offrions aux sans-abri le jour de Noël, tente Blanche.

— Excellente idée ! Nous pourrions parcourir les rues à l'heure du goûter.

— En parlant de ça, est-ce que tu sais à quelle heure nous partirons chez tes parents ? Je dois chanter à la chorale de la messe de Noël, qui aura lieu en fin d'après-midi. »

Décidément, Blanche est surprenante. Elle n'avait encore jamais mentionné qu'elle chantait, et encore moins à l'église. Victoire est étonnée, mais n'y voit aucun inconvénient.

« Tu m'avais dissimulé ce don ! Aurais-tu d'autres cachotteries ? »

Blanche sourit, perdue dans ses pensées et un peu embarrassée. Si Victoire savait…

Quoi qu'il en soit, elles feront leur distribution de biscuits à Noël. Victoire lui confie toutefois qu'elle n'a jamais assisté à la messe et qu'elle ne compte pas s'y rendre. Elle l'attendra gentiment à la maison.

Blanche regarde par la fenêtre la maisonnette de Janis. Elle aimerait lui rendre visite pour jauger son état de santé et pouvoir rassurer Victoire. Si elle en a le courage, peut-être osera-t-elle lui parler aussi de ce qu'elle garde en secret. Une grand-mère comme celle-ci, elle en a rêvé pour pouvoir se réfugier et se confier.

50

Envahie par les sablés de Noël, Victoire ne peut plus ouvrir la bouche, écœurée. Il y en a beaucoup trop ! Des grilles, remplies de biscuits aux formes de Noël, sont entreposées un peu partout, ici et là. Elle ne rêve que de s'enfoncer dans son fauteuil avec une tisane et un peu de musique. Elle s'en sert une et laisse tout en plan. Lorsque Blanche arrive à son niveau, elle s'est déjà assoupie. Bien qu'elle ait retrouvé forme et envie, il ne faut pas négliger que sa convalescence n'est pas terminée. Blanche tire un plaid jusque sur ses épaules et retourne dans la cuisine ramasser la vaisselle. Elle se sent tellement bien ici, comme enveloppée dans une robe de chambre. C'est petit, mais empreint de douceur. Et Victoire s'avère de plus en plus attachante. L'oiseau tombé du nid apprend à voler ; en déployant ses ailes, elle l'embarque au passage par sa clémence, sa simplicité, sa curiosité, et toujours cette fragilité sous-jacente, si séduisante… Victoire sourit en dormant. *Bon Dieu qu'elle est attirante ! Et si tout s'arrêtait ?* Parce qu'il y en a eu qui se sont éloignés et d'autres qui l'ont délaissée après avoir su. Elle ne veut pas perdre Victoire, ce serait trop douloureux… Le glaçage sèche et les plateaux sont colorés : elle se croirait dans un dessin animé de *Charlotte aux fraises* ! Elle embrasse Victoire sur le front avant de refermer la porte, un peu triste de devoir quitter cet antre de quiétude.

Le temps est glacial et le vent s'engouffre dans les ruelles. Les illuminations de Noël se balancent au rythme des rafales. Blanche est heureuse d'avoir débarqué dans ce village de bord de mer où l'on vit selon la cadence des marées et des retours de pêche. Ici, on porte bottes et ciré comme baskets et veste denim. De prime abord, le local n'est pas toujours bien causant et peut même sembler revêche, mais il a un cœur en or. Une collègue lui a dit qu'être vendéen, c'est avoir deux cœurs. Blanche a compris pourquoi à la librairie, en découvrant le symbole de la région, où deux cœurs s'entremêlent. La légende est belle, mais n'est certainement pas le fondement du blason. Elle en regardera ce soir l'origine sur Internet. Blanche accélère le pas et enfonce son bonnet sur ses oreilles, comme pour écraser ses pensées, dans ce cerveau qui ne cesse de tourner à haut régime chaque fois qu'elle quitte Victoire. *Penser à autre chose qu'à Victoire… Penser à autre chose qu'à Victoire…*

Toutefois son corps et son esprit ne parviennent pas à se détacher d'elle. Blanche s'arrête un instant. Elle remarque que la lumière est encore allumée chez Janis. Elle décide de rebrousser chemin pour frapper à la porte qu'elle n'a pas eu l'occasion ou le courage de pousser jusqu'alors.

La grand-mère de Victoire l'accueille presque sans surprise.

« Bonsoir, Blanche. Installe-toi, chuchote-t-elle comme si elle avait deviné que sa visite était confidentielle. Que me vaut ta visite tardive ?

— Vous ne dormez pas à cette heure-ci ? Habituellement, votre lumière est éteinte.

— Je me suis certainement trop reposée aujourd'hui. Les anciens se dérèglent, s'amuse-t-elle.

— Votre famille s'inquiète pour votre santé et, de mon côté, je crois avoir remarqué quelques signes de…

— … de vieillesse, la coupe gentiment Janis, imposant la fin du sujet. Rien d'alarmant. »

Elle ne l'a avoué à personne, par pudeur et par regret aussi, mais, depuis quelque temps, ses mains tremblent. L'âge fait son chemin et parfois le corps ne suit plus la tête. D'abord on ne se voit pas décliner et, quand on ne peut plus se voiler la face, alors il nous faut l'admettre. Bon sang que la vieillesse est vexante quand on fut si habile et toujours maître de soi ! Vieillir fait mal aux articulations, mais pas que… Voilà pourquoi depuis quelques jours Janis demeure recluse. C'est le temps de l'acceptation : dorénavant, elle devra se résoudre à demeurer spectatrice.

« Entendu, sourit Blanche. Sachez toutefois que, si vous aviez besoin, je suis là.

— Merci, ma jolie, lui répond-elle en se levant. Je suis piètre cuisinière, mais je peux te préparer une tisane ? Je crois que tu as des choses à me raconter, toi. »

Janis avait deviné que Blanche avait besoin de se confier. C'est ainsi que la jeune femme, d'abord peu à l'aise avec ses mots, les laissa sortir jusqu'à avouer ses sentiments pour Victoire.

51

19 décembre

Il ne reste que cinq jours avant Noël. Blanche est très matinale pour un dimanche ! Victoire est toujours en pyjama, mais qu'importe, elle est joyeusement étonnée de la voir arriver si tôt. La petite-fille a convié sa grand-mère à un petit déjeuner vitaminé, espérant la voir reprendre des forces : oranges, pommes, kiwis, clémentines et fruits secs garnissent la table.

« Les filles, ça me fait un bien fou de me retrouver avec vous ! annonce Janis. Je sais que vous vous inquiétez pour moi, mais ce serait surprenant qu'à mon âge je carbure comme en 40 ! balance la grand-mère pour rassurer Victoire.

— Mangez, Janis, ces fruits vont vous faire du bien. Nous pourrions peut-être aller marcher cet après-midi ? Il devrait faire froid mais beau. Nous avons toutes besoin de soleil en cette saison.

— Bonne idée ! » s'exclame Victoire avant de filer sous la douche.

Blanche et Janis discutent au-dessus des miettes qu'elles picorent. Elles ne se lassent pas l'une de l'autre et sont toutes les deux curieuses de mieux se connaître. Blanche parle de son amour pour la faune et de la formation qu'elle suit sur les thérapies grâce aux animaux. De fil en aiguille, elles échangent sur son enfance dans les Pyrénées, entourée de troupeaux. Ses yeux s'émerveillent quand elle relate comment son père prêtait main-forte, quelle que soit l'heure du jour ou de la nuit, lorsqu'une vache du hameau vêlait. Son sourire mélancolique s'élargit devant ses souvenirs. Janis, affectée par la relation de Blanche avec sa mère, ose l'interroger :

« Tu ne veux pas lui adresser un cadeau ? Ou même un mot pour Noël ?

— Si vous saviez le nombre de fois où je suis retournée vers elle. Même mon frère m'a fermé sa porte.

— Si j'ai un conseil à te donner, écoute-toi. Si tu ressens l'envie ou le besoin d'écrire à ta maman, n'attends pas. Peu importe que tu reçoives une réponse. Au moins, tu laisses la porte ouverte si elle voulait revenir.

— Je vais y réfléchir, mais pas maintenant », répond-elle à voix basse, en montrant la porte de la salle d'eau.

Victoire apparaît, un chemisier rentré dans son short en velours. Ses jambes semblent s'être allongées ! Vraiment, le changement est bluffant quand on se souvient d'elle il y a quelques semaines. Puis, sa nouvelle garde-robe ne semble pas la déguiser. Ce style lui convient parfaitement ; elle le porte à merveille !

« Ma chériiie… ! s'écrie Janis.

— Ne me regardez pas comme ça ! Vous allez me mettre mal à l'aise !

— Rien à redire ! » confirme Blanche, plus déstabilisée qu'elle ne le voudrait.

Elle se lève pour débarrasser la table du petit déjeuner, espérant dissimuler son trouble.

Toutes s'activent en cuisine pour nettoyer, puis Janis repart chez elle alors que les deux filles prennent la direction des commerces pour faire leurs achats de Noël. Les rues sont animées, les vitrines alléchantes, et le carrousel ne désemplit pas d'enfants emmitouflés. Les chants de Noël retentissent et un gros chaudron laisse échapper une odeur d'épices : c'est le vin chaud qui se prépare !

Victoire et Blanche marchent en cadence et leurs yeux sont attirés par les mêmes choses. Devant le magasin de chaussures, un bac garni de pantoufles les a interpellées.

« Pour Guillaume ! C'est plus facile à porter qu'un plâtre et le message de rester un peu chez lui reste le même ! »

Quant au jogging de Constance, il ne fut pas compliqué à choisir, car un seul était pourvu de paillettes, répondant à l'indispensable critère « girly » pour être porté ! Concernant le cadeau de Clothilde, Blanche était la mieux placée pour choisir et s'empara de la dernière mallette dont le kit médical était le plus fourni. Elle l'initierait à l'utilisation du stéthoscope et lui apprendrait comment immobiliser son père avec des bandages au genou. Puis Blanche tarda au rayon papeterie, passant en revue les cartes de Noël. Victoire comprit qu'elle écrirait à sa mère et se recula vers les livres de voyage, respectant l'intimité de son amie. En attendant, elle choisit un ouvrage des routes bretonnes, de Redon à Saint-Malo en passant par Brest. Ses parents devraient apprécier. Sur le retour, elles s'arrêtèrent à la crêperie, alléchées par les galettes à emporter. Pour une fois, Victoire n'aurait pas à salir ses gamelles parce que la cuisine, c'est bien, mais la vaisselle, ras le bol !

Le froid avait rougi leurs joues, le vin chaud avait coloré leurs lèvres.

Une matinée parfaite…

Mais, curieusement, Blanche est devenue plus triste après le déjeuner. Peut-être songe-t-elle à ce qu'elle écrira à sa maman ? À l'approche des fêtes, certains souvenirs sont plus douloureux. Victoire n'ose pas aborder le sujet.

En début d'après-midi, elles vont chercher Janis pour la balade convenue, car le temps est idéal : le soleil d'hiver est éclatant et on ne perçoit pas un brin de vent. Néanmoins, entrevoir l'île d'Yeu n'est pas un présage de beau temps. Qu'importe si la pluie s'annonce, pour le moment, elles profitent d'être ensemble. Janis salue de nombreuses têtes grises. Elles croisent l'ancien maire et sa femme derrière leurs déambulateurs respectifs. Pour illustrer le couple, Janis s'adresse à ses deux accompagnatrices :

« Que font deux vieux avant de faire l'amour ? »

Sans attendre leur réponse, elle chuchote :

« Ils cassent la croûte !

— Oh, Janis, c'est dégueulasse ! »

Elles rient tellement qu'elles sont contraintes de s'arrêter pour reprendre leurs esprits. Nul doute que Janis ait repris du poil de la bête. Après quelques blagues, face à l'océan, le silence s'installe. Seuls les goélands viennent perturber le calme de la corniche. Janis, les yeux fermés, respire l'air salin à pleins poumons. Le sourire de Victoire est figé, elle se sent heureuse, légère. Le regard de Blanche, lui, demeure perdu à l'horizon, marqué d'une expression que Victoire ne lui connaît pas. *Est-ce qu'elle est repartie dans ses montagnes ?*

Janis ne dînera pas avec elles ce soir, la marche l'a épuisée. Les deux filles, installées face à face comme à chaque repas, avalent leur soupe de légumes. Mais l'ambiance est pesante et Victoire ne comprend pas pourquoi. C'est particulièrement angoissant, d'autant plus quand on n'en identifie pas la raison… Tout est si parfait en ce moment. Justement, c'est trop extraordinaire pour Blanche, qui aurait dû fuir depuis le début de leur rencontre. Victoire lui fait trop d'effet et elle s'est embourbée dans une dépendance affective qui ne peut la mener nulle part. La passion lui a fait perdre le sens d'une réalité à laquelle elle ne peut rien : l'une aime les hommes, l'autre les femmes.

La vaisselle terminée, Blanche enfile son manteau. Elle ne restera pas regarder de film ce soir. Il faut qu'elle s'échappe au plus vite.

« Que se passe-t-il, Blanche ? Depuis ce midi, tu es différente, triste… Alors que nous avons partagé une super matinée ! Tu m'inquiètes… »

Blanche baisse la tête, elle est à deux doigts de s'effondrer.

« C'est à cause de ta mère ? De Noël qui approche loin de ta famille ? poursuit-elle avec autant de délicatesse que possible.

— Je t'expliquerai», lui répond Blanche, encombrée d'un grelot dans la gorge et quittant hâtivement la maison pour ne pas exploser.

Victoire reste médusée face à la porte qui vient de se refermer. Elle ne comprend ni ce changement soudain de comportement ni sa fugue. Où est partie leur complicité ? Elle ne sait pas ce que lui cache son amie, mais elle a mal pour elle. Elle voudrait lui crier de revenir, mais reste paralysée au milieu de la pièce. Tout à coup, un coup de vent s'engouffre dans la cuisine. La porte vient de s'ouvrir de nouveau sur Blanche, défigurée par les larmes.

«Je suis homosexuelle.»

52

20 décembre

Blanche est repartie aussi furtivement qu'elle était apparue dans l'embrasure de la porte, fuyant la triste réalité qui s'impose à elle. Celle qui l'a déjà fait souffrir, celle qu'elle a voulu oublier. Dans les ruelles décorées de sapins clignotants et d'étoiles filantes, la magie a disparu, la peur est revenue. Le froid la glace. La nuit, tous les chats sont gris… Sa mère et son frère l'avaient écartée du foyer tant qu'elle ne serait pas revenue « à la raison ». Ses amis d'enfance s'étaient terrés dans leurs vies rassurantes, sans donner signe de vie. Et le soutien de son père s'était envolé au paradis en même temps que lui… Il lui manque tellement. Lui qui avait deviné et accepté depuis si longtemps. Il avait été le seul. À son décès, Martin avait pris le relais de la présence masculine rassurante. Mais il fallait qu'elle construise sa vie à présent. Alors, que va-t-il se passer ? Victoire prendra-t-elle ses jambes à son cou ? Et comment accepter la simple amitié de la personne qui vous rend dingue d'amour ? Qu'est-ce qui sera le moins douloureux ? Ne plus côtoyer Victoire pour ne plus s'infliger la souffrance de l'impossible ?

Ou se nourrir des miettes d'amitié en espérant que le temps fasse son œuvre ?

Les questions et scénarios envahissent son cerveau jusqu'au point de rupture. Blanche s'est endormie, son portable à la main, tous deux dépourvus de batterie…

Néanmoins, Victoire lui a envoyé des messages jusque tard dans la nuit. Elle se répétait l'histoire en boucle.

« Reviens, je ne peux pas te laisser si mal. »

« C'est donc l'objet du conflit avec ta maman ? »

« Veux-tu que j'avance chez toi ? »

« N'aie aucun doute sur mon amitié. Je ne te laisserai pas tomber. »

« Réponds stp, je m'inquiète. »

Victoire, n'ayant reçu aucune réponse, s'est inquiétée toute la nuit et a fini par contacter Martin très tôt le lendemain, lequel la rassura. Il avait entendu Blanche rentrer et elle était repartie travailler ce matin. Après sa journée à l'hôpital, peut-être viendrait-elle ruelle des Oursins ?

Janis est venue laver ses draps dans la machine de Victoire. Elle détecte tout de suite l'inquiétude de sa petite-fille. Il ne faudrait pas que ses peurs reprennent le dessus…

« Tu me fais un café, ma chérie ? »

C'est ainsi que Victoire entreprend d'expliquer la nuit passée, nourrie d'angoisses, d'incompréhensions et de questionnements.

« Il est évident que Blanche traverse une crise. C'est nécessaire dans un processus d'avancement. Malgré ton inquiétude et ta peur de perdre son amitié, ça ne sert à rien de spéculer sur les raisons qui la mettent dans cet état. Elle seule pourra t'expliquer.

— Je ne comprends pas... À notre époque, elle sait bien que notre génération ne condamne pas les homosexuels. Il n'y a même pas de sujet.

— Elle fait son chemin. Tu lui as montré ton soutien, alors attends peut-être un peu.

— J'essaye... Il faudrait que je me change les idées ! Ça te dit d'aller faire un tour en ville ?

— Bonne idée ! »

À quatre jours du réveillon, il règne une euphorie envoûtante dans les rues. Les cartables sont remisés au placard pour deux semaines. Tout est fait pour émerveiller les petites têtes blondes : des rennes, des pères Noël et des bonhommes de neige à l'hélium flottent dans les airs, de drôles de lutins offrent des sucres d'orge aux gourmands, et des chevaux font tintinnabuler les cloches sur leur passage. Les mamans accourent chercher les derniers paquets, des groupes de chanteurs s'arrêtent où le vent les porte pour entonner quelques morceaux de gospel. Même les sapins parés de boules et de guirlandes donnent l'impression de danser. La joie a pénétré dans le cœur de Victoire. Désormais, tout ce qui touche au bonheur des autres la rend elle-même heureuse. On dirait bien que la petite porte de son cœur s'est ouverte. Elle prend le bras de sa grand-mère, l'invitant à se diriger chez le fleuriste. L'incontournable houx des fêtes de fin d'année encadre l'entrée de la boutique. Les étagères sont ornées de poinsettias, d'amaryllis et de roses de Noël. Janis n'adhère pas particulièrement à l'aspect commercial des fêtes, mais tout ce qu'elles représentent est si cher à son cœur. À cet instant, elle ressent le ravissement de sa petite-fille, dont les yeux s'attardent sur les décors pailletés.

« Nous n'avons jamais décoré de sapin aux Oursins ? interroge la grand-mère. Il n'est jamais trop tard pour bien faire !

— Que nous habillerons de boules et de guirlandes, pas de tes coquillages peinturlurés ! » lui répond Victoire sur un air taquin.

Une tape affectueuse dans le dos vient confirmer leur éternelle solidarité.

Alors qu'elles s'emploient à choisir le plus joli des conifères, une voix bien connue les interrompt :

« Salut, Victoire !

— Oh, Luís ! Bonjour… »

Victoire est surprise et quelque peu mal à l'aise de le rencontrer après leur conversation téléphonique de l'été dernier, dont l'objet était de mettre fin à leur relation. Toutefois il n'est pas seul. Elle reprend :

« Tu es venu passer quelques jours chez ta sœur ?

— Oui. Nous venons d'arriver et nous devons préparer la maison pour le réveillon en famille. Et… Je te présente Alba. »

Alba… Elle n'a pas plus de 25 ans, un teint hâlé, sans imperfections, des cheveux longs et souples, noirs comme l'ébène. Son sourire découvre des dents blanches parfaitement alignées. Il a dû la découper dans un magazine de mode ! Et il apparaît qu'elle fait déjà partie de la famille pour fêter Noël avec eux ! Non, Victoire n'est pas jalouse, juste observatrice. En fait, elle est même soulagée de le savoir accompagné (magnifiquement accompagné, même !). Cette superbe femme vient d'ôter une casserole à Victoire : la culpabilité ! La jeune Espagnole dégage énergie et malice. Tout ce qu'il fallait à Luís.

« Tu es ravissante. Quelque chose que je ne sais pas nommer a changé. Tu es heureuse, ça se voit et ça te va bien, reprend-il.

— Oui… Après quelques étapes douloureuses, je le suis. Merci.

— Je te laisse choisir ton sapin. Joyeux Noël, Victoire. »

Ils se quittent sans une once de regret pour leurs moments d'intimité, qu'ils garderont secrets. Il est adorable, mais elle n'éprouve absolument plus de désir pour le seul homme qui maintenait sa libido en vie.

Le choix se porte sur un sapin de petite taille. C'est une première, ne l'oublions pas… Elles verront l'année prochaine pour passer au format supérieur !

En arrivant à la caisse, les yeux de Victoire s'arrêtent sur cette fleur aux pétales de velours, la préférée de Blanche. Elle apparaît, simple et timide, plantée dans un pot en terre cuite sur lequel est gravé « Pensée à toi ». Elle regarde son téléphone, mais son écran n'affiche toujours aucun message…

L'après-midi est occupé à la décoration du sapin au son des chants de Noël. Si Janis était peintre, elle n'aurait jamais pu être chanteuse !

« Clothilde aurait adoré être avec nous ! déclare Victoire.

— Cette petite est une fée… D'un coup de baguette magique, elle t'a fait sortir de ton lit d'hôpital.

— J'étais dans un état pitoyable… »

Victoire s'arrête pour regarder sa grand-mère décoller l'étiquette sur l'étoile qu'elles accrocheront au sommet du sapin.

« Merci, Janis. Merci de m'avoir sortie de là et merci de m'avoir réveillée avec ce jeu de cartes. »

Victoire, auparavant avare de marques d'affection, se sent enfin en paix avec elles. Elle enlace sa grand-mère en signe de bénédiction.

La journée s'est déroulée à vitesse grand V.

Ce n'est que sur les coups de 19 heures que Victoire est relancée par sa sœur.

« Tu ouvres le coffret ? »

Ce qu'elle s'empresse de faire. Chaque jour, il leur brûle les doigts de découvrir ce qui les attend.

« VOUS DEVEZ CHACUNE VOUS ENGAGER, D'ICI À LA FIN D'ANNÉE, DANS UN ACTE DIFFICILE, MAIS QUE VOUS JUGEZ NÉCESSAIRE POUR VOUS SENTIR BIEN. »

Victoire lit et relit avec beaucoup de sérieux. *Qu'a bien voulu dire Janis ?*

« Waouh ! C'est chaud ! T'as une idée, toi ?

— Je crois que je devrais m'excuser auprès de Malik et prendre quelques nouvelles.

— Oh mais oui ! C'est bien, ça... Moi, je suis tellement parfaite que je ne vois pas auprès de qui m'excuser ! s'esclaffe Constance.

— Peut-être devrais-tu avouer à ton mari que tu zieutes le voisin ! » s'enquit Victoire, fière de sa repartie.

Un silence s'étale, lourd et en total décalage avec le climat léger des phrases précédentes.

« Que se passe-t-il, Constance ? Je t'ai vexée ?

— Ce n'est pas toi... Je dois te dire quelque chose.

— Tu m'inquiètes ! Je t'écoute.

— Guillaume a quelqu'un d'autre...

— Quoi ? Tu en es certaine ?

— J'ai plusieurs éléments qui me poussent à le croire, en tout cas.

— Comme ?

— Ses absences anormales... Il ne me parle plus de son travail et ne m'invite plus aux réceptions, alors qu'avant il était si fier de m'avoir à son bras.

— Oh, mais ça ne veut rien dire. Depuis combien de temps as-tu des doutes ? Pourquoi ne m'as-tu rien dit ?

— Parce que c'est toi qui avais besoin d'aide auparavant. Puis nous n'avions pas une relation propice aux confidences.

— Je suis tellement désolée d'avoir été une mauvaise sœur.

— Si tu l'étais, tu ne t'excuserais pas ! Je crois que je vais lui en parler. Ce sera mon engagement, comme le demande cette carte.

— Tu es prête à assumer ce qui peut se passer ? Tout est envisageable après une telle discussion.

— Non, je ne pense pas être en mesure d'accepter ce qui pourrait advenir, mais je dois me délester de mes doutes.

— Ma pauvre, je suis de tout cœur avec toi. Tu sais que, maintenant, tu peux compter sur moi n'importe quand. Même s'il faut lui refaire son dentier ! »

La tentative de faire sourire sa sœur au bout du combiné a échoué. Cependant, les deux sœurs raccrochent plus soudées que jamais. Victoire demeure pensive, assise seule à sa table de cuisine. Constance s'apprête à aborder une discussion qui pourrait tout faire basculer. Et Blanche, elle, est toujours aux abonnés absents…

Depuis quelque temps, Blanche et Victoire partageaient leurs soirées. Or, ce soir, la maison est dépourvue de paroles et de rires. Trop calme. Elle n'entendra pas ses anecdotes de la journée et n'envahira pas la pièce de sa bonne humeur. Leurs petites habitudes lui manquent, même le feuilleton quotidien à l'eau de rose, infligé par Blanche ! Elle n'a pas le cœur à le regarder sans elle. En guise de dîner, ce sera un œuf au plat face à une chaise vide. Elle ne s'était pas imaginé que son amie avait pris une si grande place auprès d'elle. L'absence de nouvelles est certainement le plus difficile à endurer. Comment ne pas s'alarmer ?

Victoire peut comprendre la détresse de son amie, mais pourquoi ne répond-elle pas à ses messages ?… Elle voudrait juste un mot.

53

21 décembre

«ÉCRIRE UNE LETTRE À QUELQU'UN QUE VOUS NE CONNAISSEZ PAS.»

Plus les jours passent et plus le jeu de cartes les pousse dans leurs retranchements. Constance n'a même pas encore parlé à son mari et Victoire cherche encore ses mots pour Malik…

Tout en ajoutant le sirop d'érable à sa préparation, Victoire se perd dans ses idées. *Un poème aux enfants de la maison Saint-Vincent-de-Paul à Nantes… mais ne serait-ce pas déplacé ?* Elle qui n'a jamais songé à adopter ni même à élever un enfant ! *Alors pourquoi pas une carte de Noël à un détenu de l'île de Ré ?* En même temps, elle ne se voit pas adresser ses meilleurs vœux à un tueur en série ou à un violeur récidiviste ! Son esprit s'oriente vers les personnes âgées abandonnées dans les maisons de retraite, lorsque le message qu'elle n'attendait plus arrive. Son cœur s'emballe anormalement et elle ne peut pas attendre de se laver les mains pour s'emparer de son téléphone.

> Blanche
> « Salut, Victoire. Je suis navrée. L'approche des fêtes doit amplifier le manque de ma famille. J'ai eu peur de te perdre aussi. Je travaille tard ces prochains jours, car beaucoup de mes collègues sont en vacances, donc ne m'attends pas. Je t'embrasse. P-S : Ne fais pas trop de gâteaux, j'ai pris 2 kg depuis que je mange chez toi. »

Après avoir laissé échapper un cri de soulagement, Victoire entame une danse improvisée dans son séjour, slalomant entre les fauteuils et la table du salon. Elle ne s'était jamais autorisé un tel lâcher-prise sans avoir ingéré une certaine dose d'alcool. Que c'est bon ! Elle fredonne des mélodies imaginaires en brassant sa préparation. Une fois le pain d'épices enfourné, elle s'installe à la table, munie de papier à lettres et de sa plus jolie plume. Elle sait maintenant à qui elle adressera sa lettre. Mais le temps est compté, Martin doit prendre la route après son ultime tournée de l'année.

54

22 décembre

Uriel est allée préparer l'église. Dans deux jours, elle participera activement à la veillée avec les habitants du village. Son petit-fils a été nommé pour déposer le petit Jésus dans le couffin de paille au cœur de la crèche géante. Pendant la messe, la communauté catholique aura les yeux rivés sur lui. C'est un acte si symbolique, un geste tellement important pour elle. Le renouveau… Quelle fierté ! S'il était encore de ce monde, Jacques serait indéniablement ému.

Uriel porte le nom d'un ange. Toutefois elle a remisé ses ailes sous son long manteau obscur, ne s'autorisant que ce que le Seigneur approuve. Même ses rêves sont bridés. Mais c'est comme ça… Question de génération ou d'innocence…

Sur le chemin du retour, elle s'arrête chez son fils récupérer son litre de lait pour la soupe du soir. Sa belle-fille termine le costume que leur petit portera à la célébration. Noël est la grande fête de l'année dans ce village où toutes les générations se côtoient. Bien qu'elle reçoive peu de courrier, elle ouvre sa boîte à lettres quotidiennement, en rentrant de l'église. Elle en sort une enveloppe dorée dont le timbre attire son attention : une colombe blanche, un rameau dans le bec, l'inscription latine *pax*. Il n'a pas été cacheté et elle est certaine de ne pas reconnaître la calligraphie. Son visage reste impassible, mais ses mains trahissent son agitation. Elle regarde brièvement autour d'elle, comme pour vérifier si l'auteur pouvait l'observer, puis accélère le pas pour s'enfermer chez elle.

Chère Madame,

Je vous écris, car, il y a quelques mois encore, je ne connaissais pas le véritable sens de certains mots. Vous savez, ceux qui sont l'essence d'une vie, raison pour laquelle nous sommes sur terre. Ceux qu'on cite trop souvent à la légère. Ces noms communs qui mériteraient pourtant une majuscule. Des mots que nous apprennent nos parents, nos enseignants, nos religions, n'ont-ils de sens que si les actes s'ensuivent ? Merci, Bravo, Pardon, Tolérance, Partage, Amour…

Je vivais égoïstement, sans m'apercevoir qu'outre le fait de me fermer au bonheur, je blessais mon entourage. Au fur et à mesure, j'ai perdu mes amis et un fossé s'est creusé avec mes parents. Je ne comprenais pas ma sœur, alors je la méjugeais, ignorant en même temps sa merveilleuse petite fille, ainsi que les joies que nous aurions dû partager et les peines qu'elle ne pouvait me confier. La famille avait perdu le sens prôné… Je suis devenue aigrie, critique, triste, au point de m'effondrer, hospitalisée, déprimée, insensibilisée.

Ma famille est trop délicate pour me l'avouer, mais ils ont souffert de ma rigidité, de mon absence d'empathie et de ma négligence envers eux. À quelques heures d'être internée en psychiatrie, une jeune femme est apparue dans ma chambre, en blouse blanche. Elle m'a sauvée. Ne croyez pas que j'exagère. Elle m'a réellement remise sur le bon chemin. Madame, vous avez une fille absolument extraordinaire. Les valeurs que vous lui avez transmises font d'elle une personne dont je suis fière d'être l'amie. Grâce à elle, j'apprends le pardon, j'accepte les différences, je découvre l'amour et l'empathie. Elle joue avec ma nièce, discute avec ma grand-mère, rit avec ma sœur… Or j'aimerais tellement qu'elle partage ces moments-là avec son frère, son neveu, sa belle-sœur et sa maman. Car c'est bien vous, sa famille.

À l'instant où je vous écris, elle pleure son papa disparu et sa maman…

Noël ne serait-il pas la plus belle occasion de vous retrouver ?

Une petite voix m'a soufflé de vous écrire.

Je m'appelle Victoire et vous prie d'agréer mes meilleurs sentiments.

55

À deux jours du réveillon, Jean et Lucie se font une joie d'accueillir leur famille. Certes, il manquera Cali, et nul doute qu'une pensée émue s'incrustera dans la soirée. Néanmoins, l'ambiance sera différente cette année. Leurs filles seront placées face à face et animeront la tablée de leurs anecdotes. Plus de regards dédaigneux, plus de tensions dans les actes, plus de remarques cinglantes. La fraternité a pris tout son sens.

Victoire n'a rien dit à Blanche de la lettre, s'agissant certainement d'un coup d'épée dans l'eau. Entre elles, la correspondance a repris, et c'est bien là sa priorité. Blanche reste temporairement dormir à l'hôpital et s'annonce peu disponible, prétextant être en plein rush à cause des vacances de ses collègues. Bien que le rythme soit soutenu dans son service, il ne s'agit évidemment que d'un motif servant d'interstice, histoire de se faire à l'idée d'une belle amitié avec Victoire. Après mûre réflexion, elle préfère encore cette option que de se priver d'une telle amie. Alors elle gère sa dépendance du mieux qu'elle peut, car les patchs contre l'ivresse amoureuse n'existent pas : elle change donc ses habitudes en ne rentrant plus chez elle le soir, d'autant plus que Martin est retourné dans les Pyrénées pour Noël et que la solitude serait pire que tout. Elle a condamné son portable au silence pour ne plus frémir à chaque sonnerie et ne s'autorise à le regarder que ponctuellement. Avant de s'endormir, elle a troqué les soirées films pour ses bouquins sur la zoothérapie. Et comme il en faut toujours plus à la raison pour avoir le dessus sur le cœur, Blanche se conforte à chaque plateau-repas que lui sert l'hôpital. Même s'ils sont loin d'être aussi appétissants que ceux de Victoire, ils lui permettent de perdre les poignées d'amour (le terme est à propos !) qui se sont paisiblement installées depuis un mois.

Victoire, elle, s'impatiente de la revoir. Bien que le sapin scintillant égaye son salon, ses soirées sont bien trop tristes depuis l'absence de son amie. Les messages échangés la réjouissent, mais ne suffisent plus. Elle s'interroge... *Les bocaux du jour lui plairaient-ils ? Apprécierait-elle l'odeur des bougies achetées au marché de Noël avec Janis ? Et quels conseils donnerait-elle à sa sœur ?* Elle n'a pas encore pu partager avec sa nouvelle confidente les inquiétudes de Constance au sujet de Guillaume...

Assise dans son fauteuil, elle pose les yeux sur le coffret de cartes et sent son moral diminuer. Dans quelques heures, ce jeu sera terminé. Elle devra reprendre en main son voyage intérieur et ses questionnements, car elle n'aura plus de guide journalier. Mais, dorénavant, elle ne craint plus les réponses. Avec Constance, elles demeureront unies. Elle chérit cette petite sœur qui se révèle à elle au fil des jours. Victoire a conscience qu'elle a évolué, elle n'a plus peur ni de l'avenir ni d'elle-même.

Dans sa salle de bains, dans sa voiture, devant la télé… Constance angoisse. Chaque soir, elle attend que son mari rentre pour provoquer la discussion qui la terrorise autant qu'elle la soulagera. Le besoin d'aborder le sujet est devenu abyssal, viscéral. Elle ne pense plus qu'à ça. Seulement, elle n'a de preuve du passage à la maison de Guillaume que ses vêtements déposés dans le panier à linge. Il ne prend même plus le temps de se servir un café le matin. A-t-il autant peur qu'elle d'affronter la vérité ? Si les téléphones portables n'existaient pas, la communication serait véritablement rompue entre eux. Quelquefois, une bulle s'affiche sur l'écran.

« Bonne nuit, mon amour. »

« Comment ça va, ma belle ? »

« À très vite, mon petit cœur. »

Des messages qui sonnent définitivement faux…

Malik est resté à Angers pour partager son premier Noël dans la famille de Cerise, avec laquelle il s'épanouit pleinement. Il s'est fait de nouveaux amis et a rapidement intégré un cabinet comptable. Constance lui écrit régulièrement des nouvelles de sa sœur, dont l'amitié lui manque. Quel n'est pas son émerveillement lorsqu'un selfie de Victoire apparaît sur son écran ! Elle l'a illustré de cette simple phrase :

> « Merci, pardon, félicitations, tu me manques… »

Waouh, comme elle a changé ! Maquillage, coiffure, sourire… Elle est carrément devenue canon ! Et ces mots, autrefois impossibles à lui arracher de la bouche, témoignent également d'une profonde métamorphose. Il répond par une photo du porte-clés qu'elle lui avait offert, il y a bien longtemps. Un colibri, symbole d'amitié.

> « Tu le reconnais ? »

> Victoire
> « Oh oui ! Merci… »

> Malik
> « Tu es amoureuse, toi ! »

Il a tout faux, mais peu importe, Victoire est trop heureuse de le retrouver. Elle accourt chez Janis et lui déclare que son jeu de cartes est une merveille ! Un exhausteur de rêves ! La plus belle de toutes ses créations…

56

23 décembre

« Encore deux jours de travail intensif et je serai en vacances ! lui annonce Blanche au téléphone, profitant de sa pause-déjeuner.

— Cool ! J'ai tellement de choses à te raconter… Il te faudra bien ça pour pouvoir tout écouter ! lui répond Victoire en riant.

— Hâte !

— Et j'ai avancé sur notre projet d'offrir de la nourriture aux sans-abri : j'ai acheté des légumes pour cuisiner un plat chaud, en plus des biscuits.

— Bonne idée ! Comment on s'organise pour demain soir ? Je dois remplacer une collègue malade et, ensuite, je file à l'église. J'aurai juste le temps de me changer avant de rejoindre la chorale. Je te retrouve chez toi après pour partir réveillonner chez tes parents ?

— O.K., on fait ça.

— Toujours pas décidée à venir à la messe ?

— Comment te dire… Je serai plus à l'aise à préparer la soupe qu'on distribuera le lendemain !

— Je suis heureuse qu'on puisse partager ces moments de générosité ensemble. Ils me sont chers. L'année prochaine, en nous y prenant plus tôt, nous pourrions rallier d'autres personnes à cette cause ? » suggère Blanche.

Blanche au grand cœur… La fée qui répand le bonheur comme une traînée de poudre.

Janis est venue goûter les préparations de sa petite-fille, mais sans douter un instant qu'elle puisse en être déçue. Victoire lui raconte qu'elle a repéré un local pour réaliser son labo. Il n'est pas trop grand, le loyer est modéré, cependant il est de l'autre côté de la ville. Avec les plans trouvés sur le site Internet de l'agence immobilière, elle lui présente les quelques croquis d'aménagement intérieur qu'elle a réalisés. Elle commence à se projeter… Un tablier brodé au nom de sa petite entreprise. Mais quel nom, d'ailleurs ? Pourquoi ne pas organiser un brainstorming demain soir ? Après quelques flûtes de champagne, les idées devraient fuser !

Constance arrive à l'improviste. Personne ne pourrait l'imaginer en plein tourment. Accompagnée de Clothilde, elle ne laisse rien paraître. Elle gère, la petite sœur ! Mère et fille reviennent du centre-ville, où la petite s'est fait maquiller. Constance raconte qu'elle a aussi eu droit à deux tours de manège en attendant l'arrivée du père Noël, avec lequel elle a posé, sous l'objectif du photographe.

« C'était un faux. De toute façon, il n'existe pas, le père Noël », déclare platement la petite.

Les regards se croisent, mais la fillette reprend, tête haute et avec un ton emprunté aux adultes :

« Je sais la vérité. Je suis une femme maintenant. »

Les trois adultes en restent coites. Le temps d'accuser le coup, toutes s'autorisent à exploser de rire en guise d'acquiescement. Cette enfant grandit trop vite !

L'avant-dernière carte du coffret est découverte collectivement.

« QUE CHANGERIEZ-VOUS DE CETTE ANNÉE ? »

Les deux sœurs se regardent longuement, dubitatives. Victoire entreprend de répondre la première :

« Rien. Tous les moments difficiles m'ont ouvert les yeux pour que je puisse me décharger enfin de mes fardeaux. J'ai rencontré ma sœur tardivement mais sûrement et je suis heureuse. Alors, assurément, rien ! »

Constance, toute fragile, confirme en la serrant dans ses bras. Clothilde se jette sur elles pour un câlin général.

Pari gagné. Janis adresse un clin d'œil au ciel. Cali doit être heureuse là-haut.

57

24 décembre

Victoire avait imaginé s'endormir difficilement. L'appel tardif de Martin l'a complètement chamboulée. Toutefois elle s'est glissée dans les draps et, en quelques minutes, a été happée par le sommeil. La journée de demain sera magique ! Elle a déjà prévenu ses parents, eux aussi enchantés. Comment aurait-elle pu imaginer meilleur Noël ? Elle s'apprête à vivre une journée à la hauteur des plus beaux films que Blanche lui a infligés ces dernières semaines. Finalement, elle s'y est habituée jusqu'à se sentir parfois éprise d'histoires mièvres et sentimentales. En somme, elle avoue qu'avec un peu de bonne volonté, ces scénarios à l'eau de rose ont le pouvoir d'éduquer, même les plus pragmatiques, à la magie de l'amour.

Robbie Williams entonne *Winter Wonderland*. Victoire augmente le volume à son maximum et laisse tomber son tee-shirt. Sa sœur arrivera bientôt, mais qu'importe, elle veut prendre son temps, savourer chaque instant de ce 24 décembre. Elle siffle facétieusement en se gommant les jambes. La musique résonne dans toute la maison, et Janis doit en profiter de l'autre côté du mur. Sur *Last Christmas*, elle bat la mesure langoureusement à coups de balancés. Puis la reprise de *Jingle Bells* par Gwen Stefani s'empare d'elle, mettant en geôle toute résistance. Elle saisit le pommeau de douche et entreprend de pousser la chansonnette sur un déhanché digne de Shakira. Ce sont les éclats de rire de sa sœur qui la sortent de son engouement. Elle est prise en flagrant délit de bonheur, un masque à l'argile sur le visage, et entraîne Constance dans son délire. La scène est aussi hilarante que merveilleuse !

« Guillaume est parti faire des achats de dernière minute avec Clothilde. Il était excité comme une puce. Je ne comprends rien à son comportement…, explique tristement Constance.

— Essaye de profiter de ta journée. Prends ce qui est à prendre. Aujourd'hui est un jour spécial ! lui répond Victoire, enjouée, tentant de transmettre sa bonne humeur.

— Tu nous as vues ? reprend Constance, un petit sourire en coin. On dirait bien que les rôles se sont inversés ! Serait-ce au tour de la grande sœur de consoler la petite ?

— Être là l'une pour l'autre, c'est tout… »

Victoire a conscience qu'un an auparavant elle n'aurait jamais fait ce genre de déclaration à sa sœur. À personne, d'ailleurs. Constance ne serait même pas venue chez elle le matin de Noël.

« Eh bien, faute d'avoir toujours un mari, j'ai gagné une sœur ! » lui répond-elle, en lui adressant un clin d'œil, puis, brandissant leur coffret, qui s'est vidé au fur et à mesure des jours de décembre, elle ajoute : « L'ultime carte est entre nos mains ! On la regarde ? »

Avant de l'ouvrir une ultime fois, les deux sœurs contemplent le coffret qu'elles chérissent en silence. Chaque fois qu'elles l'ont ouvert, en sont sortis des révélations en tout genre, des rires, des confidences ou des larmes auparavant étouffées. Elles sont torturées entre le désir de découvrir la dernière carte et l'envie de la laisser pour que ça ne s'arrête jamais… Ce jeu les a rapprochées, rassemblées, presque jumelées.

Le cœur tambourinant, elles s'accordent pour lire ensemble :

« Mes petites devenues si grandes… Si vous arrivez à cette dernière carte, c'est que vous vous êtes prises au jeu ! Parfois perdue dans les méandres de la créativité, j'en oubliais que le challenge était de taille, et tant mieux ! Dorénavant, vous vous êtes enrichies de vos différences. Félicitations, mes chéries, car il faut être courageux et dépourvu d'orgueil pour s'imposer l'Amour avant n'importe quel autre sentiment… Alors, pour dernière mission, confiez-vous sur la personne à qui vous avez envie de dire “je t'aime” aujourd'hui… et filez le lui dire ! »

La goutte qui fait déborder le vase… Constance éclate en sanglots.

« J'aime Guillaume ! Quoi qu'il ait fait. Qu'elle soit blonde ou brune, grande ou petite... Je m'en fiche ! J'oublierai avec le temps parce qu'il n'y a que lui qui me rende vivante. L'absence de ses mains et de ses baisers m'assèche ! Mes petits déjeuners n'ont plus de saveur sans lui. Je bouffe comme une vache pour combler. Mon régime, ce ne sera ni le sport ni les litres de tisane qui me font cauchemarder et pisser d'avance. Mon régime, c'est qu'il revienne. Les reportages de France 5 qu'on adorait regarder ensemble sont devenus ennuyeux sans lui. Tu vois, même s'il les met toujours en boule dans le bac à linge et que ça me fait pester après lui, je veux continuer à laver ses chaussettes. Victoire... Je l'aime. Si tu savais comme je l'aime !

— Oh ma petite sœur... C'est tellement touchant ! Ne change rien, dis-lui exactement ce que tu viens de me dire. Je voudrais tant aimer quelqu'un comme tu aimes ton mari... »

Constance pleure sa crainte du lendemain, derrière ses mains tremblantes. Mais, grâce à Janis, elle n'aura pas de regrets, car elle lui avouera ses angoisses et lui témoignera son amour inconditionnel avant minuit. Victoire, elle, ne partage ses machines à laver qu'avec sa grand-mère... Pourtant, elle se sent maintenant prête à ouvrir son cœur et à partager sa maison.

La séquence émotion achevée, elles se refont une tête et se parent d'un grand bonnet de père Noël. Deux ou trois flashs plus tard, Constance quitte sa sœur avec les clichés. Elle ira imprimer le plus réussi pour Janis. Son cadeau de Noël. Son trophée !

« À ce soir !
— Rendez-vous à 19 h 30 chez les parents ! »

58

Les minutes tournent… L'effervescence l'envahit et lui donne quelques bouffées de chaleur. La coquetterie ne l'a jamais vraiment effleurée, mais, ce soir, elle doit être belle, remarquable. Un trait de khôl, un peu de poudre, du rouge à lèvres, et elle s'engouffre dans la nuit, tombée depuis une bonne heure déjà. Ses bottines claquent sur le pavé. Les derniers marchands de la place remballent sans tarder, espérant rejoindre leur famille au plus vite. Les cloches sonnent le début de la messe. Vite ! Des familles entières entrent dans l'église, parfois trois générations réunies. Des couples âgés et quelques veufs pénètrent religieusement par les portes latérales. Elle, seule, suit tout ce petit monde du regard.

Adolescente, elle tournait autour de l'église à vélo et se faisait virer par le prêtre les jours de sépulture. Elle avait crapoté ses premières cigarettes sur le parvis et y tapait la conversation avec les clochards de passage. Néanmoins, elle n'avait jamais franchi le seuil de cette immense porte. Quel manque de curiosité ! songe-t-elle. Une fois à l'intérieur, contre toute attente, l'âme qui s'en dégage la percute. Du fond du bâtiment, Victoire se sent minuscule, impressionnée par la hauteur des voûtes et la luminosité des vitraux. L'odeur de cire fondue se mêle à celle de l'encens. La mélodie jouée à l'orgue envahit pleinement l'espace et s'infiltre par tous ses pores. Les fidèles se sourient et s'embrassent. Indéniablement, ils sont heureux de se rassembler. Elle prend conscience du caractère sacré du moment. À les voir, la messe de la Nativité semble importante pour tous ces gens. Émerveillée, elle se laisse guider par la foule. L'autel est magnifiquement agrémenté de fragonnettes et de chandeliers dorés. Au pied du pupitre est dressée une représentation géante de l'étable. Fascinée par l'esprit du moment, elle s'installe à une place qui lui permettra de tout contempler. La chorale entame le premier chant, invitant l'assemblée à cesser les discussions et à se concentrer sur les paroles de *Minuit, chrétiens*.

C'est alors que Victoire découvre Blanche, au sourire éblouissant. Elles ne se sont pas revues depuis la révélation de son homosexualité. Elle la regarde chanter de bon cœur, fermer les yeux pour mieux vivre les paroles. Ses pieds tapent la mesure, faisant rebondir les boucles échappées de son chignon.

Elle est belle.

Elle a créé le vide ces derniers jours, a suscité le trouble chez Victoire.

Loin d'être idiote, cette dernière a fini par comprendre le comportement de Blanche et sa distance dernièrement. Et si Victoire n'en a parlé à personne, c'est parce qu'elle-même ne sait pas où elle en est. Les cartes lui ont permis de se questionner davantage sur ses sentiments pour elle. Après réflexion, cette infirmière la perturbe depuis leur rencontre. Elle ne voulait pas de son regard sur elle, à l'hôpital. Puis elle se rappelle le vertige de leurs retrouvailles sur la place du marché. Aujourd'hui, l'avis de Blanche est devenu important. Elle guide ses choix, la motive dans ses projets, la pousse à se faire jolie. Involontairement mais naturellement, elles se sont créé un quotidien semblable à un ménage. Victoire la regarde. Elle voudrait la serrer fort dans ses bras. Mais elle doute... *Pourrait-elle l'embrasser?...* Jamais elle ne s'est imaginée avec une femme. Ses lèvres sur les siennes... *Oh mon Dieu!* D'ailleurs, Dieu voit-il dans nos pensées? Victoire avale sa salive et lève les yeux au ciel, comme pour demander pardon de ses idées dans un tel endroit.

Par intermittence, les yeux de Blanche quittent la feuille de chants pour se poser sur une femme au premier rang. Elle paraît lui offrir toute sa reconnaissance. D'allure sérieuse et soignée, les traits creusés, cette dame ne laisse paraître que peu d'émotions: seule la concentration semble de mise. Alors Martin avait dit vrai: Uriel est bien présente! Elle a confié la veillée de Noël de son village à sa voisine, renonçant au spectacle que devait lui offrir son petit-fils... pour remonter la moitié de la France et revenir vers sa fille. Derrière sa contenance, le témoignage de cette mère est poignant. Blanche ne peut qu'être rayonnante! Victoire, témoin anonyme de la scène, ressent un élan de joie et de fierté d'avoir contribué à ces retrouvailles. Elle lui devait bien cela.

Victoire écoute attentivement les paroles du prêtre, évoquant, pendant l'homélie, l'absence d'êtres chers. Elle ne peut s'empêcher d'avoir une pensée affectueuse pour Cali. Puis de jeunes enfants défilent dans les allées avec des banderoles affichant « Courage », « Persévérance », « Confiance ». Pendant la lecture de l'Évangile, des adolescents miment l'histoire de la naissance de Jésus dans la reconstitution de l'étable. Elle rit de voir ceux qui ont endossé les rôles de l'âne et du bœuf ! L'ensemble vocal entame *Il est né le Divin Enfant*, repris par tous, sauf elle… qui n'en connaît que la mélodie. Elle camoufle son ignorance en singeant des mots farfelus. Du yaourt. C'est à ce moment que Blanche la démasque, cachée dans l'assemblée. Quelle n'est pas sa surprise et quel amusement de comprendre que Victoire est totalement perdue dans les paroles ! Elles échangent un regard complice qu'elles seules peuvent comprendre au milieu de la foule.

Blanche ne sait plus où donner de la tête. Elle se délecte de ce moment si particulier. Dans ses plus lointains souvenirs, elle ne se rappelle pas de si vives émotions à Noël. Même découvrir Docteur Maboul, le Noël de ses 8 ans, n'arrive pas à la cheville du sapin de cette année ! Pourtant, Dieu sait si elle en avait pleuré de joie…

Lorsque les cloches annoncent l'ouverture des portes, tous s'empressent de retrouver leur foyer pour enfourner chapons et dindes farcis. Tous hormis les trois femmes. Restées statiques, Uriel et Blanche témoignent leur sollicitude sans un mot. Saloperie de pudeur ! Puis Blanche s'approche de sa maman et lui offre un tendre câlin… à l'abri des regards, bien entendu ! Sauf de celui de Victoire, qui patiente discrètement. Encore assise sur son banc, elle s'interroge un bref instant sur ses croyances. Après tout, elle a la preuve du renouveau sous le nez !

« Point trop n'en faut », sinon ça sonne faux… La mère et la fille abrègent rapidement leur étreinte. Victoire les rejoint et Blanche s'empresse de les présenter. Victoire, heureuse de la tournure que prend la soirée, adresse à la maman un discret clin d'œil en signe de remerciement.

« Soyez la bienvenue chez nous, Uriel. »

Et toutes trois quittent l'église, bousculées par l'émotion.

En route ! Le réveillon chez les Morineau s'annonce inédit.

59

L'approche aussi enjouée que sincère de Janis commence à décoincer la dame aux traits tirés, assise genoux serrés à l'arrière de la voiture que conduit Victoire. Celle-ci voudrait mettre un coup de ciseaux dans la jupe en tweed de sa passagère pour la faire passer au-dessus du genou et libérer ainsi ses jambes qui ne peuvent qu'avancer à petits pas. C'est fou comme on se crée nous-mêmes nos obstacles, comme on se ligote sans en avoir conscience... Néanmoins, soyons confiants, elle vient de dénouer sa capuche de pluie et peut désormais entendre les révélations de sa fille.

« Ça me touche que tu sois avec nous, maman, que tu aies fait seule tout ce chemin. »

Regard furtif, sourire pincé, décision pas encore vraiment assumée. Mais décision quand même !

« En tout cas, merci. »

L'humeur festive dans la voiture déride Uriel petit à petit. Janis et elle font connaissance sur le chemin, sous les yeux de Blanche qui n'en revient toujours pas que sa mère ait abandonné ses rituels de Noël, pourtant bien huilés, pour venir jusqu'à elle. *Alors, l'accepte-t-elle enfin comme elle est ? Est-elle prête à tordre le cou aux imbéciles, aux ignorants ?* De son rétroviseur, Victoire voit le plaisir de sa grand-mère en découvrant la nouvelle venue. Peut-être lui fera-t-elle oublier un court instant qu'un an plus tôt Cali était assise à son côté.

Tout comme Blanche, Uriel est vite adoptée par la famille. Placée face à Lucie, elle ne pouvait trouver meilleure oreille pour écouter la beauté des paysages qui entourent son village des Pyrénées. Le Vendéen est chauvin, mais qu'en est-il du Pyrénéen… La dinde n'est pas encore sur la table qu'elles envisagent déjà de fixer une date, au printemps prochain, pour s'organiser un séjour là-bas ! L'une ayant vanté la région, l'autre les atouts d'y aller en camping-car. Devant le plat de crevettes roses, Jean explique à leur invitée que les pêcheurs ont tout juste commencé la saison du bouquet à cause du mauvais temps. Et comme il y en a peu cette année, elles se vendent à prix d'or ! Plus de 60 € le kilo, du jamais-vu ! Heureusement, il est en contact avec des marins pour venir les chercher au cul du bateau.

« Oui, parce que, aux alentours, seuls les bateaux de Saint-Gilles partent à la crevette ! Si vous restez quelques jours, je vous emmènerai au port observer les retours de pêche. »

En regardant Blanche et Clothilde s'amuser, Constance se demande laquelle des deux est l'enfant. Guillaume, lui, ne tient plus. Il n'a pas décroché un mot depuis leur arrivée et finit par interrompre l'assemblée de petits coups de fourchette sur la table. Victoire observe immédiatement sa sœur, qui s'est figée. Son dos se crispe et des sueurs froides lui parcourent le corps entier. Son air n'augure rien de serein. Il ne va tout de même pas annoncer leur rupture publiquement ! Il est indéniable qu'il a le chic pour se faire remarquer, toujours en quête de reconnaissance. Mais il devrait tout de même se contenir lorsqu'il s'agit de leurs problèmes de couple. À moins qu'il ne veuille affronter le clan Morineau en une fois…

« Je vous demande votre attention, s'il vous plaît. D'abord, Victoire, je sais que tu as passé une année digne des montagnes russes et je m'excuse de ne pas avoir été présent. En fait, depuis des mois, je suis absent de vos réunions les samedis midi autour du traditionnel plateau d'huîtres. Je n'ai même pas pu faire mes adieux à Cali… »

Il avale sa salive, avalant son émotion au passage. *Ça ne lui ressemble pas vraiment…* Les regards interrogateurs, teintés d'inquiétude, se croisent, ne sachant ce qu'il adviendra de cette allocution.

« Je suis tellement absent que je découvre Blanche seulement aujourd'hui… »

À présent, il baisse la tête, et son air semble sincère.

« C'est odieux, je sais… J'ai failli à mon rôle de gendre, de beau-frère, mais surtout de père et de mari… Et, cerise sur le gâteau, je dois maintenant vous solliciter. »

Au milieu de ce discours, Victoire s'échappe un millième de seconde dans ses pensées. *Cerise… Cerise… Cerise… Je ne suis pas certaine que ce soit sur le gâteau qu'elle se trouve, ce soir de Noël !* Elle se mord la lèvre pour revenir à ce qui se joue et pour ne pas s'imaginer Malik à la place du gâteau.

Guillaume poursuit :

« J'ai besoin de votre soutien et Constance aussi… »

Non mais c'est une blague ? Les yeux sortent du visage de Victoire et, alors qu'elle s'apprête à lui sauter à la gorge, il reprend :

« Nous allons tous partir… pour les Antilles ! Car devant vous, et si vous m'accordez de nouveau votre confiance, Jean et Lucie, je souhaiterais renouveler mes vœux à votre fille là-bas. »

Ah, il est fier de son coup, le petit con ! Constance reste inerte sur sa chaise, ses yeux rivés à ceux de Victoire, puis laisse échapper tous les sanglots restés trop longtemps coincés. Sa sœur, reconnaissante, met ses mains en prière. Blanche déteindrait-elle sur elle ? Guillaume enlace son épouse de ses grands bras, s'excusant pour tous les tourments et les angoisses qu'il a générés. Il lui explique, tout en l'apaisant de caresses, qu'il s'était fixé l'objectif de réaliser un chiffre d'affaires lui permettant d'obtenir la super-prime sur résultats, indispensable pour réaliser le rêve de sa femme chérie. Victoire adresse un clin d'œil à la cadette et se lève.

« Champagne ! »

Ce soir, ils retrouveront sans aucun doute le démon de minuit !

Guillaume, enfin décontracté, précise qu'il travaillera moins l'année suivante, car il ne compte pas emmener sa belle-famille tous les ans en vacances ; ce qui fait rire son auditoire. Malgré son côté parfois pompeux, Victoire se dit qu'il vient de faire un truc vraiment cool ! Le principal est de voir sa sœur soulagée.

Après cette séquence émotions, le bal des cadeaux est déclaré ouvert. La plus impatiente étant Clothilde, c'est la première à tirer sur les rubans. Et comme elle est « devenue grande » et qu'elle a démasqué le père Noël… elle peut se joindre fièrement à la distribution de cadeaux. Constance rit en découvrant le survêtement et admet que ce sera un coéquipier parfait pour retrouver la ligne avant de faire sa valise pour les Antilles. Inutile de préciser que la mallette de docteur fait fureur auprès de la petite, qui ausculte tour à tour chaque membre de la soirée…

Malgré toute sa contenance, Uriel laisse transparaître son admiration pour cette famille dans laquelle elle vient d'atterrir. Les voyages ne forment pas seulement la jeunesse ! Pourtant, un an plus tôt, les relations étaient bien différentes chez les Morineau… Toutefois, les gens évoluent s'ils le veulent bien. Uriel les observe. Comme c'est bon de sortir de chez soi, d'ouvrir les yeux, de côtoyer des inconnus avec lesquels on peut s'autoriser à être vraiment soi. Ses pensées vont pour son mari et aussi un peu pour Jésus, qui est en train de naître, mais dont personne ne parle.

Blanche regarde Victoire, si différente du premier jour, lorsqu'elle l'avait rencontrée, comateuse, dans son lit d'hôpital. Des semaines plus tard, elle est radieuse, allègre, belle… Sexy même. Victoire aide ses parents à débarrasser, se met à la hauteur de sa nièce, réajuste sa tenue. C'est un ballet de grâce. Ces danses qu'elle voit le soir en fermant les yeux, seule dans son lit. Elle s'imagine, sur la scène, lui attraper le bout des doigts, la faire valser sur un pied, puis sur l'autre, avant de passer un bras autour de sa taille pour l'embrasser sur une musique de

Tchaïkovski… Elle se raisonne et muselle le désir criant dans son bas-ventre.

Blanche sort de ses pensées lorsque Janis extirpe un sac cabas de dessous sa chaise.

« Cette année, je ne vous ai rien concocté. Certains ne m'en voudront pas, n'est-ce pas ? s'amuse la grand-mère en jetant un coup d'œil à sa famille. J'ai rassemblé un tas de petites créations, de mes débuts jusqu'à aujourd'hui. Servez-vous !

— Tu as décidé de faire du ménage ? la questionne Lucie, soucieuse.

— En quelque sorte, oui. Mon atelier est encombré de vieilleries que je vais jeter. Ce que j'ai sélectionné n'est pas trop raté. »

Elle en sort de minuscules sculptures d'insectes, des esquisses de personnages abstraits, des gravures, des poèmes, des photos… Ce sac est un musée miniature !

« Je ne savais pas que tu écrivais des poèmes ! s'exclame Constance.

— Eh bien, prends-les. Tu les liras à ta petite lorsqu'elle aura atteint l'âge de les comprendre.

— Ton bazar te rassurait. Tu vas te sentir perdue, non ? l'interroge Victoire.

— Non, ma chérie. Je te fais de la place. N'es-tu pas en quête d'un endroit pour réaliser ton projet ? L'atelier va devenir ton laboratoire !

— Non ?

— Si ! Tu sais, tout passe avec le temps. Je n'ai plus le même plaisir à créer et mes mains ne sont plus aussi agiles. Elles ont perdu en dextérité. Ma dernière création fut tellement réussie que je souhaite m'arrêter sur cette apothéose ! »

Les deux sœurs comprennent que leur grand-mère fait référence au jeu de cartes.

« Une petite table à dessin dans un coin de ta cuisine fera l'affaire et me permettra de décorer les étiquettes de tes bocaux. Qu'en penses-tu ?

— Quelle superbe idée ! applaudit Constance, alors que Blanche explique à sa mère de quoi il s'agit.

— Oh ! Merci, Janis, ce sera merveilleux ! En face de la maison, c'est l'idéal pour travailler. Ça me donne déjà des idées d'agencement. D'ailleurs, il n'y a pas meilleur moment que l'alacrité ambiante pour entendre vos suggestions quant au nom de ma future épicerie. Toutes les idées sont bonnes à entendre ! Je vous écoute. »

Les bulles de champagne font exploser quelques propositions saugrenues, à mettre aux oubliettes. D'autres, trop restrictives, n'ouvrent aucune perspective autre que la cuisine en bocaux. C'est finalement celle de Clothilde – « Les p'tits plats de Tata » – qui retient l'attention. Ne pouvant toutefois être actée au-dessus d'un certain taux d'alcool, elle sera étudiée à tête reposée.

Puis c'est au tour de Blanche de revenir de l'arrière-cuisine avec un paquet sous le bras.

« Et voici pour toi, Victoire ! Elle s'appelle Miette et pourra grignoter toutes celles que tu laisseras tomber en cuisinant ! »

Un adorable petit chat gris se frotte aux grilles de la cage, quémandant les caresses de sa nouvelle gardienne. Victoire ne s'y attendait pas et fond devant ce nouvel ami à quatre pattes. Blanche lui avait soumis l'idée d'adopter un chat pour sa thérapie… La petite maligne !

Clothilde s'est assoupie en tenue d'infirmière dans les bras de son père, ce super-héros de la soirée ! Tous ont passé un excellent moment, bien au-delà des espérances. En les embrassant, Uriel ne manque pas de remercier encore et encore Jean et Lucie pour leur accueil chaleureux.

« Mais c'est avec plaisir ! Vous serez toujours la bienvenue. Vous allez pouvoir profiter de Blanche quelques jours. Elle a tellement dû vous manquer.

— Effectivement. Et je repartirai rassurée de vous savoir à ses côtés. Votre fille est charmante et je la sais entre de bonnes mains. »

Il ne manquait plus que ce genre de quiproquo pour embarrasser Blanche, qui devient aussi rouge que son écharpe. Perturbés par cette équivoque, Jean et Lucie n'ont trouvé d'autre réponse qu'un sourire hébété. Victoire, qui n'a rien suivi des échanges, étant partie embrasser l'apprentie infirmière, surgit chancelante. Elle les guide vers la sortie, un peu éméchée, un bras autour de Janis, l'autre accroché à celui de Blanche.

En refermant la porte d'entrée, Jean et Lucie se demandent s'ils ont bien compris ce qu'a dit Uriel… *Victoire et Blanche ?*

60

Janis est bien trop âgée pour conduire et sa dernière expérience derrière un volant date de quelques années. Uriel, la plus sobre de toutes, est donc désignée pour ramener les filles saines et sauves. Impossible de faire confiance à Blanche ou à Victoire, elles ont trop arrosé les bonnes surprises de la soirée ! Les deux amies, assises à l'arrière du véhicule déjà en route, ressemblent à deux adolescentes sorties de discothèque.

« Soyez sérieuses, attachez quand même vos ceintures, intime Janis.

— Oui, oui... Mais on ne trouve pas le truc dans le noir ! » répond Victoire, joyeusement énervée.

Les crochets s'entrechoquent et elles rigolent de plus belle. L'attente de cette fête, les retrouvailles de Guillaume et Constance, le retour de Blanche, l'arrivée surprise d'Uriel, le futur labo de cuisine et la bonne humeur générale ont fait monter en puissance l'euphorie... Champagne, pouilly et autres vins de Bourgogne ont aussi leur responsabilité dans l'excitation du moment. Janis doit demander un peu de calme pour qu'Uriel se concentre sur des routes qu'elle ne connaît pas. Leurs corps fatigués sont avachis sur la banquette, les têtes en arrière contre les appuie-têtes. Pour autant, elles ne sont pas rassasiées de la soirée passée et se chuchotent encore quelques souvenirs mémorables, comme les moqueries sur Victoire, bafouillant un chant religieux à la messe… Ça, personne n'avait voulu le croire !

Blanche se risque à regarder Victoire dans l'obscurité de l'habitacle. Les phares des voitures croisées laissent deviner son visage transpirant, sur lequel des mèches de cheveux sont venues se coller. Chaque lampadaire passé découvre un peu plus ses jambes longues et fines. Blanche est pleine de frissons qui remontent le long de sa colonne vertébrale. Elle ferme les yeux pour ne plus regarder et ne plus penser.

« Je crois bien qu'elles se sont endormies. Quel duo ! murmure Uriel. Je suis heureuse de voir ma fille aussi épanouie. Votre famille l'a adoptée et c'est rassurant pour une maman.

— Votre fille est absolument merveilleuse. Si vous saviez comme elle est importante pour Victoire… »

Maintenant qu'elles sont tranquilles, Janis suggère un détour par la corniche.

Elle allume le poste de radio, qui diffuse des chants de Noël revisités en symphonies. À présent, les deux femmes à l'avant fredonnent les classiques alors que le silence règne à l'arrière.

Dans un virage, Victoire glisse vers Blanche, laissant sa tête rouler sur son épaule. Leurs mains se frôlent subtilement. Victoire ne dort pas, elle a remarqué les regards de Blanche. Le désir la porte sourdement. Victoire a tellement ressenti le manque de Blanche ces derniers jours. Elle avait soif de la revoir. Un besoin intrinsèque que des mots ne peuvent décrire… Dans les soubresauts de la route, leurs doigts se trouvent, se caressent secrètement, puis s'entremêlent. Leurs cuisses se serrent l'une contre l'autre. Elles ne sont plus dans la voiture, elles sont ailleurs, à dix mille lieues… où les corps se cherchent.

Janis s'est concentrée pour guider Uriel, qu'elle invite soudainement à se garer :

« Avec la pleine lune, nous devrions voir la mer. À cette heure-ci, nous l'aurons pour nous seules !

— Avec plaisir ! Quelques pas à l'air frais avant de dormir devraient nous faire du bien. »

Pendant que les deux vieilles femmes s'assoient sur un banc un instant pour observer la surface de l'océan refléter la lune, Blanche et Victoire se sont un peu plus rapprochées.

Leurs fronts sont maintenant collés, leurs bouches à quelques centimètres. Dans la pénombre, leurs désirs se démultiplient. Les yeux mi-clos de Blanche implorent une autorisation, mais Victoire ferme les siens et c'est elle qui l'embrasse longtemps… tendrement… Victoire n'avait jamais goûté les lèvres d'une femme. Ce cas de figure l'intriguait. Dans le silence de leurs baisers délicats, elle sait désormais ce qu'il en est.

61

Blanche n'a vraiment pas bien dormi, se tournant d'un côté puis de l'autre. A-t-elle rêvé de ce baiser à l'arrière de la voiture ? Aussi sensuel qu'inespéré… Néanmoins, elle sait au plus profond de son être qu'il a bel et bien existé et elle ne se défait pas du goût des lèvres de Victoire. Enfouie sous ses draps, elle se repasse le scénario en boucle pour qu'il ne lui échappe pas. La passion lui brûle encore le ventre, mais sa conscience la rappelle. Elle se demande si Victoire était pleinement consciente de ses actes et si ses ardeurs se sont évaporées en même temps que son taux d'alcool a baissé. Peut-être qu'elle ne s'en souviendra même pas… Pourtant, elle ne peut l'expliquer, mais elle a ressenti l'envie de Victoire. Argh… quel casse-tête toute la nuit ! Blanche se plie dans son lit, contrainte d'éteindre le feu qui l'embrase. Elle est tiraillée entre les murmures du démon à son oreille gauche et ceux de l'ange à son oreille droite. Pauvre Blanche, ce 25 décembre lui annonce bien des tourments ! Quand elle y pense, quel cadeau lui a fait sa mère en descendant de la voiture avec Janis. Le plus beau qu'elle ne lui ait jamais offert ! Si Uriel les avait surprises, elle aurait fui aussi vite qu'elle était arrivée…

Accrochée à son ours en peluche, aussi décousu qu'elle, Blanche n'a pas le courage de se lever. Sortir de sa chambre signifie affronter la vérité et, terrifiée, elle n'en veut pas. Alors, pitié, encore quelques minutes...

Janis et Uriel ont prévu de se retrouver toutes les quatre pour le petit déjeuner. La mère de Blanche s'est très vite intégrée dans la famille Morineau. Ils l'ont mise à l'aise au point qu'elle a détaché le premier bouton de son chemisier col Claudine au milieu du dîner ! Habituellement, elle ne se l'autorise que chez elle, une fois les portes fermées... Et si improbable que cela puisse paraître, elle s'est tout de suite prise d'amitié pour Janis. Non que cette dernière n'attire pas la sympathie, mais Uriel lui est diamétralement opposée et il ne faut pas être sorti de Saint-Cyr pour le remarquer.

À s'en tenir au bruit qui règne dans l'appartement, Uriel est déjà prête et doit s'impatienter de voir sa fille émerger. La tête dans l'oreiller, celle-ci l'entend approcher de sa chambre.

« Es-tu réveillée ? Est-ce que je peux entrer ?

— Oui », marmonne Blanche.

Elle ne pouvait pas vraiment répondre par la négative, étant donné que sa mère vient de traverser la moitié de la France après des mois de silence.

« Comment vas-tu ce matin ?

— Fatiguée...

— Oui, j'ai constaté que tu étais en forme hier soir. Tu sembles heureuse ici, n'est-ce pas ?

— La vie au bord de la mer me plaît beaucoup. Ça change de la montagne. »

Blanche, encore un peu étourdie, n'a pas vraiment la force d'une discussion.

« Maman, un café d'abord… Tu veux bien ? »

Serait-ce l'air iodé qui rend les traits de sa maman moins sévères ? Depuis qu'elle l'a revue dans l'église la veille, Blanche a noté que son visage était bien différent de celui de ses souvenirs. Son frère et elle ont été élevés dans des principes conservateurs, fondés sur des idéaux judéo-chrétiens. Le travail à la campagne ne laissait pas le temps de les remettre en question. D'ailleurs, alors qu'il aurait été inimaginable de prendre son café dans sa chambre, Uriel revient de la cuisine une tasse fumante entre les mains pour sa fille.

« Tu veux bien me raconter ta vie ici ?

— Comme tu le sais, j'ai intégré le CHU. Je navigue un peu entre les services en attendant un poste fixe, mais ça me plaît de découvrir les différentes équipes. Les spécialistes sont plus ou moins sympas avec nous, c'est de coutume.

— Et tu t'es remise à la danse ? Tu t'es fait des amis ?

— Pour le moment, mes chaussons roses sont pendus dans l'armoire. Je ne me suis pas encore renseignée. Les répétitions de chant ne sont déjà pas évidentes à respecter avec mes horaires. Pour les amis, je n'en suis qu'au stade des connaissances. Sachant qu'à la chorale ils ont plus ta couleur de cheveux que la mienne ! »

La moquerie de Blanche fait rire sa maman.

« Heureusement, j'ai la chance d'avoir Martin.

— Et Victoire ! » rétorque sa mère, attendant que sa fille poursuive vers des confidences.

Mais Blanche, peu habituée à une telle proximité, botte en touche et sort de son lit pour se diriger vers la salle de bains, ses vêtements sous le bras.

« Il y a un souci ? insiste Uriel.

— Maman... Que veux-tu entendre ? Je ne suis pas très à l'aise pour te parler de tout ça. Jusqu'à hier soir, je ne savais pas que tu approuverais un jour une relation entre deux femmes. Je suis vraiment heureuse que tu aies changé de regard et que tu ne me considères plus comme malade ou ensorcelée. Mais est-ce que tu peux t'imaginer la douleur que j'ai ressentie d'être abandonnée par ma famille ? Par ma mère, celle qui m'a mise au monde ! J'en ai chié, maman ! Être homosexuel crée déjà des complications, met parfois dans l'embarras, mais quand en plus les parents ne sont pas là pour te soutenir... Les obstacles auraient été plus abordables avec toi à mes côtés. Que crois-tu que je pensais des futures mamans qui caressaient leur ventre à l'hôpital ? J'ai fui le service maternité parce que je ne voulais pas m'emporter. Je devais me retenir de hurler que leur enfant serait peut-être loin de devenir ce que ces femmes projetaient, et que, lorsqu'on fait un enfant, on ne donne pas uniquement vie à un bébé ! On conçoit un être en devenir, un futur adulte qui doit être assez solide, assez confiant pour avoir envie de vivre quand ses parents ne le soutiendront pas ! Maman, t'imagines-tu que j'ai flirté avec le suicide ? Tu ne sais pas que j'ai été à deux doigts de vriller parce qu'à cause de toi, de ta réaction, de ton abandon, je ne savais plus qui j'étais et ce que je devais faire... À cause de tes bondieuseries, je ne savais plus si je méritais ma place sur cette terre ! Papa, lui, avait compris et n'aurait jamais admis ton attitude. Tu m'as délaissée.

« Heureusement, dans ce monde qui déconne, il y a aussi des personnes formidables. J'ai rencontré d'autres adultes extraordinaires qui m'ont acceptée comme j'étais. J'ai compris que je n'étais pas anormale. Il m'a fallu admettre que, toi non plus, tu n'étais pas tout à fait la mère que j'aurais aimé avoir et que c'était comme ça. Tu vois, c'est cocasse, non ? J'avais déjà souffert du départ de papa, je devais faire le deuil d'une maman... Il me reste un fond de rancœur, comme tu l'entends, parce que, franchement, tu n'as pas été à la hauteur ! Mais ne t'en fais pas, j'ai eu la force de m'entourer autrement, je me suis reconstruite et j'en suis presque devenue invincible maintenant. Le temps m'a aussi permis de comprendre que tu t'étais débrouillée avec tes moyens et ton éducation, avec ton ignorance et tes peurs... Regarde-moi, maman, je suis toujours la même... Je suis Blanche, celle qui aime la danse et le chant, celle qui veut sauver la planète ! Grâce à cette étape, grâce à toi, j'ai encore plus envie d'aider les autres... Je veux regarder le bon côté de cette sentence.

« Donc, oui, je suis contente que tu sois ici, mais laisse-moi le temps de me faire à l'idée que tu sois revenue, que je puisse désormais te parler de mon orientation sexuelle et de mes sentiments, sans méfiance... »

Blanche n'avait pas prévu de s'emporter. Elle ne veut pas punir sa mère ni la faire culpabiliser. Cependant le besoin de remettre un cadre était nécessaire. Uriel est terriblement affectée par les mots de sa fille, qu'elle sait justes. Elle se sent bien plus secouée et fragilisée par ces propos qu'au-dessus du cercueil qui renfermait son mari, parce que la maladie de celui-ci, elle n'y pouvait rien. Mais, du mal-être de sa fille, elle se sait responsable.

Uriel accuse le coup et, en s'asseyant sur le bord du lit, lui exprime qu'elle ne veut plus fuir. Après des mois sans lui adresser la parole, si elle a débarqué comme un cheveu sur la soupe, c'est avec l'intention de rattraper le temps perdu. Il est évident que le passé ne s'effacera jamais, toutefois une discussion permettrait de l'estomper.

«Je ne t'ai pas comprise. Je t'ai abandonnée, or une mère n'abandonne pas son enfant, tu as raison.»

Les sanglots menacent de devancer les aveux. Blanche, son jean suspendu au bras, reste plantée devant sa mère et attend maintenant la suite.

«Tu sais, on a peur que de ce qu'on ne connaît pas… Lorsque je l'ai compris, je t'avais déjà fait fuir. Comme j'ai été ridicule! Je dois t'expliquer.

— Oui, je veux bien comprendre comment tu as pu faire volte-face après m'avoir envoyée des dizaines de fois à confesse, me faisant croire que je n'étais pas normale et que, peut-être même, j'étais atteinte de folie! Papa n'aurait jamais laissé faire ça.»

La colère de Blanche gronde encore. Elle doit regarder droit dans les yeux la cause de ses nuits agitées, à l'époque où elle n'aurait dû avoir comme inquiétude que la réussite de ses études.

«Je ne croyais pas vraiment en les psychologues avant d'en rencontrer un. J'avoue maintenant que ce sont des professionnels incroyables.

— Tu as consulté un psy? Toi?

— Pour être honnête, dépourvue de solution pour te ramener moi-même à la raison, j'ai voulu tenter le tout pour le tout en appelant le premier venu du bottin. Il a pris le temps de m'écouter. Je lui ai demandé comment procéder pour que tu le rencontres et qu'il t'explique qu'une femme était faite pour être avec un homme.

— T'as pas fait ça ? C'est pire que ce que je pensais !

— Ne m'interromps pas, s'il te plaît... Je suis allée le voir à son cabinet une première fois, une deuxième, puis encore et encore... C'est finalement à moi qu'il a fait du bien, en me sortant de mes carcans. Il m'a fallu passer par quelques étapes douloureuses. Je ne l'ai dit à personne, pas même à ton frère. Au début par honte, puis par besoin d'avancer seule. Chaque porte que je poussais en ouvrait une autre. Comme j'ai pu être innocente !

— Oh, ma petite maman..., murmure Blanche, abasourdie.

— Et après, je ne savais plus comment revenir vers toi. Heureusement que Victoire m'a écrit...

— Victoire t'a écrit ? » s'étonne Blanche, les yeux ronds comme des ballons.

Ayant déjà exprimé bien plus de faits qu'elle n'aurait imaginé en être capable, Uriel n'a plus de salive et préfère lui tendre la lettre rangée dans son sac à main. Ainsi, Blanche découvre tout le bien que Victoire pense d'elle... Est-ce une lueur d'espoir pour elles ?

Elle relève la tête, un sourire dans les yeux, et se jette dans les bras d'Uriel, comme une enfant retrouve sa mère.

« Merci, merci, merci ! Pour tout ce que tu viens de me dire... Je file à la douche et on y va ! »

62

Le temps est un peu trop gris pour une journée si joyeuse. Blanche voudrait coller un soleil et des oiseaux dans le ciel ! Accrochées au bras l'une de l'autre, elles parcourent les ruelles, bien calmes en ce jour de Noël. On peut apercevoir quelques sapins scintiller à travers les fenêtres, des cartons de jouets s'accumulent devant les maisons et les cadavres de bouteilles sont entassés au pied des poubelles.

En arrivant à L'Essentiel, Janis, ayant déjà fait son tour à la boulangerie, a couvert la table de verres d'oranges pressées, d'œufs à la coque, de pains au chocolat, de brioche vendéenne et de pain aux fruits. Pendant ce temps, Victoire rassemblait les ingrédients pour la soupe qu'elles offriront tout à l'heure aux sans-abri. C'est bon de voir Janis à l'action. Depuis quelques semaines, elle semblait s'éteindre doucement, mais les réjouissances de Noël lui ont mis un coup de fouet.

Quelques instants plus tard, toutes les quatre sont réunies. Miette est trop mignonne et se frotte à toutes les chevilles qu'elle croise sous la table. Néanmoins, l'engouement de Blanche disparaît lorsqu'elle comprend petit à petit que Victoire semble plus préoccupée par sa cuisine que par elle. L'ardeur de la nuit a laissé place à une distance lourde et muette. Victoire ne daigne pas s'asseoir pendant le petit déjeuner, prétextant la surveillance de la cuisson, mais Blanche n'est pas dupe. L'ascenseur émotionnel de ce 25 décembre n'est pas immobilisé… Après l'excitation matinale, la douche est glaciale, aussi glaciale que la température extérieure. Janis tente de réchauffer le climat de ses blagues, inspirée par Miette, qu'elle prend sur ses genoux :

« Comment appelle-t-on un chat tombé dans un pot de peinture le jour de Noël ? »

Blanche ne connaît pas la réponse, mais sourit d'avance :

« Euh…, réfléchit Uriel.

— Je ne vois pas, abandonne sa fille.

— Un chat-peint de Noël ! » Puis elle mime l'arbre en répétant « un sapin de Noël ».

Les rires explosent, incitant Janis à continuer :

« Et que dit un sapin qui arrive en retard le soir du réveillon ?

— Je me suis réveillé trop tard ? » tente Uriel.

L'humoriste décline la proposition. Blanche éclate de rire et avoue qu'elle n'a pas d'autre réponse.

« “Je vais me faire enguirlander !” », annonce Janis, fière de son humour.

La bonne humeur de la tablée est soudainement interrompue par Victoire, restée à l'écart :

« Maintenant que vos thés sont avalés, je peux broyer les légumes ?

— Dis donc, tu as retrouvé la parole ? Mais pas ton amabilité ! » lui répond sèchement Janis, qui a remarqué la mauvaise tête de sa petite-fille.

Victoire bredouille une phrase d'excuse, sans queue ni tête, provoquant un sourire amusé entre Blanche et Janis.

Alors comme ça, Victoire se retrouve seule contre toutes !

Le regard des jeunes femmes se croise. Des flash-back déstabilisent Victoire, qui jure chaque fois qu'elle fait tomber sa louche. Janis, loin d'être innocente, se régale de ce manège. Une fois la soupe mixée, Victoire réclame de l'aide pour remplir les thermos. Blanche se porte volontaire et se retrouve accolée à la coupable de ses rêves torrides. Elles ne se regardent pas. L'une tient les récipients pendant que l'autre les remplit. Elles sont si proches qu'elles entendent leurs souffles s'accorder. Une nuit est passée, l'alcool de la veille s'est évaporé… Y a-t-il encore place au doute ?

Aux côtés de leurs familles, elles prennent soin de ne pas laisser paraître le malaise qui s'est installé entre elles, mais l'envie les dépasse, il est temps d'aller prendre l'air. Les températures devraient rapidement calmer leurs ardeurs.

Les paniers sont remplis de sablés, de soupes et de bocaux que Victoire a garnis de poulet aux abricots séchés. Ainsi, leurs repas de Noël ne se limitent pas à un potage et Victoire prépare son futur labo. Il ne reste plus qu'à se munir de quelques gobelets, de couverts et de serviettes en papier doré. L'heure est venue d'aller réchauffer les cœurs des plus démunis. Pendant ses études, Blanche avait connu une jeune femme qui mendiait devant les halles. Elle s'arrêtait discuter avec elle de temps à autre, tenant à lui apporter autre chose que quelques euros et un sandwich. Un don n'a pas la même saveur sans chaleur humaine. Lorsqu'on a baigné dans la religion, malgré des désaccords en grandissant, il reste des traces indélébiles de fraternité. Puis, un jour, le primeur lui annonça que si cette femme avait disparu de son trottoir, c'était parce qu'elle travaillait désormais chez un maraîcher qui le fournissait. Il lui donnait régulièrement des nouvelles de son ascension. L'histoire était belle et méritait d'être renouvelée. Voilà pourquoi Blanche est enchantée de leur action et ravie d'y avoir rallié Victoire. D'autant plus que ça lui permettra de se retrouver un peu seule avec elle.

Côte à côte dans la rue, elles marchent au pas en direction du port. Le ciel est bas et toujours aussi gris, ne laissant passer aucun rayon de soleil pour se réchauffer. L'embarras entre les deux filles assombrit considérablement l'ambiance. Blanche regrette de ne pouvoir offrir qu'un sourire triste à ceux qu'elle croise. Victoire, elle, bonnet enfoncé sur les oreilles, sait où aller pour rencontrer du monde au plus vite, car elle veut laisser le moins de place possible à ces moments en tête à tête. Sans surprise, elle trouve l'irréductible Moustache, de son surnom, près de la criée. Il est assis contre son chien, ils se réchauffent mutuellement.

« Salut, Moustache ! Nous venons te souhaiter un joyeux Noël ! Regarde ce qu'on t'apporte.

— Quel bonheur de te voir, Victoire ! C'est gentil de prendre le temps de venir aujourd'hui. Qui est cette charmante petite qui t'accompagne ?

— Elle s'appelle Blanche. C'est elle qui a eu l'idée. Veux-tu un peu de soupe ? Du poulet et quelques biscuits ? En voici un pour ton chien. C'est Noël pour tout le monde !

— Dieu vous bénisse, mes petites… »

En reprenant leur chemin, Victoire explique à Blanche le terrible destin caché derrière le sourire de cet homme. Une succession de drames familiaux et la perte de son emploi l'ont mené à la rue. Il décroche des missions de quelques heures par les locaux, mais pas assez pour lui assurer de quoi payer un loyer.

Le malaise entre les deux filles s'éteint quelques instants, elles renouent avec la complicité des jours passés. Chacune décide dans son coin de dédier cette journée aux gens dans le besoin et de reporter à plus tard les questionnements.

Il fait de plus en plus froid et la pluie menace d'arriver. Le vent les pousse jusqu'à la cantine scolaire, ouverte en ce jour particulier pour les personnes seules et défavorisées. Une famille de réfugiés s'y trouve. Ils ne parlent que quelques mots de français, mais leurs yeux expriment de la gratitude. Une jeune femme en fauteuil explique, tout en buvant son bol de soupe, que la couverture posée sur ses jambes lui a été offerte la veille par la patronne de la mercerie. À une table, un groupe de sans-abri, habituellement installés sur la place du marché, joue à la belote. Les biscuits rient dans leur ventre ! Victoire distingue un garçon de sa classe de primaire qui lit une bande dessinée. Elle s'avance vers lui pour engager la discussion… Le panier s'est vidé au fil des conversations. Elles quittent la cantine, aussi comblées que les bénéficiaires de leur acte de générosité. Sur la route du retour, Victoire se sent pousser des ailes.

« Merci, Blanche. C'est une vraie belle expérience ! Dorénavant, je connais le sens de la charité. »

Les filles remontent les rues, têtes baissées pour s'épargner le vent qui fouette leurs visages. Quand elles sont arrivées en bas de la ruelle des Oursins, Blanche poursuit son chemin.

« Tu ne viens pas à la maison ? » lui demande Victoire, interloquée.

Blanche s'arrête pour lui faire face, car il est hors de question de reprendre le fil de la journée comme si rien ne s'était passé ! Elle préfère de loin être seule que de continuer à faire semblant. Et la présence de Janis et de sa mère ne fera qu'accentuer le malaise.

« Je préfère rentrer. Tu pourras raccompagner ma mère ? » lui répond-elle, le ton tranchant et des larmes dans les yeux. Sont-elles liées au blizzard ou à son cœur meurtri ?

Blanche est terriblement mal. Elle a sauvé la face ces dernières heures, mais, à présent, tous ses muscles se crispent. Elle a espéré des paroles de Victoire, mais n'a même pas reçu un regard réconfortant durant leur opération humanitaire. Le baiser de la veille n'était que la conséquence d'une soirée trop arrosée. Maintenant, il est trop tard, tout est gâché. Sans réaction de Victoire, elle s'en retourne et accélère le pas sous la neige qui commence à tomber. Très vite, elle s'évanouit du champ de vision de Victoire, qui reste de marbre. Il ne neige jamais à Saint-Gilles, le climat de bord de mer étant trop doux. C'est impossible, tout comme la scène qui est en train de se produire. Pourtant, les flocons, de plus en plus gros, fondent sur ses joues glacées. Non, ni le froid ni ses démons ne doivent congeler à nouveau son cœur. À force de s'empêcher d'aimer, on ne sait plus aimer... La peur de redevenir celle d'avant lui noue le ventre.

Mais Victoire est perdue. La nuit n'a pas répondu à toutes ses questions. Jusqu'alors, elle n'avait jamais posé les yeux sur une femme. Jamais elle ne s'était sentie aimantée de la sorte, pas même par un homme. Jamais un baiser n'avait été aussi fort. *Qu'est-il en train de se produire ? Qu'est-elle en train de devenir ? Se connaît-elle vraiment ?* Elle qui pensait s'être trouvée après des mois de quête perd à nouveau pied. *Peut-elle être bisexuelle d'un jour à l'autre ? L'a-t-elle toujours été ? Ou est-ce seulement une lubie ? Une expérience éphémère ?* Ses tripes lui hurlent des messages qu'elle n'arrive pas à comprendre et ses pensées s'entrechoquent. Elle ne trouve pas les mots, mais désormais elle sait ce qu'elle ressent. Blanche l'attire, c'est un fait. En réalité, c'est bien plus puissant que cela : elle l'a dans la peau ! Elle a eu beau mettre un couvercle dessus, ses sentiments se sont accrus avec le temps. L'infirmière devenue l'amie, puis la désirée... Maintenant, son amour pour Blanche déborde. Non, ce n'est pas passager.

Une femme ? Fichtre ! Ce n'est pas une femme... C'est Blanche ! Si vous saviez le soleil qu'elle apporte dans ma maison, si vous la voyiez rire et pleurer devant la télévision, si vous observiez ses doigts s'agiter quand elle parle... Tout en elle m'exalte, m'élève. C'est elle que je veux.

Son cerveau frôle la panne alors que son corps, plus fort, l'intime de cesser de résister. Elle songe aux avertissements de Cali lors de leur dernière discussion : « Quand l'amour viendra frapper à ta porte, tu le reconnaîtras. »

Putain, t'avais raison, Cali ! Il met un beau bordel dans ma tête et s'apprête à chambouler ma vie…

J'y vais ? Je n'y vais pas ? Après les étapes de ces derniers mois, elle ne peut plus se flageller. Elle a déjà failli y laisser sa peau. Et puis la première séance avec son psychologue a permis de l'orienter sur le chemin de sa reconstruction. Il s'agit de son avenir, de sa vie, et elle n'en a qu'une. À elle de trouver le courage d'en décider les règles du jeu. C'est à elle que revient d'abattre la dernière carte !

Peut-être qu'elle perdra des amis, peut-être qu'il y aura une longue période d'adaptation pour son entourage, peut-être qu'elle vivra des déceptions, peut-être qu'elle essuiera des moments douloureux… Probablement. Certainement même. Quoi qu'il en soit, elle sait pouvoir compter sur Janis. D'ailleurs, cette dernière l'a-t-elle déjà compris ? Sa petite voix, celle qui n'est pas factuelle, pas cartésienne, lui dicte de foncer. Tant pis pour ceux qui ne comprendront pas, ça deviendra leur problème. Cali s'était jetée dans le vide et ne l'a jamais regretté. Pierrot et Janis aussi avaient passé outre les jugements. Pour accéder à l'amour, ne doit-elle pas se faire confiance et s'affranchir des conventions ?

Elle s'interroge sur son chemin de vie. Dernièrement, elle s'est confrontée à la mort, aux relations fraternelles, amicales, ainsi qu'à des choix professionnels. En apprenant des autres, elle s'est découverte. Dans ce qui ressemble à une quête personnelle, elle touche maintenant du doigt son épanouissement amoureux. Elle ne sait pas dans quoi elle s'embarque, n'a aucune certitude sur cet avenir passionné, mais, par amour pour Blanche, elle se doit au minimum de lui exprimer ses tourments.

Alors, sans plus réfléchir, elle se met à courir de plus en plus vite. Le vent et la neige lui piquent les yeux, l'empêchant de voir à plus de trente mètres. D'une voix qu'elle ne se connaissait pas, elle hurle pour que Blanche l'entende. Mais rien n'y fait, elle doit la rattraper. Elle manque de glisser sur le passage piéton lorsqu'elle s'arrête net en découvrant Blanche, abritée sous l'arrêt de bus. Quand elle arrive à sa hauteur, les mots sont encore trop difficiles à articuler. Des gouttes coulent au bout de son petit nez rosé.

« Blanche, je ne sais pas quoi te dire. Enfin, si, j'ai trop de choses dans la tête… En fait, tu… »

Elle ne peut terminer sa phrase et se jette contre la jeune femme, la serrant dans ses bras fort, très fort. Blanche sanglote, tremblant de tout son corps. Victoire, paralysée d'émoi, n'a que le courage de lui caresser le dos et d'essuyer ses larmes, sans pouvoir dire un mot. Cependant rien n'apaise le chagrin de la jeune infirmière. Il est temps de prendre son courage à deux mains. Victoire saisit le visage de Blanche pour capter son attention.

« Blanche, regarde-moi, je t'en prie. Écoute-moi. J'ai vécu toute ma vie à fuir l'attachement, de peur d'être trompée ou abandonnée par la suite. J'ai érigé des murs blindés dans lesquels tu viens de foutre un gros coup de pied. Je sais que, finalement, je me bagarre contre moi-même… Il m'a fallu du temps pour comprendre que je reproduisais ma relation avec ma sœur. Ces dernières semaines m'ont donné un enseignement immense, mais je ne suis pas des plus à l'aise avec les mots et les émotions. Je suis encore en apprentissage et tu dois l'accepter si tu veux être avec moi.

« Franchement, je n'imaginais pas ressentir pour une femme ce que je ressens pour toi. Le baiser d'hier, je l'ai voulu, désiré, aimé et j'en ai rêvé toute la nuit. Je n'ai pas passé un quart d'heure de ces dernières journées sans penser à toi. Avoue que c'est perturbant… Je savais qu'un Noir pouvait tomber amoureux d'une Blanche et faire fi de la différence de couleur. Je savais aussi qu'un musulman pouvait aimer une catholique. Mais, honnêtement, je n'imaginais pas tomber amoureuse d'une personne du même sexe. Chaque jour qui passait amplifiait ce désir de toi : mon impatience de recevoir tes messages, de te voir arriver à la maison, l'excitation de cuisiner pour toi. Je suis conquise par ce que tu es, attirée par ta beauté et ta personnalité, et je n'ai aucun doute sur la nature de mes sentiments pour toi, mais c'est tellement bouleversant. »

Blanche, dont le visage repose toujours entre les mains de Victoire, est étourdie par les révélations et n'arrive pas à prononcer une phrase.

« Blanche, en toi j'ai trouvé une alliée, une partenaire, une confidente, un soutien, une amoureuse. Pour être honnête, je crains de ne pas être à la hauteur, de te décevoir, de me tromper. Je veux me lancer dans un *nous*, mais je suis perdue. Toi, tu l'as presque toujours su, moi je me découvre. C'est difficile. Ça me fait mal et ça me fait du bien… C'est très confus… Alors je veux que tu m'aides. Grâce à toi, je serai plus forte. Je suis incapable de t'accompagner à la messe tous les dimanches et je risque d'avoir une overdose de films romantiques d'ici peu. Mais j'ai envie de te voir danser, de t'entendre chanter et de mettre ton linge sale dans la même machine que la mienne ! Même si tu dors dans un pyjama avec des cœurs, je veux me réveiller à tes côtés. Blanche... Je sais exactement ce que je ressens pour toi, mais je n'ai jamais eu de relation avec une femme... C'est tellement nouveau pour moi. Alors, si tu veux bien, aide-moi et laisse-moi le temps de l'assumer. Ne t'offusque pas de ma retenue. Ne te vexe pas de mes maladresses. Je suis juste apeurée. »

Blanche n'en croit pas ses oreilles. Elle ne peut qu'acquiescer. Elles ont chaud, elles ont froid... Sous l'abribus, elles se serrent dans les bras l'une de l'autre comme pour sceller un accord de confiance et de promesses à tenir. De patience et de force aussi. Depuis l'évènement de la voiture, Victoire n'a plus de doute sur ses sentiments. Lors de leur baiser, tout s'était aligné, toutes ses questions les plus profondes avaient trouvé réponses. Des bulles de bonheur explosaient dans son ventre, même si la peur la tenaillait toujours.

Mais maintenant la neige s'est calmée. Victoire lui prend le bras.

« On rentre à la maison ? interroge Blanche.

— À la maison et sur d'autres chemins, si tu veux toujours.

— Plus que jamais ! »

Leurs mains s'attrapent, se relâchent, puis se cherchent de nouveau. Soulagées mais timides dans leurs gestes, elles cavalent dans le dédale des rues, s'octroient régulièrement des pauses romantiques à l'abri des regards. Blanche aurait rêvé d'être embrassée sous les flocons, comme dans les films qu'elle affectionne… mais elle a compris qu'il ne fallait pas trop en demander pour l'instant. C'est encore prématuré. Elle veut rassurer Victoire et respecter ses souhaits. Elle l'a entendu, « rien n'est gagné ». Pourtant, elle est ivre de bonheur…

Elles remontent la ruelle des Oursins, où Miette, Janis et Uriel les observent derrière le rideau…

Épilogue

Elle avait l'âge de Clothilde et se réveillait tous les matins avec l'espoir que sa grand-mère soit revenue. Mais chaque lever était une déception. L'amertume contre ses parents grandissait. Ils n'avaient pas le droit de la remplacer, ils ne lui arrivaient pas à la cheville. Ils n'auraient jamais dû déménager. Sa sœur, elle, s'était parfaitement adaptée. Victoire détestait ses mièvreries. Mais c'est de l'imparfait…

Les yeux fermés, elle revoit cette gamine malheureuse, devenue l'ado égoïste et farouche, puis l'adulte aux jugements sévères. Ils s'en sont tous pris plein la tête. Les pauvres…

Miette ronronne sur son ventre. Blanche avait raison, les chats poussent à l'introspection. Ne plus rien donner, ne plus rien recevoir. Ne plus s'attacher. Se négliger. Remparts et autres mécanismes de défense. Elle comprend qu'elle avait la frousse. Victoire est une grosse trouillarde ! Elle pouvait bien se moquer de sa sœur ! Ça la fait sourire. Lorsque Blanche rentre du CHU, Miette sursaute. Elles doivent boucler leurs valises, l'avion décolle dans quelques heures.

Guillaume n'a pas lésiné sur la réservation : la famille Morineau voyage en première classe ! Le champagne a fait son effet, tout le monde dort. Sauf Victoire. À travers le hublot, les nuages cotonneux lui rappellent son dernier vol. Depuis la Crète, elle se refait l'histoire. L'ascenseur émotionnel des derniers mois l'a secouée et elle aspire à plus de sérénité pour ceux à venir. Sa sœur et elle n'ont jamais été aussi soudées et l'annonce de ses sentiments pour Blanche a d'autant plus renforcé leur lien. Constance était fière d'être la première dans la confidence et n'a pas manqué de blaguer : ça lui laisserait plus d'hommes, au cas où… Janis n'a pas été surprise et, pour elle, la bisexualité n'est plus un sujet.

Quant à Jean et Lucie, bien que la cadette ait préparé le terrain, ce fut différent… Comme à leur habitude, ils n'ont pas imposé leur avis, mais Victoire ressent le malaise, surtout de son père. Il n'a plus parlé pendant quelques semaines, même pas à sa mère. Ce n'est pas qu'il n'apprécie pas Blanche, c'est juste qu'il faut digérer l'information et, pour le moment, ça coince un peu. Il n'est pas fâché, mais accuse la révélation. Au fond, il espère encore qu'elle mélange les sentiments, qu'elle se cherche. Alors, devant ses parents, Blanche et Victoire se retiennent d'avoir des gestes tendres en attendant qu'ils s'habituent.

En tout cas, il le faudra, parce que Victoire, après l'avoir avoué à ses proches, ne s'est jamais sentie si légère. Même sa posture et sa démarche ont changé. Un poids qu'elle n'imaginait pas s'est dissipé. Elle n'est pas encore à l'aise quand elle fait son marché au bras de Blanche, car le regard curieux de ses connaissances la déstabilise.

Comme elle s'en doutait, elle a entendu des remarques qui l'ont affectée et il y a même un couple de son quartier qui en est venu à l'ignorer. Toutefois sa relation avec Blanche est tellement puissante qu'elle n'a jamais eu l'ombre d'un regret.

Son expérience a ouvert une voie qu'elle n'avait jamais explorée auparavant : la difficulté de la minorité… Elle est triste pour tous ces parents qui ne comprennent pas leurs enfants, qui se privent de souvenirs ensemble, qui amputent leurs vies. Le rejet est une injustice qui la ronge. Quel est le crime ? L'ego de ces accusateurs est bien la seule victime… Victoire n'a pas choisi d'être bisexuelle, au même titre que la couleur de sa peau. Elle s'est éprise d'un être humain qui s'avère être Blanche. Depuis, elle n'a jamais été si heureuse, si « elle-même ». On ne décide pas de son orientation sexuelle, on doit vivre avec. Alors, quel être sur terre peut bien prendre en otage le bonheur d'un autre en lui faisant endurer reniement, attaques ou sarcasmes ? Qu'il soit son fils, son père, sa sœur, sa voisine ou un parfait inconnu… Heureusement, elle a eu tellement de bonnes surprises, de témoignages de soutien, de félicitations pour son courage. Victoire voudrait insuffler ce même courage à tous ceux qui aimeraient se libérer, s'autoriser à aimer. Ce sera peut-être une goutte d'eau dans l'océan, mais, un jour, elle éditera un jeu de cartes pour aider les personnes à se connaître, à comprendre, à accepter.

****

Neuf heures du matin et il fait déjà très chaud. Victoire, les pieds dans le sable et les fesses sur un tronc de cocotier, sort un crayon et la carte postale de sa poche arrière.

Janis,

Voici quelques jours que nous profitons des magnifiques paysages de Guadeloupe.

Guillaume, Constance et Clothilde passent leur temps dans l'eau à s'amuser. Ils portent le même motif de maillot de bain, on croirait une famille de mannequins en séance photo, ce qui fait retourner des têtes sur leur passage ! Et je crois avoir cerné un petit secret chez eux… Un petit secret tout rond qui devrait grossir avec les semaines… Les coquins, on dirait bien qu'ils ont fêté le renouvellement de leurs vœux avec de l'avance ! Mais chut !

Papa et maman sont partis en excursion pour la journée à Basse-Terre et, demain, nous irons tous à Marie-Galante. Avec papa, ça se détend doucement…

Sinon, nous avons eu Uriel au téléphone hier soir. Elle va bien et devrait bientôt revenir à la maison.

Quant à Blanche, en vacances comme à la maison… Entre nous, c'est à la fois simple et naturel, puissant et passionnel. Le bonheur… On rit, on s'amuse, on partage tout. Je comprends mieux de quoi vous me parliez avec Cali. Ce n'est pas toujours facile au grand jour, mais j'y suis, je le sais…

Là, elle est partie faire du snorkeling. Je ne te raconte même pas la tête que le masque de plongée lui fait !

La semaine prochaine, je pense cuisiner des acras comme « spécialité de la semaine ». Je suis tellement soulagée que

« Les p'tits plats de Tata » aient démarré sur les chapeaux de roues !

Comment se porte Miette ? Elle me manque. Dis à Bernard le chat d'être sympa avec lui…

Tout le monde t'embrasse.

Merci pour tout, Janis…*
Victoire

** Un jour, tu me diras ton vrai prénom ?*

Elle colle un timbre, glisse la carte postale dans la boîte à lettres de l'hôtel, puis jette sa serviette sur le sable. En attendant que son amoureuse la rejoigne, elle griffonne des idées de recettes qu'elle testera à son retour.

Et vous, vous l'écrivez quand votre jeu de cartes ?

Pour continuer

Peut-être est-ce utopique de croire que quelques-uns d'entre vous qui avez lu LE JEU DE LA VIE oseront créer un jeu de cartes permettant de mieux revenir vers un ami, un frère, un parent, un voisin, un collègue. Mais je veux le croire. Car, en s'ouvrant à l'autre, on s'ouvre à soi. Et c'est ainsi, me semble-t-il, que nous avancerons ensemble vers un monde plus doux et plus aimant.

Remerciements

J'espère que la quête personnelle de Victoire vous a embarqué quelques heures et qu'elle vous aura donné, au-delà de l'envie, le courage de vous rapprocher de ceux dont vous vous êtes éloignés insidieusement… et plus particulièrement, de vous-même.

L'histoire de ce roman est une des plus belles surprises que la vie m'ait faites…

Un mois avant de poser la première phrase, je n'avais jamais songé à écrire un roman. Jusqu'alors, je n'avais osé que quelques phrases à la volée, restées emprisonnées dans un cahier. Et un jour, tu t'es adressé à moi, tout à fait naturellement : « Depuis le temps que tu as des personnages dans la tête, raconte-les. Écrit leurs histoires. » J'aurais pu en rire mais tu étais très sérieux car, à toi, cela paraissait une suite logique…

Merci de partager ma vie débordante de projets, de comprendre mon investissement dans tout ce que j'entreprends, et d'accepter les bulles dans lesquelles je suis obligée de m'enfermer en contrepartie. Bref, merci de me permettre d'être moi avec autant de bienveillance et de soutien.

Merci Laure Manel. J'ai commencé à taper sur mon clavier en refermant un de tes romans. Je me rappelle encore l'élan que tes mots m'ont insufflé.

Une nouvelle et jolie version de *Le jeu de la vie* voit le jour grâce à une aventure humaine aussi inattendue que fabuleuse, dans laquelle chaque protagoniste a joué un rôle fondamental :

Merci aux organisateurs du Printemps du Livre de m'avoir invitée en 2023 sur ce salon où tout a basculé.

Merci à l'équipe de la librairie Le livre dans la théière d'avoir su parler de mon roman.

Merci Laurent Bertail d'avoir fait voyager *Le jeu de la vie* jusqu'à Paris.

Merci Andrea Field pour ton accompagnement, ta détermination, tes conseils et ta patience.

Merci charmante Coralie, toi qui connais mes personnages aussi bien que moi et qui m'arraches les mots de la bouche quand ils se bousculent, coincés derrière mes lèvres.

Si la vie nous emmène parfois sur des chemins imprévisibles, des rencontres y résonnent pourtant comme une évidence : merci Margaux Russo pour la spontanéité et la sincérité de nos échanges. C'est grâce à ton coup de cœur pour Victoire, Constance, Janis et Cali qu'une belle maison m'ouvre sa porte.

Merci Estelle Cerutti et Lise Boëll de m'accorder votre confiance. Je mesure ma chance.

Merci aux représentants des Éditions Fayard et Mazarine pour votre accueil chaleureux.

Ils m'inspirent sans le savoir et « Saint-Paul » n'existerait pas sans eux : merci à mes grands-parents d'être qui ils sont.

Merci à mes premières lectrices : ma maman et ma sœur.

Il est des rencontres incroyables et inclassables qu'on essaye pourtant en vain de classer… mais sans succès… Merci Stéphanie pour vos conseils de professionnelle aiguisée. Vous m'avez poussée à ouvrir le couvercle de mes bocaux à émotions que je pensais bien fermés ! Vous n'êtes pas qu'une spécialiste qu'on consulte, vous êtes tellement plus ! J'ose croire que vous connaissez le niveau de ma reconnaissance et j'espère que notre collaboration perdurera encore longtemps.

Merci Nolwenn de m'avoir encouragée à porter cette histoire plus loin que je ne me l'accordais.

Et vous tous, qui faites ou ont fait mon paysage familial, amical, professionnel. Grâce à vous, j'ai pu vivre de petits et grands moments de bonheur, de déception, de douleur, ou de simples instants du quotidien, éveillant mes sentiments bouillonnants et mon imaginaire fertile. Vous êtes l'inspiration que je mets à infuser dans les étages de mon cerveau.

Je remercie chaleureusement les libraires qui lisent et mettent en avant nos romans, vous êtes une fourmilière culturelle inestimable. Ainsi que tous les lecteurs qui prennent le temps de m'écrire, vos mots sont ma meilleure récompense…

Ah, j'allais oublier celui qui m'impose les pauses : merci Sancho !

Cet ouvrage a été imprimé en France par
CPI Brodard & Taupin
Avenue Rhin et Danube
72200 La Flèche (France)

pour le compte des Éditions Fayard
13 rue du Montparnasse, 75006 Paris
info-fayard@editions-fayard.fr
en mars 2025

Composition réalisée par
Belle Page

PAPIER CERTIFIÉ

fayard s'engage pour
l'environnement en réduisant
l'empreinte carbone de ses livres.
Celle de cet exemplaire est de :
500 g éq. CO_2
Rendez-vous sur
www.fayard-durable.fr

N° d'édition : 61-3012-0/01 - N° d'impression : 3060698